U0562631

琦君作品精选

名家作品精选

琦君 著

长江文艺出版社

图书在版编目（CIP）数据

琦君作品精选 / 琦君著. -- 武汉：长江文艺出版社，2019.11
（名家作品精选）
ISBN 978-7-5702-1087-9

Ⅰ. ①琦… Ⅱ. ①琦… Ⅲ. ①小说集－中国－当代②散文集－中国－当代 Ⅳ. ①I217.2

中国版本图书馆 CIP 数据核字(2019)第 188511 号

责任编辑：张远林	责任校对：毛 娟
封面设计：沐希设计	责任印制：邱 莉 杨 帆

出版：长江出版传媒 长江文艺出版社
地址：武汉市雄楚大街 268 号　　邮编：430070
发行：长江文艺出版社
http://www.cjlap.com
印刷：中印南方印刷有限公司

开本：640 毫米×970 毫米　1/16　　印张：17　插页：1 页
版次：2019 年 11 月第 1 版　　2019 年 11 月第 1 次印刷
字数：185 千字

定价：32.80 元

版权所有，盗版必究（举报电话：027—87679308　87679310）
（图书出现印装问题，本社负责调换）

目 录

卷上　散文

妈妈的手 / 3

一对金手镯 / 7

妈妈罚我跪 / 14

母亲的金手表 / 17

妈妈银行 / 20

压岁钱 / 25

一饼度中秋 / 31

幼儿看戏 / 34

梦中的饼干屋 / 36

爸爸教我们读诗 / 39

金盒子 / 41

春节忆儿时 / 45

看　戏 / 57

桂花雨 / 68

青灯有味似儿时 / 71

团圆饼 / 78

桥头阿公 / 81

妈妈，我跌跤了！/ 84

母亲的心情 / 86

玉兰酥 / 89

粽子里的乡愁 / 92

故乡的婚礼 / 95

春　酒 / 99

万水千山师友情 / 102

一袭青衫 / 109

三更有梦书当枕

——我的读书回忆 / 119

培养文学的生活情趣 / 134

尊重生命 / 137

流泪的观音 / 139

铁树开花 / 141

闲　情 / 143

卷下　小说

橘子红了 / 147

钱塘江畔 / 198

绣香袋 / 211

百合羹 / 225

紫罗兰的芬芳 / 235

附　录

得失寸心知

——浅谈写作 / 251

千里怀人月在峰

——与琦君越洋笔谈 / 255

琦君作品目录一览表 / 260

琦君及著作得奖纪录 / 263

琦 君
作品精选

卷上
散文

琦 君
作 品 精 选

妈妈的手

忙完了一天的家务，感到手臂一阵阵的酸痛，靠在椅子里，一边看报，一边用右手捶着自己的左肩膀。儿子就坐在我身边，他全神贯注在电视的荧光幕上，何曾注意到我。我说："替我捶几下吧！"

"几下呢？"他问我。

"随你的便。"我生气地说。

"好，五十下，你得给我五毛钱。"

于是他双拳在我肩上像擂鼓似的，嘴里数着"一、二、三、四、五……"像放连珠炮，不到十秒钟，已满五十下，把手掌一伸："五毛钱。"

我是给呢，还是不给呢？笑骂他："你这样也值五毛钱吗？"他说："那就再加五十下，我就要去写功课了。"我说："免了、免了，五毛钱我也不能给你，我不要你觉得挣钱是这样容易的事。尤其是，给长辈做一点点事，不能老是要报酬。"

他噘着嘴走了。我叹了口气，想想这一代的孩子，再也不同于上一代了。要他们鞠躬如也地对长辈杖履追随，已经是不可能的事。所以，作为二十世纪七十年代的中老年人，第一是身体健康，吃得下，睡得着，做得动，跑得快，事事不要依仗小辈。不然的话，你会感到无限的孤单、寂寞、失望、悲哀。我却又想起，自己当年可曾尽一日做儿女的孝心？从我有记忆开始，母亲的一双手就是粗糙多骨的。她整日地忙碌，从厨房忙到稻田，从父亲的一日三餐照顾到长工的"接力"。一双放大的小脚没有停过。手上满是裂痕，西风起了，裂痕张开红红的小嘴。那时哪来像现在主妇们用的"沙拉脱、新奇洗洁精"等等的中性去污剂，洗刷厨房用的是强烈的碱水，母亲在碱水里搓抹布，有时疼得皱下眉，却从不停止工作。洗刷完毕，喂完了猪，这才用木盆子打一盆滚烫的水，把双手浸在里面，浸好久好久，脸上挂着满足的笑，这就是她最大的享受。泡够了，拿起来，拉起青布围裙擦干。抹的可没有像现在这么讲究的化妆水、保养霜，她抹的是她认为最好的滋润膏——鸡油。然后坐在吱吱咯咯的竹椅里，就着菜油灯，眯起近视眼，看她的《花名宝卷》。这是她一天里最悠闲的时刻。微弱而摇晃的菜油灯，黄黄的纸片上细细麻麻的小字，就她来说实在是非常吃力，我有时问她："妈，你为什么不点洋油灯呢？"她摇摇头说："太贵了。"我又说："那你为什么不去爸爸书房里照着明亮的洋油灯看书呢？"她更摇摇头说："你爸爸和朋友们作诗谈学问。我只是看小书消遣，怎么好去打搅他们。"

她永远把最好的享受让给爸爸，给他安排最清静舒适的环境，自己在背地里忙个没完，从未听她发出一声怨言。有时，她真太累了，坐在板凳上，捶几下胳膊与双腿，然后叹口气对我说："小春，别尽在我跟前绕来绕去，快去读书吧。时间过得太快，你看妈一下子就已经老了，老得太快，想读书已经来不及了。"

我就真的走开了，回到自己的书房里，照样看我的《红楼梦》《黛玉笔记》。老师不逼，绝不背《论语》《孟子》。我又何曾想到母亲勉励我的一番苦心，更何曾想到留在母亲身边，给她捶捶酸痛的手臂？

四十年岁月如梦一般消逝，浮现在泪光中的，是母亲憔悴的容颜与坚忍的眼神。今天，我也到了母亲那时的年龄，而处在高度工业化的现代，接触面是如此的广，生活是如此的匆忙，在多方面难以兼顾之下，便不免变得脾气暴躁，再也不会有母亲那样的容忍，终日和颜悦色对待家人了。

有一次，我在洗碗，儿子说："妈妈，你的手背上的筋一根根的，就像地图上的河流。"

他真会形容，我停下工作，摸摸手背，可不是一根根隆起，显得又瘦又老。这双手曾经是软软、细细、白白的，从什么时候开始，它变得这么难看了呢？也有朋友好心地劝我："用个女工吧，何必如此劳累呢？你知道吗？劳累是最容易催人老的啊！"可不是，我的手已经不像五年前、十年前了。抹上什么露什么霜也无法使它们丰润如少女的手了。不免想，为什么让自己老得这么快？为什么不雇个女工，给自己多点休息的时间，保养一下皮肤，让自己看起来年轻些。

可是，每当我在厨房炒菜，外子下班回来，一进门就夸一声："好香啊！"孩子放下书包，就跑进厨房喊："妈妈，今晚有什么好菜，我肚子饿得咕嘟嘟直叫。"我就把一盘热腾腾的菜捧上饭桌，看父子俩吃得如此津津有味，那一份满足与快乐，从心底涌上来，一双手再粗糙点，又算得了什么呢？

有一次，我切肉不小心割破了手，父子俩连忙为我敷药膏包扎，还为我轮流洗盘碗，我应该感到很满意了。想想母亲那时，一切都只有她一个人忙，割破手指，流再多的血，她也不会喊出声来。累累的刀痕，谁又注意到了？那些刀痕，不仅留在她手上，也戳在她心上，她难言的隐痛是我幼小的心灵所不能了解的。我还时常坐在泥地上撒赖啼哭，她总是把我抱起来，用脸贴着我满是眼泪鼻涕的脸，她的眼泪流得比我更多。母亲啊！我当时何曾懂得您为什么哭。

我生病，母亲用手揉着我火烫的额角，按摩我酸痛的四肢，我

梦中都拉着她的手不放——那双粗糙而温柔的手啊！

如今，电视中出现各种洗衣机的广告，如果母亲还在世的话，她看见了"海龙""妈妈乐"等洗衣机，一按钮子，左旋转，右旋转，脱水，很快就可穿在身上。她一定会眯起近视眼笑着说："花样真多，今天的妈妈可真乐呢！"可是母亲是一位永不肯偷懒的勤劳女性，我即使买一台洗衣机给她，她一定连连摇手说："别买别买，按电钮究竟不及按人钮方便，机器哪抵得双手万能呢！"

可不是吗？万能的电脑，能像妈妈的手，炒出一盘色、香、味俱佳的菜吗？

一对金手镯

我心中一直有一对手镯，是软软的十足赤金的，一只在我自己手腕上，另一只套在一位异姓姊姊却亲如同胞的手腕上。

她是我乳娘的女儿阿月，和我同年同月生，她是月半，我是月底，所以她就取名阿月。母亲告诉我说：周岁前后，这一对"双胞胎"就被拥抱在同一位慈母怀中，挥舞着四只小拳头，对踢着两双小胖腿，吮吸丰富的乳汁。是因为母亲没有奶水，把我托付给三十里外邻村的乳娘，吃奶以外，每天一人半个咸鸭蛋，一大碗厚粥，长得又黑又胖。一岁半以后，伯母坚持把我抱回来，不久就随母亲被接到杭州。这一对"双胞姊妹"就此分了手。临行时，母亲把舅母送我的一对金手镯取出来，一只套在阿月手上，一只套在我手上，母亲说："两姊妹都长命百岁。"

到了杭州，大伯看我像块黑炭团，塌鼻梁加上斗鸡眼，问伯母是不是错把乳娘的女儿抱回来了。伯母生气地说："她亲娘隔半个月都去看她一次，怎么会错？谁舍得把亲生女儿给了别人？"母亲解释说："小东西天天坐在泥地里吹风晒太阳，怎么不黑？斗鸡眼嘛，一定是两个对坐着，白天看公鸡打架，晚上看菜油灯花，把眼睛看斗了，阿月也是斗的呀。"说得大家都笑了。我渐渐长大，皮肤不那么黑了，眼睛也不斗了，伯母得意地说："女大十八变，说不定将来还会变观音面哩。"可是我究竟是我还是阿月，仍常常被伯母和母亲当

笑话谈论着。每回一说起,我就吵着要回家乡看双胞姊姊阿月。

七岁时,母亲带我回家乡,第一件事就是去看阿月,把我们两个人谁是谁搞个清楚。乳娘一见我,眼泪扑簌簌直掉,我心里纳闷,你为什么哭,难道我真是你的女儿吗?我和阿月各自依在母亲怀中,远远地对望着,彼此都完全不认识了。我把她从头看到脚,觉得她没我穿得漂亮,皮肤比我黑,鼻子比我还扁,只是一双眼睛比我大,直瞪着我看。乳娘过来抱我,问我记不记得吃奶的事,还絮絮叨叨说了好多话,我都记不得了。那时心里只有一个疑团,一定要直接跟阿月讲。吃了鸡蛋粉丝,两个人不再那么陌生了,阿月拉着我到后门外矮墙头坐下来。她摸摸我的粗辫子说:"你的头发好乌啊。"我也摸摸她细细黄黄的辫子说:"你的辫子像泥鳅。"她啜了下嘴说:"我没有生发油抹呀。"我连忙从口袋里摸出个小小瓶子递给她说:"呶,给你,香水精。"她问:"是抹头发的吗?"我说:"头发、脸上、手上都抹,好香啊。"她笑了,她的门牙也掉了两颗,跟我一样。我顿时高兴起来,拉着她的手说:"阿月,妈妈常说我们两个换错了,你是我,我是你。"她愣愣地说:"你说什么我不懂。"我说:"我们一对不是像双胞胎吗?大妈和乳娘都搞不清谁是谁了,也许你应当到我家去。"她呆了好半天,忽然大声地喊:"你胡说,你胡说,我不跟你玩了。"就掉头飞奔而去,把我丢在后门外,我骇得哭起来了。母亲跑来带我进去,怪我做客人怎么跟姊姊吵架,我愈想愈伤心,哭得抽抽噎噎地说不出话来。乳娘也怪阿月,并说:"你看小春如今是官家小姐了,多斯文呀。"听她这么说,我心里好急,我不要做官家小姐,我只要跟阿月好。阿月鼓着腮,还是好生气的样子。母亲把她和我都拉到怀里,捏捏阿月的胖手,她手上戴的是一只银镯子,我戴的是一对金手镯,母亲从我手上脱下一只,套在阿月手上说:"你们是亲姊妹,这对金手镯,还是一人一只。"我当然已经不记得第一对金手镯了。乳娘说:"以前那只金手镯,我收起来等她出嫁时给她戴。"阿月低下头,摸摸金手镯,它撞着银手镯叮叮作响。乳娘从蓝衫里面掏了半天,掏出一个黑布包,打开取出一块亮晃晃的银圆,递给我说:"小春,乳娘给你买糖吃。"我接在手心里,还是暖烘烘的,眼睛看着阿月,阿月忽然笑了。我好开心,两个人再手牵手出去玩,我再也不敢提"两个人搞错"那句话了。

我在家乡待到十二岁才再去杭州,但和阿月却并不能时常在一起玩。一来因为路远,二来她要帮妈妈种田、砍柴、挑水、喂猪,做好多好多的事,而我天天要背古文、《论语》、《孟子》,不能自由自在地跑去找阿月玩。不过逢年过节,不是她来就是我去。我们两个肚子都吃得鼓鼓的跟蜜蜂似的,彼此互赠了好多礼物,她送我用花布包着树枝的坑姑娘(乡下女孩子自制的玩偶)、小溪里捡来均匀的圆卵石、细竹枝编的戒指与项圈。我送她大英牌香烟盒、水钻发夹、印花手帕,她教我用指甲花捣出汁来染指甲。两个人难得在一起,真是玩不厌的玩,说不完的说。可是我一回到杭州以后,彼此就断了音信。她不认得字,不会写信。我有了新同学也就很少想到她。有一次听英文老师讲马克·吐温的双胞弟弟掉在水里淹死了,马克·吐温说:"淹死的不知是我还是弟弟。"全课堂都笑了。我忽然想起阿月来,写封信给她也没有回音。分开太久,是不容易一直记挂着一个人的。但每当整理抽屉,看见阿月送我的那些小玩意时,心里就有点怅怅惘惘的。年纪一天天长大,尤其自己没有年龄接近的姊妹,就不由得时时想起她来。母亲那时早已一个人回到故乡,过着寂寞幽居的生活。我十八岁重回故乡,母亲双鬓已斑,乳娘更显得白发苍颜。乳娘紧握我双手,她的手是那么的粗糙,那么的温暖。她眼中泪水又涔涔滚落,只是喃喃地说:"回来了好,回来了好,总算我还能看到你。"我鼻子一酸,也忍不住哭了。阿月早已远

嫁，正值农忙，不能马上来看我。十多天后，我才见到渴望中的阿月。她背上背一个孩子，怀中一个孩子，一袭花布衫裤，像泥鳅似的辫子已经翘翘地盘在后脑。原来十八岁的女孩已经是两个孩子的母亲了。我一眼看见她左手腕上戴着那只金手镯。而我却嫌土气没有戴，心里很惭愧。她竟喊了我一声："大小姐，多年不见了。"我连忙说："我们是姊妹，你怎么喊我大小姐？"乳娘说："长大了要有规矩。"我说："我们不一样，我们是吃您奶长大的。"乳娘说："阿月的命没你好，她十四岁就做了养媳妇，如今都是两个女儿的娘了。只巴望她肚子争气，快快生个儿子。"我听了，心里好难过，不知怎么回答才好，只得说请她们随我母亲一同去杭州玩。乳娘连连摇头说："种田人家哪里走得开？也没这笔盘缠呀！"我回头看看母亲，母亲叹口气，也摇了下头，原来连母亲自己也不想再去杭州，我感到一阵茫然。

当晚我和阿月并肩躺在大床上，把两个孩子放在当中。我们一面拍着孩子，一面琐琐屑屑地聊着别后的情形。她讲起婆婆嫌她只会生女儿就掉眼泪，讲起丈夫，倒露出一脸含情脉脉的娇羞，真祝望她婚姻美满。我也讲学校里一些有趣顽皮的故事给她听，她有时咯咯地笑，有时眨着一双大眼睛出神，好像没听进去。我忽然觉得我们虽然靠得那么近，却完全生活在两个世界里。我们不可能再像第一次回家乡时那样一同玩乐了。我跟她说话的时候，都得想一些比较普通，不那么文绉绉的字眼来说，不能像同学一样，嘻嘻哈哈，说什么马上就懂。我呆呆地看着她的金手镯，在橙黄的菜油灯光里微微闪着亮光。她爱惜地摸了下手镯，自言自语着："这只手镯，是你小时回来那次，太太给我的。周岁给的那只已经卖掉了。因为爸爸生病，没钱买药。"她说的太太指的是我母亲。我听她这样称呼，觉得我们之间的距离又远了，只是呆呆地望着她没作声。她又说：

"爸爸还是救不活,那时你已去了杭州,只想告诉你却不会写信。"她爸爸什么样子,我一点印象都没有,只是替阿月难过。我问她:"你为什么这么早就出嫁?"她笑了笑说:"不是出嫁,是我妈叫我过去的。公公婆婆借钱给妈做坟,婆婆看我还会帮着做事,就要了我。"说这些话的时候,她的眼睛一直是半开半闭的,好像在讲一个故事。过了一会儿,她睁开眼来,看看我的手说:"你的那只金手镯呢?为什么不戴?"我有点愧赧,讪讪地说:"收着呢,因为上学不能戴,也就不戴了。"她叹了口气说:"你真命好去上学,我是个乡下女人。妈说得一点不错,一个人注下的命,就像钉下的秤,一点没得反悔的。"我说:"命好不好是由自己争的。"她说:"怎么跟命争呢?"她神情有点黯淡,却仍旧笑嘻嘻的。我想如果不是我一同吃她母亲的奶,她也不会有这种比较的心理,所以还是别把这一类的话跟她说得太多,免得她知道太多了,以后心里会不快乐的。人生的际遇各自不同,我们虽同在一个怀抱中吃奶,我却因家庭背景不同,有机会受教育。她呢?能安安分分、快快乐乐地做个孝顺媳妇、勤劳妻子、生儿育女的慈爱母亲,就是她一生的幸福了。我虽知道和她生活环境距离将日益遥远,但我们的心还是紧紧靠在一起,彼此相通的。因为我们是"双胞姊妹",我们吮吸过同一位母亲的乳汁,我们的身体里流着相同成分的血液,我们承受的是同等的爱。想着这些,我忽然止不住泪水纷纷地滚落。因为我即将回到杭州续学,虽然有许多同学,却没有一个曾经拳头碰拳头、脚碰脚的同胞姊妹。可是我又有什么能力接阿月母女到杭州同住呢?

婴儿啼哭了,阿月把她抱在怀里,解开大襟给她喂奶。一手轻轻拍着,眼睛全心全意地注视着婴儿,一脸满足的神情。我真难以相信,眼前这个比我只大半个月的少女,曾几何时,已经是一位完完全全成熟的母亲。而我呢?除了啃书本,就只会跟母亲闹别扭,

跟自己生气，我感到满心的惭愧。

阿月已很疲倦，拍着孩子睡着了。乡下没有电灯，屋子里暗洞洞的。只有床边菜油灯微弱的灯花摇曳着，照着阿月手腕上黄澄澄的金手镯。我想起母亲常常说的，两个孩子对着灯花把眼睛看斗了的笑话，也想起小时回故乡，母亲把我手上一只金手镯脱下，套在阿月手上的慈祥的神情，真觉得我和阿月是紧紧扣在一起的。我望着菜油灯灯盏里两根灯草芯，紧紧靠在一起，一同吸着油，燃出一朵灯花，无论多么微小，也是一朵完整的灯花。我觉得和阿月正是那朵灯花，持久地散发着温和的光和热。

阿月第二天就带着孩子匆匆回去了。仍旧背上背着大的，怀里搂着小的，一个小小的妇人，显得那么坚强那么能负重任。我摸摸两个孩子的脸，大的向我咧嘴一笑，婴儿睡得好甜，我把脸颊亲过去，一股子奶香，陡然使我感到自己也长大了。我说："阿月，等我大学毕业，做事挣了钱，一定接你去杭州玩一趟。"阿月笑笑，大眼睛润湿了。母亲忽然想起一件事来，急急跑上楼，取来一样东西，原来是一个小小的银质铃铛，她用一段红头绳把它系在婴儿手臂上。说："这是小春小时候戴的，给她吧！等你生了儿子，再给你打个金锁片。"母亲永远是那般仁慈、细心。

我再回到杭州以后，就不时取出金手镯，套在手臂上对着镜子看一回，又取下来收在盒子里。这时候，金手镯对我来说，已不仅仅是一件纪念物，而是紧紧扣住我和阿月这一对"双胞姊妹"的一样摸得着、看得见的东西。我怎么能不宝爱它呢？

可是战时肄业大学，学费无着，以及毕业后的转徙流离，为了生活，万不得已中，金手镯竟被我一分分、一钱钱地剪去变卖，化作金钱救急。到台湾之初，我花去了金手镯的最后一钱，记得当我拿到银楼去换现款的时候，竟是一点感触也没有，难道是离乱丧亡，已使此心麻木不仁了？

　　与阿月一别已将半个世纪，母亲去世已三十五年，乳娘想亦不在人间，金手镯也化为乌有了。可是年光老去，忘不掉的是点滴旧事，忘不掉的是梦寐中的亲人。阿月，她现在究竟在哪里？她过的是什么样的日子呢？她的孩子又怎样了呢？她那只金手镯还能戴在手上吗？

　　但是，无论如何，我心中总有一对金手镯，一只套在我自己手上，一只套在阿月手上，那是母亲为我们套上的。

妈妈罚我跪

小时候，只要我过分顽皮惹妈妈生气，她就绷起脸说那三个字："去跪下。"我就"蹬蹬蹬"跑到佛堂前的小蒲团上跪下。那是外公特别用软软的蒲草给我编的，他说那才是真正的蒲团，在佛堂里越跪久越会长大，佛菩萨会保佑我聪明又健康。所以我一点也不怕妈妈罚我跪。

有一天，我因为偷吃了一块妈妈刚刚做好供佛的红豆枣泥糕，不等她开口，我就主动要去佛堂罚跪。妈妈偏说："不要去佛堂，就在厨房里跪。"我知道佛堂里供有一大盘香喷喷热腾腾的枣泥糕，妈妈生怕我再偷吃。其实我就是不吃，跪着闻闻那香味也是好的。可是妈妈令出如山，我若是不听话，连中午特别为我蒸的新鲜黄鱼中段也不给我吃了。我只好扮出一副苦脸央求："厨房的地太凉太潮湿，跪久了会得风湿病的。"妈妈想了想，忍住笑说："那就在厨房里罚站吧。"罚站呀，妈妈又想出新招来了。都是我自己不好，告诉妈妈邻居小朋友王玉在乡村小学念书，背书背不出来，老师罚她对着墙壁站五分钟，因为学校的水门汀地都是灰土，而且女孩子跪着也不好看。王玉对我说时还眉飞色舞，好像觉得男生罚跪，她罚站，高他们一大截的样子呢。妈妈听了还笑眯眯地夸老师处罚得当，夸王玉诚实懂事。现在她也要罚我站，算是让我升级了。我又娇声娇气地说："王玉是对着墙壁站，我们厨房的墙壁灰土土的，还挂着咸鱼,有一股子腥味,我就对着灶神爷站好吗?"妈妈觉得也有道理,就点点头,这时她已笑眯眯,一点怒气也没有了。我毕恭毕敬地站着,却又忍不住问:"妈妈,您小时候,外公外婆罚您跪吗?"妈妈瞪我一眼:"罚站时不许说话。"过了一下,再叹口气说:"你又不是不知道你外婆过世得早,是你外公把我带大的。你去问外公吧,问他有没有罚过我跪,我小时候是不是像你这样不听话。"外公那时在廊前晒太阳,我马上朝灶神爷拜了三拜说:"我这就去问外公。"就马上溜出厨房,一次严重的罚站就这么结束了。我跑到廊前,扑在外公暖烘烘的怀里喊:"外公,妈妈要罚我跪,后来又改了只罚我站,站得脚板心好疼哟。"外公敲着旱烟筒问:"你做错了什么事呀?"我说:"没做错事,只不过吃了块供佛的红豆枣泥糕。"外公问:"妈妈看见你拿去吃的吗?"我摇摇头,外公说:"不先问妈妈,自己拿来吃就是偷。"我委屈地说:"我肚子好饿,妈妈老是要我等,等供了佛和祖先、等外公和阿荣伯都坐上饭桌,再分给我吃。我还小,禁不得饿的呀。"外公呵呵地笑了,把我搂得紧紧地说:"哦,小春还小,小春已经很听话很乖了。"我仰起头,摸着外公的灰白胡须问:"外公,妈妈小时候,您有没有罚她跪呢?"外公摇摇头说:"没有,你妈妈从小就懂事,从不惹我生气。她没你命好,没娘疼她,外婆过世得太早啊。"外公不再说话了,脸上像很忧伤的样子,我就不敢多问了。但我知道,"罚跪"是一种很重的惩罚,罚过跪,一定要牢记心头,不要再犯错。妈妈因为疼我,要我学好,才罚我跪的。

可是运气真不好,那天老师要我背一段《孟子》,我一眼看见他佛堂里供的也是妈妈送过来的红豆枣泥糕,我闻着香味,《孟子》竟结结巴巴地背不齐全了。老师生气地一拍桌子说:"跪下。"我哭丧着脸说:"早上已经在厨房里被妈妈罚过了。"我没说罚"站",因为老师佛堂前的蒲团很软很舒服,我宁可"跪"。

老师仍很生气地说:"你妈妈罚你是另一回事,我罚你是因为你书背不出来。"我就乖乖儿地走到佛堂前,跪在蒲团上。没想到老师又大声地说:"跪在地板上,蒲团是我拜佛跪的。"我说:"老师,我边跪边拜佛好吗?我会念心经、大悲咒,妈妈教我的。"大概是我那一脸的虔诚,感动了严厉的老师,他沉着脸点点头说:"好吧,你就跪在蒲团上念心经大悲咒,佛会保佑你聪明健康的。"他把佛堂里的一串念佛珠取来挂在我脖子上,我就闭目凝神地念起来,越念越高兴。想想老师尽管对我那么凶巴巴的,心里一定还是很疼我的。不然为什么要菩萨保佑我呢?我双膝跪在软绵绵的蒲团上,眼睛注视着香炉里升起的袅袅青烟,想着每天清早随妈妈并排儿跪着念经拜佛时,妈妈一脸的虔诚,使我有一份说不出的安全感。才知道跪并不是一种惩罚,而是让我静下心来慢慢地想,那就是老师常常教我的"反省"吧……

岁月悠悠逝去,而当年罚跪情景,如在目前。想起慈爱又辛劳的母亲,想起温而厉的老师,领悟到他们对我的罚跪,含有多么深的爱和期望啊!

母亲的金手表

母亲那个时代，没有"自动表""电子表"这种新式手表，就连一只上发条的手表，对于一个乡村妇女来说，都是非常稀有的宝物。尤其母亲是那么俭省的人，好不容易父亲从杭州带回一只金手表给她，她真不知怎么个宝爱它才好。

那只圆圆的金手表，以今天的眼光看起来是非常笨拙的，可是那个时候，它是我们全村最漂亮的手表。左邻右舍、亲戚朋友到我家来，听说父亲给母亲带回一只金手表，都会要看一下开开眼界。母亲就会把一双油腻的手，用稻草灰泡出来的碱水洗得干干净净，才上楼去从枕头下郑重其事地捧出那只长长的丝绒盒子，轻轻地放在桌面上，打开来给大家看。然后眯起（近视眼）来看半天，笑嘻嘻地说："也不晓得现在是几点钟了。"我就说："您不上发条，早就停了。"母亲说："停了就停了，我哪有时间看手表？看看太阳晒到哪里，听听鸡叫就晓得时辰了。"我真想说："妈妈不戴就给我戴。"但我也不敢说，知道母亲绝对舍不得的。只有趁母亲在厨房里忙碌的时候，才偷偷地去取出来戴一下，在镜子里左照右照一阵又脱下来，小心放好。我也并不管它的长短针指在哪一时哪一刻。跟母亲一样，金手表对我们来说，不是报时，而是全家紧紧扣在一起的一种保证，一份象征。我虽幼小，却完全懂得母亲宝爱金手表的心意。

后来我长大了，要去上海读书。临行前夕，母亲泪眼婆婆地要把这只金手表给我戴上，说读书赶上课要有一只好的手表。我坚持不肯戴，我说："上海有的是既漂亮又便宜的手表，我可以省吃俭用买一只。这只手表是父亲留给您的最宝贵的纪念品啊！"因为那时父亲已经去世一年了。

我也是流着眼泪婉谢母亲这份好意的。到上海后不久，就由同学介绍熟悉的表店，买了一只价廉物美的不锈钢手表。每回深夜伏在小桌上写信给母亲时，就会看着手表写下时刻。我写道："妈妈，现在是深夜一时，您睡得好吗？枕头底下的金手表，您要时常上发条，不然的话，停止摆动太久，它会生锈的哟。"母亲的来信总是叔叔代写，从不提手表的事。我知道她只是把它默默地藏在心中，不愿意对任何人说的。

大学四年中，我也知道母亲身体不太好。她竟然得了不治之症，我一点都不知道，她生怕我读书分心，叫叔叔瞒着我。我大学毕业留校工作，第一个月薪水就买了一只手表，要送给母亲，也是金色的。不过比父亲送的那只江西老表要新式多了。

那时正值对日抗战，海上封锁，水路不通，我于天寒地冻的严冬，千辛万苦从旱路赶了半个多月才回到家中，只为拜见母亲，把礼物献上。没想到她老人家早已在两个月前，默默地逝世了。

这分锥心的忏悔，实在是百身莫赎。孔子说："父母在，不远游。"我是不该在兵荒马乱中，离开衰病的母亲远去上海念书的。她挂念我，却不愿我知道她的病情。慈母之爱，昊天罔极。几十年来，我只能努力好好做人，但又何能报答亲恩于万一呢？

我含泪整理母亲遗物，发现那只她最宝爱的金手表，无恙地躺在丝绒盒中，放在床边抽屉里。指针停在一个时刻上，但绝不是母亲逝世的时间。因为她平时就不记得给手表上发条，何况在沉重的病中!

手表早就停摆了,母亲也弃我而去了。有很长一段时间,我不忍心去开发条,拨动指针。因为那究竟是母亲在时,它为她走过的一段旅程,记下的时刻啊。

没有了母亲以后的那一段日子,我恍恍惚惚的,只让宝贵光阴悠悠逝去。在每天二十四小时中,竟不曾好好把握一分一刻。有一天,我忽然省悟,徒悲无益,这绝不是母亲隐瞒自己病情,让我专心完成学业的深意,我必须振作起来,稳定步子向前走。

于是我抹去眼泪,取出金手表,开紧起发条,拨准指针,把它放在耳边,仔细听它柔和有韵律的嘀嗒之音。仿佛慈母在对我频频叮咛,心也渐渐平静下来。

我把从上海为母亲买回的表和它放在一起,两只表都很准确。不过都不是自动表,每天都得上发条。有时忘记上它们,就会停摆。

时隔四十多年,随着时局的紊乱和人事的变迁,两只手表都历尽沧桑,终于都不幸地离开了我的身边,不知去向了。

现在我手上戴的是一只普普通通的不锈钢自动表,式样简单,报时还算准确。但愿它伴我平平安安地走完以后的一段旅程吧!

去年我的生日,外子却为我买来一只精致的金表,是电子表。他开玩笑说我性子急,脉搏跳得快,表戴在手上一定也越走越快。而且我记性又不好,一般的自动表脱下后忘了戴回去,过一阵子就停了,再戴时又得校正时间,才特地给我买这个表,几年里都不必照顾它,也不会停摆,让我省事点。他的美意,我真是感谢。

自动表也好,电子表也好,我时常怀念的还是那只失落了的母亲的金手表。

有时想想,时光如真能随着不上发条就停摆的金手表停留住,该有多么好呢!

妈妈银行

小时候，常听大人们说"钱庄、钱庄"，心想钱庄就是专门装钱的一间屋子，一定是角子洋钱挤得满满的，像我家专门装谷子的谷仓一样。

有一回，一位住在城里的叔叔来乡下玩，我听他对母亲说："大嫂，你有钱该存银行，不要存钱庄。"母亲笑笑没有作声。

我问她："妈妈，钱庄和银行有什么两样？"

母亲很快地说："钱少的叫钱庄，钱多的叫银行。"

我又问："妈妈的钱为什么不存银行呢？"

她敲了下我的脑袋瓜说："我的钱都存在你的肚子里了。你不是要吃中段黄鱼和奶油饼干吗？那都要钱买的呀。"

我想想也对，就很感激地说："那么我以后的压岁钱都给妈妈买黄鱼和奶油饼干，妈妈的钱就好存银行了。"

母亲点点头说："走开走开，我忙着呢！你的压岁钱都给你买氢气球和鞭炮花光了，再等过年还早得很呢。"

于是我就把抽屉里、枕头底下所有的钱统统捧出来。有的是中间有个四方孔的铜钱，那是厨房里的五叔婆给的。旧兮兮的一点亮光没有，不值钱的，只能包在破布里当毽子踢。幸得有不少枚银角子。银角子有两种，小而薄的是小洋角子，要十二枚才换一块银洋钱。大的是大洋角子，十枚就可以换一块洋钱了。

我数来数去，越数越糊涂，就一把抓给母亲说："妈妈，存在你那里。"母亲高兴地说："好，我是你的银行。"我一听到银行就高兴，仿佛钱放在银行里就会像白米饭似的，胀成满满一锅。

母亲把我的钱放在针线盒的第二格，对我说："不许动，这就是妈妈的银行，要等凑满两块银洋钱，就给你去存钱庄。"

我马上说："我不要存钱庄，我要存银行。"

母亲说："钱庄就在镇上，我们可以自己走去，银行在城里，我一两年也难得去一回呀。"

我想起那个城里的叔叔，就说："那我们就请叔叔代存好吗？"

母亲想了一下，好像真有什么新主意似的，就去问五叔婆："你有钱没有？我们一起托阿叔存城里的银行好不好？"

五叔婆瘪瘪嘴说："我才不相信他呢！他一年到头香烟不离嘴，说不定会把我们的钱拿去买香烟抽。我不存，我宁可放在自己贴肉口袋里，最放心。"说着，她双手拍拍鼓起的粗腰，我知道她一年四季缠着的腰带里都是钱。

钱给了母亲，我得守信用不动用它。只能常常捧出针线盒，打开来摸摸数数，听听叮叮当当的声音。

有一次，乡长来募捐赈水灾，母亲从身边摸出五个银角子给他。我连忙问："这是你的还是我的？"

母亲说："当然是我的。对了，你也该捐一点呀！"

我起先有点舍不得，但想想赈灾是善事，"人要发挥广大的同情心"，老师说的。我就跑到楼上，从针线盒里拿出一个银角子，在手心里捏着，捏得热烘烘的，才万分不舍地递给乡长。他拍拍我的头说："好心有好报。"就收下了。

我得意地回头看看五叔婆，她横了我一眼，才慢吞吞地从腰带里挖出一个银角子。过了半天，再挖出一个，不言不语地递给乡长，

21

乡长还没来得及说话呢，我马上抢着说："五叔婆，您好心有好报。"她再横了我一眼。我第一次觉得五叔婆心肠也是蛮好的。

妈妈的银行给我心理上一份安全感，觉得有妈妈作保，钱一定不会丢，不会少。尤其是，原该三十个铜板换一枚银角子的，我只要积到廿七八个，就要跟妈妈换银角子了。好开心啊，钱存不存银行都没关系，何况银行是个什么样，我根本不知道。妈妈的银行——那个针线盒，才是实实在在的。

也不知什么时候，母亲真把我的钱和她自己的钱都交给城里的叔叔去存银行了。我摇摇针线盒没有叮叮当当的声音了，总有点不放心，就对母亲说："我现在想想还是存在钱庄好，我们可以一同到镇上，自己存进去。"母亲说："你放心，叔叔有存折给我的，有多少都记在上面，少不了的。"我也就放心了。

又不知过了多久，有一天，母亲把折子拿给我的老师看，问他："这里面一共是多少钱？看我的心算跟总数合不合呢！"

老师看了下，奇怪地说："大嫂，你弄错了吧，这里面的钱都已取光啦。"

"你说什么？"母亲知道老师是正正经经的人，不会跟她开玩笑的，她已经在发抖了。

"这是一本空折子，钱都一次次提光了。你是托谁存取的呀！"老师一脸的茫然。"是托阿叔的呀！只有一圆圆地存进去，从没取出来过，里，里面还有小春的钱呢。"

"没有了，老早没有了。你捏着的是一本空折子。"

我在一边马上大哭起来，跺着脚喊："妈妈，我要我的钱，叔叔拐了我的钱，他好坏，他是贼。"

我越哭越伤心，母亲脸都气白了。半晌才大声喝道："不要哭，也不许骂人。自己好好读书，多认几个字，把算盘学好，就不会给别人欺侮了。"

她已泪流满面，我只好忍住哭，拉着她的衣角说："妈妈，你也不要哭了。我们再从头来过。这回我们就把洋钱角子统统放在针线盒里，不要存银行，也不要存钱庄，把针线盒天天放在枕头边，就放心了。"

老师叹口气说："存银行存钱庄都一样，就是要托个可靠的人。小春，你要快快长大，帮你妈妈的忙。"

我心想，我已会背九九表，妈妈会心算，但又有什么用呢，钱已经没有了呀！我常常把九九表背得七颠八倒，母亲总带笑地纠正我。从那以后我不敢背了，怕她想起被叔叔拐走的钱会心痛。

我问她为什么不向叔叔算账，她说："女人家辛辛苦苦积蓄点私房钱，有什么好声张的？我那点只是从买菜和粜谷子里省下来的。我若是跟他算账，他就会写信告诉你爸爸，算了吧，反正我也不花钱。"

我却是心中愤愤不平，山里的外公来时，母亲嘱咐我不要讲，我还是悄悄地一五一十告诉了外公。外公说："钱不花，放在针线盒里、枕头底下，跟存在银行里一样。小春，你以后还是把滚铜板、踢毽子赢来的钱统统给你妈妈，她喜欢听叮叮当当的声音，你也有新鲜黄鱼和奶油饼干吃，多好啊！"

因此，我还是最最喜欢那个可以捧在手里，摇起来叮当响的针线盒，我就叫它"妈妈银行"。

我长大以后，父亲把我带到杭州读中学。母亲有很长一段时间仍住在乡间，我就把压岁钱托人带回给她，随便她存钱庄还是仍放在"妈妈银行"里。我是希望她买点补品吃。

暑假回乡时，老师告诉我："你妈妈每回收到你的银洋钱，都要叮叮地敲一阵、凑在耳朵边听一阵，听了再敲，敲了再听，弄得五叔婆好羡慕，就怨她儿子不孝顺，没带银洋钱给她。"

我想起那个拐我们钱的城里叔叔，问母亲他后来怎样了。母亲叹口气说："他苦得很，讨了个城里的女人，两个人都抽上了大烟，连乡下的房子都卖掉了。"

我也十分感慨，一个不忠实的人，再加上恶疾，终归落得一生潦倒。

有一次他回到乡间来，母亲看他衣衫褴褛、鞋袜都前通后通了，忍不住就给他钱去买衣服。我想起当年母亲辛苦积蓄被他拐走的心痛神情，仍不免泫然。但母亲一点也不计较他对她的不诚实，反而在困难时再接济他。

好心的母亲啊！如果您是个百万富豪，真的开一家"妈妈银行"，您将会救济多少贫寒之人呢？

压岁钱

又要分压岁钱了。我把一张张崭新十元新台币装进红封套,生活水准愈来愈高,十元、五十元、一百元捏在手里都一样是轻飘飘的,哪里像我们小时候,爸爸妈妈各给一块亮晶晶沉甸甸的大洋钱,外公给十二枚银角子——也就是一块银圆。外公说十二枚银角子比一块银圆分量重,所以他总是给我银角子。洋钱角子一起收在肚兜里,走一步,双脚跳一下,叮叮当当直响,好开心啊!晚上睡觉的时候,母亲才把它取出来,收在一只双仙和合的绣荷包里,绣荷包装不下了,就收在母亲的珠红雕花首饰盒里。收着收着,就不记得有多少了。到明年,打开首饰盒,一块洋钱也没有了,母亲说替我存入银行,供我长大上外面读书。那日子还远得很,我只要母亲给我肚兜里留几块洋钱与角子买鞭炮就够了。

我真懊恼,来台湾竟没有保留一块银圆,我已记不得十块银圆叠起来有多高,五十块有多高。只记得父亲说的,他从故乡赶旱路到杭州读书,草鞋夹在胁下,口袋里就只两块银圆,是曾祖父卖了半亩田给他当盘缠的。他已是同伴中最富有的一个了。可见银圆对大人们来说,是多么有分量的一笔财产。对孩子们来说,也是多么神通广大的一样玩意儿呢!

外公不但在大年初一给我银角子,整个正月里,他老给。比如我替他通旱烟管,通一次就是一枚银角子,装一次烟是一个铜板。

外公常常讲一些陈年故事，讲了又讲，我都听厌了，我说："外公，我听一遍，你得给我一个铜板。"外公连说好，于是我就黏着他赚钱。我有个在城里念女子中学的四姑，她会用五彩毛线钩手提袋。她给我钩了个小钱包，分两层，一层放角子，一层放铜板。有一天，大门口叫卖桂花糕、烂脚糖（四四方方，当中圆圆一块黑豆沙像膏药，乡下人叫它烂脚糖）的来了，我正牵着小表弟在玩，为了表示做姐姐的慷慨，我掏出毛线钱包，取出一个铜板，给他买了一块桂花糕，他却嚷着要吃烂脚糖，烂脚糖得两个铜板，我有点舍不得，正犹疑着，我怕得像老虎似的二妈从大门口进来了，我赶紧把钱包收在口袋里，牵着小表弟就走，小表弟吃不成烂脚糖就大哭起来，二妈走过来，伸手在我口袋里拿出钱包说："哪来的钱？"我说："是外公给的压岁钱。"她说："压岁钱怎么会是铜板？还有，你怎么可以自己买东西吃？你爸爸不是告诉你不许吗？"她把钱包塞在狐皮手笼里，转身走了。这回大哭的是我，因为小表弟已经吓呆了。我抽抽噎噎地把详情告诉外公和母亲，母亲抿紧了嘴唇一声不响，眼中噙着泪水，外公喷着烟，仍旧笑嘻嘻的。我既心疼角子铜板被没收，还有一股受辱的气愤，却不知母亲心里是什么滋味。半晌外公敲着烟筒说："小春，别懊恼，她拿去就拿去，你会赚，给我端碗红枣桂圆汤来，我再给你一大枚。"我委委屈屈地说："她不该不相信我的钱是您和妈给的。"外公说："她哪儿不相信？她相信的，只因她自己没有女儿，没有压岁钱好给，心里不快乐就是了。"从那以后，我总是老远躲着二妈，不让她看见我开心的样子。我却是纳闷，她没有女儿好给压岁钱，为什么不给我呢？这个疑问，直到十几年后我长大了才想通。到我不再盼望压岁钱的时候，二妈却每年笑吟吟地给我五块银圆。我不得不接下来，接下来说声："恭喜新年。"心里却是凄凄冷冷的，一点儿新年的欢乐感觉都没有。若是她在我小时候,不没收我的毛线钱包,或是高高兴兴地拿两个铜板买一块烂脚糖给小表弟吃,我将会多么快乐,多么喜欢她。

我有一个小叔叔,吊儿郎当,却是我的好朋友。他比我大好多岁,我把他佩服得不得了。外公也夸他聪明,只是不学好。比如他喜欢吃鸭肫肝,母亲给他偏不要,背地里却去储藏室偷,一偷就是一大串,起码四五个。有时还加一只香喷喷的酱鸭。坐在后门外矮墙边,拿柴火边烤边吃,还叫我替他偷父亲的加利克香烟。叔婆疼我,大年初一,我给她磕头拜年,她从贴肉肚兜里掏出蓝布包,打开一层又一层,拿起一块洋钱递给我说:"呶,给你买鞭炮。"母亲不准我拿叔婆的辛苦钱,可是小叔在她后面做鬼脸要我拿,我伸伸舌头收下了。叔婆一走开,小叔叔就说:"我教你一套新戏法,你把一块钱给我。"我马上就给他了,他教了我一套洋火梗折断了又还原的戏法。他拿了洋钱,去了半天回来又对我说:"再借我一块钱,我去捞赌本,赢了加倍还你。"我口袋里只放两块洋钱,借了他一块,只一块独自就不会叮叮当当地响了。我打算不借他,他说不跟我滚铜子儿玩,不陪我看庙戏了,没奈何我又借了他。第二天他回来对我摊摊手说:"运气不来,以后再还你。"却从口袋里摸出个大橘子给我,说是庙里供菩萨偷来的,吃了长命百岁。我把橘子使劲扔进水沟里,又把剩下的一块洋钱和一些角子统统抓出来,捧到他鼻子尖前面,大声地说:"你拿去赌,把它统统输光好了,就赌这一次,永远别再赌了。"他吃惊地望着我说:"小春,你生我的气了。"我说:"我气你,叔婆也气你,我外公和妈都要不喜欢你了,你老做坏事情。"他坐在台阶上,从泥地上捡起一片烂叶子说:"我就像这片烂叶子,飘掉了,树上也看不出少了一片叶子。"我说:"你为什么不做长在树上的青叶子呢?"他望了我半晌说:"好,你就再借我一块钱,我去还了赌债,从此不赌了。"他拿了我的钱,十分有决心地

走了。可是一去四五天不见，直等有一天长工把他背回来，他的脖子挂在长工肩膀上荡来荡去，像一只宰掉的鸭子，醉得一点知觉没有。叔婆见了他哭，我也哭。我不是心痛压岁钱，而是心痛他说了话不算数。从那以后，他再对我自怨自艾、赌咒发誓，我都不信了。后来我去了杭州，寒假回家，看见他还是那副吊儿郎当的样子。彼此都长大了，距离也远了，好像没什么话好谈。他给我提来一篓红红的橘子。我问他都干些什么，他说给人打点零工，写写春联。他凄惨地笑了一笑说："你出门读书以后，我就没处拐压岁钱了。"我听了心情黯然，却又找不出话安慰他，他又叹息地说："我终归是一片烂叶子，谁也没法把它粘回到树上了。"

母亲的一个朋友，我喊她二干娘。她排行第二，三十岁还没结婚，所以大家背地里都喊她三十头。母亲却非常敬重她，说她孝顺、俭省、勤恳。为了风瘫的父亲，宁可让姐妹们都一个个结婚了，自己终身不嫁，当护士挣钱侍候老人。她真是好俭省，热天里老是一件淡蓝竹布单衫，冷天里老是一件藏青哔叽旗袍，头上戴一顶黑丝绒帽子，把个鼓鼓的发髻包在里面，看去好老气。可是她长得细皮白肉的，眉毛好长好长，眼睛很亮，见了人总是笑眯眯的。我很喜欢她。她每年新年来拜年，总是给我一块银圆压岁钱。可是有一年，她只给我一包用花纸包着的糖，没有马上摸出压岁钱来。我特地给她摇摇晃晃地端上一盏红枣莲子汤，她用小银匙挑了一粒莲子，放在嘴里，然后打开扁扁的黑皮包，取出手帕来抹了下嘴角，还是没有拿出压岁钱来。我靠在母亲身边，眼巴巴地望着她，对于一包糖，我是不够满足的。坐了一回，她起身告辞了，我忍不住跟母亲说："妈，她还没给我压岁钱呢。"母亲使劲拧了我一把，她却仍是笑嘻嘻的，好像没听见。等她走出大门，我也不由得喊了她一声：三十头，小气鬼。

很多年后,有一个正月,她来我家,还是那件藏青哔叽旗袍,一顶灰扑扑的绒线帽子,压到长眉毛边,帽檐下露出几绺稀疏的白发。三十头已老了好多好多,她不再细皮白肉,两颊瘦削,眼睛也不那么亮了。她见了我,紧紧捏着我的手,问长问短。她告诉我老父已经去世好几年,她仍没有结婚,却领了妹妹一个孩子来养,伴伴老境。可是最近病了一大场,把为孩子积蓄的学费全病光了,说到这里,她忽然停住了,半晌又叹一口气说:"可惜你母亲不在杭州。"她打开扁扁的皮包,取出手帕擦眼睛。我想起自己小时候骂她三十头小气鬼的事,不由坐到她身边,亲切地说:"二干娘,你别心焦,我有点压岁钱,先给你,我再写信请妈寄钱给你。"她抬起婆娑的泪眼望着我说:"你太好心了,可是我不能借你孩子的钱,我还是另外去想办法吧!"我已三步两脚上了楼,捧出我的福建漆保险箱,把全部几十元银圆都取出来,用手帕包好,下楼来递给了她,她犹疑了好一阵子,却只取了一半说:"这就差不多了。"她又凄然一笑说:"你小时候,我都没有年年给你压岁钱,现在反而借用你的压岁钱了。你真像你妈,有一颗好心。祝福你妈和你都有好福气。"听了她的话,不知怎的,心里一阵酸楚。想起母亲常常叹自己命苦。她现在远在故乡,过着孤寂的乡居生活,我又为学业不能回去陪伴她,她能算是有福气吗?心里想念母亲,不由得紧紧捏着二干娘的手,牵着她走出大门,灰蒙蒙的天空已飘起雪来。她把帽檐压得更低,拉起旧围巾把身子裹得紧紧的,眼圈红红的望着我说:"给你妈写信时,说我好想念她。"她低下头,佝偻着身子走了。雪天的长街好宽阔好冷清。雪花大朵大朵地飘落在她的黑绒帽上、旧围巾上,她一步步蹒跚地向前走去。前面的路还有多长呢?这样冷的天,她连大衣都不穿,在寒风中挣扎。她侍奉完了长辈,再抚育小辈,一生都不曾为自己打算。她好像就没有少女时代,一开始就被喊作三十头。

三十、四十只是转瞬之间,她已经老了。她老了,我母亲也老了。而我这个只知道讨压岁钱的傻丫头却长大了。我摸摸口袋里剩下的银圆,叮叮当当地发出柔和而凄清之音。童年的岁月,离我很远很远了。

现在,孩子向我讨压岁钱,我给他两张十元新台币,他满足地笑一笑,蹦跳着去买鞭炮了。而我呢?我但愿有一位长辈,给我一块亮晶晶沉甸甸的银洋钱或几枚银角子,让我再听听叮当的撞击之音。

一饼度中秋

一位朋友的女儿在电话里对我说："明天是中秋节啦，祝阿姨中秋节快乐。"难得的是长大在国外的年轻人，还能如此重视中国节日。我呢？来美才两个月，过的是漂浮不定的寄居生活，连星期几都记不清，莫说中秋节了。原本是大陆性的美国气候，此时正该是"金风送爽，玉露生香"的好时光，却反常地由华氏六十多度突升到九十多度。他们因而称之为第二个夏天，连秋老虎都没这般凶呢！在汗出如浆中（住处不便开冷气），丝毫也没有"露从今夜白"的美感，也就没有"月是故乡明"的伤感了。

去年中秋节在台北，他公司照例放假半天。中午回家时，他喜滋滋地捧着一盒月饼，对我说："特地买的名牌月饼，四色不同。有你爱吃的五仁、豆沙，有我爱吃的金腿、莲蓉。"我马上抱怨："你又买月饼，年年买月饼，既贵又腻口，还不如我自己做的红豆核桃枣糕呢。"他嗤之以鼻地说："又是你的乡下土糕。你的糕是方的，我的月饼是圆的呀。"我大笑说："你真笨，用圆的容器蒸，不就是圆的了吗？"他只好点头："好好，你吃你的枣糕，我吃我的月饼。"

不等我端出中午的饭菜来，他就打开盒子想吃。我提醒他："要先供祖先呀。"他抱歉地说："差点忘了。"他凡事都非常自我中心，只有供拜祖先这件事，他总是从善如流。这也是我二人在生活上、思想上最为融洽、最最快乐的时刻了。

说来没人相信，那一盒四个月饼，我们就像小老鼠似的，啃啃停停，一个多月才啃完三个，剩下一个豆沙的，再也没胃口吃了，就把它收在冰冻箱里冷藏起来。开玩笑地说："明年中秋节再吃吧。"那个月饼，就这么从去年中秋摆到今年端午，再从端午摆到盛夏。我也好几次想利用它里面的豆沙做汤团吃掉，但总没有心情与时间。直到来美之前，撒清冰箱，才取出这个"硕果"月饼，搁在手心里摸了好久，犹豫了好久，难道还能把它带到美国去吗？只好狠个心扔进了垃圾桶。沉甸甸的"扑通"一声，又感到好心疼。

真是无论如何也没想到，又会来美国过中秋，而且过得如此的意兴阑珊。按说以今日朝发夕至的交通，远渡重洋原不算一回事。可是我是个恋旧得近乎固执的人，好端端的，又把一个家搬到海外，再住上几年，对我来说，真有一种连根拔的痛苦感觉。但有什么办法呢？女人嘛，总得顾到"三从四德"吧。

他今晨笑嘻嘻地对我说："今天公司里会每人发一个月饼，给大家欢度中秋。就不知道主办人在中国城能不能买到跟台北一样香甜的月饼，也不知我分到的是一种什么馅儿的，只有碰运气了。"对于吃月饼，对于月饼馅儿的认真识别，他真是童心不改。他最最爱吃那种皮子纸一样薄，满肚子馅儿的广东月饼，嘴里好像老留有幼年时在外婆家吃第一个广东月饼的香甜滋味呢。我呢？小时候为了偷吃了一角老师供佛的素月饼，被罚写大字三张，所以我的那段记忆远不及他的快乐。也许因此种下了不爱吃月饼的心理状态吧？

他上班后，我在想是不是再来蒸一盘红豆枣糕应应景？何况是我最爱吃的。可是米粉呢？红豆、枣子呢？都得远去中国城买，得换三次车才到，哪里像在台北时跨出大门，过一条大街，五分钟就买回来了。还有蒸锅盘碗等等，都得向房东借，太麻烦了。只得嗒然放弃一时的兴头，专心等他带回那一个月饼了。

他下午比平时早一小时回到家，手里小心翼翼地捏着一个锡箔纸小包，兴冲冲地递给我说："呶，月饼。今儿大家提前下班回家过中秋。"他喜滋滋的笑容，就跟在台北时捧着一盒名牌月饼进门时一模一样。我打开纸一看说："啊，是苏式翻毛月饼嘛，我倒比较喜欢苏式的，你呢？"他说："苏式、广式还不都是饼，我们吃的是月，不是饼呀。你看这雪白的样子，不是更像月亮吗？"他真懂得享受人生，懂得随遇而安的乐趣。

　　我只做了一菜一汤（居处未定，一切从简）。洗一碟葡萄，再摆上唯一的月饼。恭恭敬敬地向我们在天的父母拜了节，就开始吃我们丰盛的晚餐了。月饼虽非台北名牌出品，但豆蓉不那么甜得腻人。馅儿像猪肉又像牛肉末子，反比金腿可口，也不知是"物以稀为贵"呢，还是人在他乡，心情不同？总之，吃起来别有一番滋味在心头。

　　饭后原打算出去散一会儿步，可是天气骤变，霎时间下起滂沱大雨来。气温也直线下降（宝岛的海洋性气候都望尘莫及呢）。"中秋无月"，遇上杜甫或苏东坡等古人，就得吟诗一番，以表遗憾。可是现代人对于月球坑坑洞洞的脸儿，已经不稀罕，中秋有月无月，也就不再关怀了。

　　何况一阵豪雨过后，暑气全消，这才是"已凉天气未寒时"的光景。天公究竟识时务，不会让你一直过秋天里的夏天的。我宁愿在灯下阅读，静静地度一个冷落清秋节，又何必举头望"美国的月亮"呢。

　　一道菜、一个月饼，就度过了异国的中秋节。可是我还是好怀念在台北临行前夕，从冰冻箱里取出来那个石头样僵硬的豆沙月饼，我万不得已地把它扔进了垃圾桶，那沉甸甸的"扑通"一声，还一直敲在我的心头呢！

幼儿看戏

有一次看平剧，台上演的是芦花荡，周瑜与赵云正杀得难解难分。听后排一个小男孩问他爸爸："这两个哪个是好人，哪个是坏人呀？"做爸爸的回答："两个都是好人呀！"小孩又问："两个好人为什么要打架呢？"爸爸说："好人跟好人有时也会打架的，你不是有时也常常跟哥哥打架吗？"孩子不作声了。过了一下又说："爸爸，我不要跟哥哥打架了，我是好人，哥哥也是好人嘛。"

我听得乐不可支。过一阵，周瑜又与黄忠打起来。小孩又问了："爸爸，那个穿黄衣服的年轻人，胡子为什么这么白呀？"爸爸说："那是假胡子，他要扮老人呀！"小孩说："不要扮老人嘛，难看死了。"

我忍不住笑出声来，回头朝他看。他正用一条白围巾蒙住自己的下半边脸，模仿台上黄忠的白胡子，发现我在看他，不好意思地放下围巾，噘起小嘴说："我不要白胡子，我不要当老人。"他的一派天真可爱使我再也无心看台上的戏了。我也不禁想起自己幼年时坐在外公的怀里看戏的情景。我最喜欢看诸葛亮与关公，他们一出来，我就合掌拜拜。关公的马童一翻筋斗，我就拍手。我不喜欢周仓、张飞，因为他们的脸太大太黑了。

外公边看边讲笑话，他说关公在台上把桌子一拍，喊一声："周仓在哪里？"周仓正在台下摘下胡子吃馄饨，听关公喊他，连忙上台,却忘了戴胡子。关公一看他下巴光溜溜的,又把桌子一拍说:"叫你爸爸来。"周仓一摸下巴,连忙下去把胡子戴了再上来,喊一声"周仓来也"。

外公说完了,边上的人都哈哈大笑,我好高兴外公出了风头。

最高兴的是第二天,戏班子全体到我家来游花园。我看出好几个人脸上的油彩都没洗干净,就问哪个是关公。那个演关公的就指着自己的鼻子尖说:"是我、是我。"我说:"你是忠臣,我最讨厌曹操,他是奸臣。"那个演曹操的大笑说:"我是演奸臣的,你看我是好人还是坏人?"我看他一脸和气,摇摇头说:"我不知道。"他说:"我也是好人呀。"我说:"你不要演坏人嘛!"他说:"都要演好人,坏人谁演呢?"我有点迷惘了。外公说:"台上的坏人好人你分得清,台下的好人坏人,就分不清啰。"我越发糊涂了。

七八岁的童子,怎么懂得外公话里的意思。那时的我,不就跟现在后排那个孩子一样天真吗?

梦中的饼干屋

美国食品店里的饼干，种类繁多，却没一种是对我胃口的。每回吞咽着怪味饼干时，就会想起童年时代母亲做的香脆麦饼，母亲称之为土饼干。

我那时随母亲住在乡间，母亲做的土饼干，就是我的最爱。有一次，父亲从北京托人带回一罐马占山饼干，母亲笑眯眯地捧在胸前，看了又看，摸了又摸，舍不得打开，我急得要命，央求说："妈妈，快打开供佛呀，供了佛就给我吃，菩萨保佑我身体健康，读书聪明呀。"母亲才又笑眯眯地打开来，小心翼翼地抽出两片放在小木盘里供佛，我就在佛堂里绕来绕去，等吃饼干。母亲只许我一天吃两片，我却偷偷再吃一片，用手指掰开来，一粒粒放在嘴里慢慢地品尝，也分一点点给我的好朋友小黄狗和咯咯鸡吃。觉得马占山饼干并没什么特别味道，只不过是北京寄来，稀奇点就是了。我要母亲寄点麦饼给哥哥吃，母亲说路太远，寄去会霉掉。那时如果有限时专送该多好呢！

哥哥从北京写信来告诉我，他一天到晚吃饼干，吃得舌头都起泡了。因为二妈天天出去打牌，三餐都不定时，他肚子常常饿得咕咕叫，只好吃饼干。我看了信心里好难过，却不敢告诉母亲，怕她担忧。哥哥说饼干吃得实在太厌了，就拿它当积木玩，搭一幢小房子，叫作饼干屋，给蚂蚁住。

我好羡慕哥哥,情愿自己变成蚂蚁,住在哥哥搭的饼干屋里,就一年到头有吃不完的新鲜饼干了。

有一天,我做梦真的住进饼干屋,瓦片、墙壁、桌椅板凳,全是又香又脆的奶油巧克力饼干。我就拼命地吃,觉得比马占山饼干好吃多了。可是吃到后来,房子塌下来了,满身堆着饼干,我再拼命地吃,吃得肚子好撑,嘴巴好干,就醒过来了。原来枕头边还剩着没吃完的半块土饼干——母亲做的麦饼,饼干屋却不见了。

我仔细回想梦中情景,赶紧写信告诉哥哥。哥哥回信说他生病了,什么东西都吃不下,连饼干都不想吃了。母亲和我好担忧,哥哥究竟生的什么病呢?也许只是因为想念妈妈和我,吃不下东西吧。我又赶紧写信给哥哥,劝他不要忧愁,好好听医生的话吃药,也写信求父亲带哥哥回来,有妈妈的爱,哥哥的病一定马上会好的。可是父亲的信三言两语,一点也没写清楚哥哥究竟生的是什么病,也没提半句要带哥哥回来的话,母亲和我又忧焦又失望。那些日子,我好像一下子长大了,长得和母亲一样的年纪。我们母女天天跪在佛堂里,求菩萨保佑哥哥的病快快好。我们一边默祷,一边流泪,感到我们母女是那么的无助、无依。

哥哥的病一直没好起来,在病中,他用包药的粉红小纸,描了空心体的"松柏常青"四个字,又写了短短一封信给我说:"妹妹,我好想念妈妈和你,可是路太远了,爸爸不带我回家乡,因为二妈不肯回来,我只好在梦里飞回来和你们相聚了。"我边看边哭,觉得"梦魂飞回来"这句话不吉利,就不敢念给母亲听。我写信给哥哥,劝他安心,我的灵魂也会飞去和他相聚的。就这样,我们通着信,可是那时的信好慢好慢,每周只有两天才有邮差从城里来。我每次在后门口伸长脖子等信,总是等得失望的时候居多。看母亲总是茶饭无心,我更是忍泪装欢,盼望着绿衣人带来哥哥的信。那一盒北京带回的饼干,却是再也无心打开来吃了。

很久以后,才盼到父亲一封信,里面附着哥哥一张短短的纸条,写得歪歪斜斜几个字:"妈妈、妹妹,我病了,没有力气,手举不动了。饼干不能吃,饼干屋也没有了。"

我哭,我喊哥哥,可是路那么远,哥哥听不见,母亲抹去眼泪说:"哭有什么用呢?哭不回你爸爸的心,哭不好你哥哥的病啊!"我们母女就像掉落在汪洋大海里,四顾茫茫,父亲在哪里,哥哥在哪里呢?

我们日夜悲泣,可是真的哭不回父亲的心,哭不好哥哥的病。哥哥走了,永远离开我们了。我再也收不到他用没力气的手所写歪歪斜斜的信了。北京虽远,究竟还是同一个世界,现在他到另一个世界去了,我怎么再给他写信呢?

我捧起那盒马占山饼干,呜咽地默祷:"哥哥啊,你寄来的饼干还剩大半盒,我哪里还有心思吃呢?你的灵魂快回来吧,我们一同来搭饼干屋,世界上,有哪里能比我们自己搭的饼干屋更可爱、更温暖呢?哥哥,你回来吧!"

可是哥哥永不能再回来了。没有了哥哥,梦中的饼干屋也永远倒塌了。

爸爸教我们读诗

爸爸是个军人。幼年时,每回看他穿着笔挺的军装,腰佩银光闪闪的指挥刀,踩着"喀嚓、喀嚓"的马靴,威风凛凛地去司令部开会,我心里很害怕,生怕爸爸又要去打仗了。我对大我三岁的哥哥说:"爸爸为什么不穿长袍马褂呢?"

爸爸一穿上长袍马褂,就会坐轿子回家,在大厅停下来,笑容满面地从轿子里出来,牵起哥哥和我的手,到书房里唱诗给我们听,讲故事给我们听。

一讲起打仗的故事,我就半捂起耳朵,把头埋在爸爸怀里,眼睛瞄着哥哥。哥哥边听边表演:"'砰砰砰',孙传芳的兵倒下去了。"爸爸拍手大笑,我却跺脚喊:"不要'砰砰砰'的开枪嘛!我要爸爸讲白鹤聪明勇敢的故事给我听。"

"白鹤"是爸爸的坐骑白马。它英俊挺拔,一身雪白的毛,爸爸骑了它飞奔起来,像腾云驾雾一般。所以爸爸非常宠爱它,给它取名叫白鹤。

一提白鹤,哥哥当然高兴万分。马上背起爸爸教他的对子:"天半朱霞,云中白鹤,湖边青雀,陌上紫骝。"我不喜欢背对子,也没见过青雀与紫骝是什么样子。我喜欢听爸爸唱诗,也学着他唱:

慈母手中线,游子身上衣……

床前明月光，疑是地上霜……

　　我偏着头想了一下，问爸爸："床前明月怎么会像霜呢？屋子里怎么会下霜呢？"

　　爸爸摸摸我的头，笑嘻嘻地说："屋子里会下霜，霜有时还会积在老人额角上呢。你看二叔婆额角上，不是有雪白的霜吗？"

　　哥哥抢着说："我知道，那叫作鬓边霜，是比方老人家头发白了跟霜一样呀！"

　　爸爸听得好高兴，拍拍哥哥说："你真聪明，我再教你们两句诗：'风吹古木晴天雨，月照沙洲夏夜霜。'"

　　他解释道："风吹在老树上，发出沙沙的声音，就像下雨一般。月光照在沙洲上，把沙照得雪白一片，就像霜。但那不是真正的雨，真正的霜。所以诗人说是晴天雨，夏夜霜。你们说有趣不有趣？"

　　哥哥连连点头，深深领会的样子，我却听得像只呆头鹅。我说："原来读诗像猜谜，好好玩啊！我长大以后，也要作谜语一样的诗给别人猜。"

　　爸爸却接着说："作诗并不是作谜语。而是把眼里看到的，心里想的，用很美的文字写出来，却又不明白说穿，只让别人慢慢地去想，愈读愈想愈喜欢，这就是好诗了。"

　　我听不大懂。十岁的哥哥却比我能领会得多。他就摇头晃脑地唱起来了。调子唱得跟爸爸的一模一样。

　　在我心眼里，哥哥是位天才。可惜他只活到十三岁就去世了。如果他能长大成人的话，一定是位大诗人呢！

　　光阴已经逝去了半个多世纪。爸爸和哥哥在天堂里，一定时常一同吟诗唱和，不会感到寂寞吧！

　　我是多么多么地想念他们啊！

金盒子

记得五岁的时候,我与长我三岁的哥哥就开始收集各色各样的香烟片了。经过长久的努力,终于把封神榜香烟片全部收齐了。我们就把它收藏在一只金盒子里——这是父亲给我们的小小保管箱,外面挂着一把玲珑的小锁。小钥匙就由我与哥哥保管。每当父亲公余闲坐时,我们就要捧出金盒子,放在父亲的膝上,把香烟片一张张取出来,要父亲仔仔细细给我们讲画面上纣王比干的故事。要不是严厉的老师频频促我们上课去,我们真不舍得离开父亲的膝下呢!

有一次,父亲要出发打仗了。他拉了我俩的小手问道:"孩子,爸爸要打仗去了。回来给你们带些什么玩意儿呢!"哥哥偏着头想了想,拍着手跳起来说:"我要大兵,我要丘八老爷。"我却很不高兴地摇摇头说:"我才不要,他们是要杀人的呢!"父亲摸摸我的头笑了。可是当他回来时果然带了一百名大兵来了。他们一个个都雄赳赳地,穿着军装,背着长枪。幸得他们都是烂泥做的,只有一寸长短,或立或卧,或跑或俯,煞是好玩。父亲分给我们每人五十名带领。这玩意儿多么新鲜,我们就天天临阵作战。只因过于认真了,双方的部队都互有损伤。一两个星期以后,他们都折了臂断了脚,残废得不堪再作战了,我们就把他们收容在金盒子里作长期的休养。

我六岁那一年,父亲退休了。他要带哥哥北上住些日子,叫母亲先带我南归故里。这突如其来的分别,真给我们兄妹十二分的不

快。我们觉得难以割舍的还有那唯一的金盒子,与那整套的封神榜香烟片。它们究竟该托付给谁呢?两人经过一天的商议,还是哥哥慷慨地说:"金盒子还是交给你保管吧!我到北平以后,爸爸一定会给我买许多玩意儿的!"

金盒子被我带回故乡。在故乡寂寞的岁月里,又受着家庭教育严厉的管束,童稚的心,已渐渐感到孤独与烦躁。幸得我已经慢慢了解封神榜香烟片背后的故事说明了。我又用烂泥把那些伤兵一个个修补起来。我写信告诉哥哥说金盒子是我寂寞中唯一的良伴,他的回信充满了同情与思念。他说:明年春天回来时定给我带许多好东西,使我们的金盒子更丰富起来。

第三年的春天到了,我天天在等待哥哥的归来。可是突然一个晴天霹雳似的电报告诉我们,哥哥竟在将要动身的前一星期,患急性肾脏炎去世了。我已不记得当这噩耗传来的时候,是怎样哭昏过去的,只觉得醒来时,已躺在母亲的怀里,仰视泪痕斑斑的母亲,孩子的心,已深深体验到人事的变幻无常。我除了恸哭,更能以什么话安慰母亲呢?

金盒子已不复是寂寞中的良伴,而是逗人伤感的东西了。我纵有一千一万个美丽的金盒子,也抵不过一位亲爱的哥哥。我虽是个不满十岁的孩子,却懂得不在母亲面前提起哥哥,只自己暗中流泪。每当受了严师的责罚,或有时感到连母亲都不了解我时,我就独个儿躲在房里,闩上了门,捧出金盒子,一面搬弄里面的玩物,一面流泪,觉得满心的忧伤委屈,只有它们才真能为我分担呢!

父亲安顿了哥哥的灵柩以后,带着一颗惨痛的心归来了。我默默地靠在父亲的膝前,他颤抖的手抚着我,他早已呜咽不能成声了。

三四天后,他才取出一个小纸包说:"这是你哥哥在病中,用包药粉的红纸做成的许多小信封,一直放在袋里,原预备自己带给你的。现在你拿去好好保存着吧！"我接过来打开一看，原来是十只小红纸信封，每一只里面都套有信纸，上面都用铅笔画着"松柏常青"四个空心篆字，其中一个，已写了给我的信。他写着："妹妹，我病了不能回来，你快与妈妈来吧！我真寂寞，真想念妈妈与你啊！"可怜的我，那一晚上整整哭到夜深。第二天就小心翼翼地把小信封收藏在金盒子里，这就是他留给我唯一值得纪念的宝物了。

我十九岁的时候，母亲因不堪家中的寂寞，领了一个族里的小弟弟。他是个十二分聪明的孩子，父母亲都非常爱他，给他买了许多玩具。我也把我与哥哥幼年的玩具都给了他，却始终藏着这只小金盒子，再也不舍得给他。有一次，不幸被他发现了，他就跳着叫着一定要。母亲带着责备的口吻说："这么大的人了，还与六岁的小弟弟争玩具呢！"我无可奈何，含着泪把金盒子让给小弟弟，却始终不忍将一段爱惜金盒子的心事，向母亲吐露。

金盒子在六岁的童孩手里显得多么不坚牢啊！我眼看他扭断了小锁，打碎了烂泥兵，连那几只最宝贵的小信封也几乎要遭殃了。我的心如绞着一样痛，趁着母亲不在，急忙从小弟弟手里救回来，可是金盒子已被摧毁得支离破碎了。我禁不住由心疼而愤怒，我打了他，他也骂我"小气的姐姐"，他哭了，我也哭了。

一年又一年地，弟弟已渐渐长大，他不再毁坏东西了。九岁的孩子，就那么聪明懂事，他已明白我爱惜金盒子的苦心，帮着我用美丽的花纸包扎起烂泥兵的腿，用铜丝修补起盒子上的小锁，说是为了纪念他不曾晤面过的哥哥，他一定得好好爱护这只金盒子。我们姊弟间的感情，因而与日俱增，我也把思念哥哥的心，完全寄托于弟弟了。

弟弟十岁那年，我要离家外出，临别时，我将他的玩具都理在他的小抽屉中，自己带了这只金盒子在身边，因为金盒子对于我不

仅是一种纪念，而且是骨肉情爱之所系了。

作客他乡，一连就是五年，小弟弟的来信，是我唯一的安慰。他告诉我他已经念了许多书，并且会画图画了。他又告诉我说自己的身体不好，时常咳嗽发烧，说每当病在床上时，是多么寂寞，多么盼我回家，坐在他身边给他讲香烟片上封神榜的故事。可是为了战时交通不便，又为了求学不能请假，我竟一直不曾回家看看他。

我不能不怨恨残忍的天心，在十年前夺去了我的哥哥，十年后竟又要夺去我的弟弟了。恍惚又是一场噩梦，一个电报告诉我弟弟突患肠热病，只两天就不省人事，在一个凄清的七月十五深夜，他去世了！临死时，他忽然清醒过来，问姊姊可曾回来。尝尽了人间的滋味，如今已无多少欢乐与哀愁，可是这一只金盒子，却总不能不使我黯然神伤。我不忍回想这接二连三的不幸事件，我是连眼泪也枯干了。

哥哥与弟弟就这样地离开了我，留下的这一只金盒子，给予我的惨痛是多么深！但正为它给予我如许惨痛的回忆，使我可以捧着它尽情一哭，总觉得要比什么都不留下好得多吧！

几年后，年迈的双亲，都相继去世了，这黯淡的人间，这茫茫的世路，就只丢下我踽踽独行。

如今我又打开这修补过的小锁，抚摸着里面一件件的宝物，贴补烂泥兵小脚的美丽花纸，已减退了往日的光彩，小信封上的铅笔字，也已逐渐模糊得不能辨认了。可是我痛悼哥哥与幼弟的心，却是与日俱增。因为这些黯淡的事物，正告诉我，他们离开我是一天比一天更远了。

春节忆儿时

宰猪

我的故乡，是浙江永嘉县的瞿溪乡，童年时代，都在乡间度过，在我记忆中，每年到了天主教堂的白姑娘（故乡对修女的称呼）忙外国冬至（圣诞节）的时候，就是家家户户忙农历新年的开始了。

九月晚谷收成时所酿的新酒，到腊月开缸，只要闻到一阵阵新酒的香味，就知道第一件大事要办，那就是宰猪。我家每年要宰两头猪。宰猪的日子愈近，母亲的心情愈沉重，而这件大事，又非办不可，因为用自己家养的猪，祭天地、财神、祖先，是表示最大的敬意。于是在三天前，母亲就吃斋念佛，以减轻"罪孽"。我呢，也在三天前就开始兴奋，等待那一幕又想看又不敢看的情景来临。最奇怪的是猪圈里两头又肥又壮的猪，也从三天前就胃口大减，愈来愈吃得少，到了当天，竟至于绝食了。平时，都是母亲或阿荣伯送猪饲，我跟在后面，看它们啪嗒啪嗒地吃得好香，阿荣伯有时还伸进手去拍拍它们的头顶，拉拉它们的肥耳朵，它们也会用湿漉漉的鼻子友善地碰碰他的手背。可是到最后一天，母亲和阿荣伯都不忍心进去了。据女佣说，香喷喷的饲料倾在猪槽里，它们只是无精打采地躺着，连头都不抬一下呢。

宰猪都在清晨三四点钟,屠夫是早已约定的,母亲半夜里就起来烧水,把门窗关得紧紧的,不让我听到猪的惨叫声。等我从睡梦中完全清醒过来,偷偷赶到后院时,两头猪已被吹得跟大象一样,毛都快刮干净了。它们紧闭着眼睛,在热汤大木桶里,四脚朝天地躺着,任由长工摆布。我走过猪圈看看是空的,心里很难过,看厨房里忙碌的母亲,嘴里喃喃地念着往生咒,以超度"猪魂"。我也跟着念起来,仿佛念过咒,再吃它们的肉,就算对得起它们了。童稚无知,哪里懂得世间事无法避免矛盾。逢年过节,哪得不杀生。母亲终年辛苦,饲养的猪鸡鸭,平时那样关心它们,连一条米虫都要摇摇摆摆地送给鸡啄。而到了年关,决定那天杀它们的还是她。全家大小,除了她,都是闻其声而食其肉。她只好以上天注定畜类供人类享受,杀了它们反得转世为人以自慰了。

大户人家的猪肉,都留作自己吃,腌肉、酱肉、卤肉不一而足。而穷人的一头猪,往往只够还债务,债务多的,在宰猪的当时,债主们就群集现场,叉着双手等待宰割猪肉抵债。一会儿就被瓜分无遗,连给孩子们留副猪心猪肝都办不到。因为如果欠人五块银圆,一年里连本带利,就几乎抬走半头猪。所以有人向母亲借钱,母亲从不要他们还,相反的,还分别送几斤上好猪肉给他们,点缀年景,她真是做到"对贫苦亲邻,须加温恤"的程度。而邻居也都纷纷送来整篮鲜红的大吉(橘子和柑)或新鲜的鸡蛋,以报答好意,倒是给新年增添了一片欢乐祥和气氛。

猪肉一刀刀的挂满两厢房的廊檐下。此外更有一两百只的酱鸭,和连串的鸭肫肝,以备平时款客和父亲吟诗下酒之用。我的一位堂房叔叔,时常偷了鸭肫肝生啃,阿荣伯每天数数都少一个,就对他警告。堂叔说他把肫肝当念佛珠,每天点一个肫肝念一句阿弥陀佛,并没有吃它。说肫肝已化去,鸭子的灵魂被超度了。他淘气捣蛋,是新年里最活跃的人物，我都喊他肫肝叔叔。

掸尘

非常文雅的家乡土话，就是春节的大扫除。这项节目，对我来说，也非常感兴趣。因为平时许许多多的东西，都收在不知什么地方，这时全搬出放在天井里，彻底的洗涤，我就在当中跨过来跨过去，摸摸碰碰，问这是什么，那是什么。储藏室的门敞开着，瓶瓶罐罐等好吃的东西，也都搬出来摆在走廊下的长桌上，花生糖、芝麻饼、金丝蜜枣、糖莲子，还有整大缸瓯柑，我和肫肝叔叔可以大显身手，趁火打劫。加以家庭教师已给我们放假，到正月初八迎神庙戏以后才开课，我们心里无牵无挂，可以敞开的吃敞开的玩。肫肝叔叔连刚开缸的新酒都会舀出来喝。我呢，吃够了就在母亲身边绕来绕去，给她越帮越忙。母亲非常仔细，每样东西，都要亲自检点，放回原处，取用时才顺手。她一边谨慎小心地捧着碗碟等放进橱中，一边嘴里不停地念"瓶瓶碗碗、瓶瓶碗碗"，就是"平平安安、平平安安"的意思，家乡话"安""碗"同音。如果油、盐、酱、醋用完了，她绝不说"完了"或"没有"二字，她一定说"用好了"或"不有了"。而把"好"字和"有"字的声音，提得好高，拉得很长，表示样样都有，事事美好。数数遇到"四"，一定说"两双"，绝不说"四"，因为声音不好听。这时候，抽着旱烟管晒晒暖（晒太阳）的外公，就用微微颤抖的手，剪出大红元宝、金元宝，贴在厨房门上、碗橱上。碗橱门洗刷以后，金色卍字显出来，贴上了红元宝格外的亮。到处红，到处亮，一片热闹的新年气象，新年马上要来了。

捣糖糕

紧接着是做年糕,我家乡称为"捣糖糕"。米粉在蒸笼中蒸透以后,加红糖在石臼里捣得糖色均匀,并有了弹性,然后用长方雕花模型压成一条条朝笏似的长年糕,一排排叠得高高的,以备正月里送礼请客之需。长工们做年糕,阿荣伯就捏元宝,大大小小的元宝捏了无数个。捏一个最大的(有米斗那么大),再以红绒线串了一百个子孙钱(崭新发亮的铜钱)套在上面,摆在大厅靠屏风的琴桌正中。其他的元宝,由大而小,九个一叠,九九生财,摆在灶脊上、谷仓里,由我帮着去摆。这时,母亲在厨房里蒸松糕,一层猪油,一层红枣,一层红糖,好甜好香,我一手松糕,一手糖糕,这边一口,那边一口,阿荣伯做好了元宝,又给我捏一个关公,一个张飞。我在厨房与走廊之间,大人们的缝儿里钻来钻去,我告诉阿荣伯说我都快乐得要裂开来了。

最后的一笼,是"富贵年糕"。那是专门给叫花子的。在一般人家,富贵年糕,至多蒸一笼,糖加得少,米粉也较粗。母亲总是让他们做两笼,而且是同样多的糖,同样细的米粉。她说一年一次是难得的。富贵年糕,只有一部分用模型压的给叫花头,其余的只搓成圆筒筒,再切成一段段,计口授粮,不论男女老幼,每人一段。从初一到初五,叫花子全家出动,背上背一个,怀里抱一个,手上再牵一个,成群结队而至。前门讨了,转到后门又来讨。一年到头是这几张熟面孔,阿荣伯都认得,我也有好多认得。他们满口的:"大老爷、太太、大小姐,加福加寿,多子多孙,一钱不落虚空地,明里去了暗里来,高升点,年糕多给一块,高升点。"就跟唱流水板似的。阿荣伯想不重给也不好意思。他们还会说:"阿荣伯,你做的年糕比哪一家大户人家的都细、都甜。"阿荣伯更乐了，谁不喜欢戴高帽子呢。阿荣伯说，叫花头告诉他，他们新年里讨来的年糕，总有好几大箩，吃不完都卖出去。只有我们潘宅讨去的年糕，不偷工减料，是一定存着自己慢慢吃的。阿荣伯最后总是高兴地说："这是老爷太太积德。"那些年富力壮的男女，五官完整，却是一代传一代的以乞讨为常业，这种恶习，不能不说是村子里乐善好施的大户人家所养成。在当时好心的母亲是相信善有善报，在父亲来说，是中年人心灵上的一点补偿。我呢，只觉得做叫花多么自由自在，多么好玩。起码不必读书了。如今想起那些被背在背上日晒风吹的婴儿，和光着脚板整天东奔西跑，和我差不多年龄的孩子，他们何以被注定当叫花。乡民们有这种善心，为什么不捐钱办乡村小学，办收容所呢？

祭灶

掸完了尘，捣好了糖糕，就是二十四夜送灶神爷。厨房里菜油灯剔得亮亮的，抹得干干净净的大锅灶上，摆上了鸡鱼鸭肉、糖果年糕。点上香烛，祭拜以后，即将满是烟尘的灶神火化，送他上天传好事，下地降吉祥。据说灶神爷最富人情味，吃了一顿好的，在玉皇大帝面前就只是隐恶扬善。在我的记忆中，并没有拿糖粘住他的嘴或贴住他的眼的恶霸行为。我想既已升作神祇，至少高了人类一等，总不会像人类那么现实，也不能由得人类这般摆布吧。

送灶神既是个小小的典礼，却是一个序幕，从此以后，就一天天更进入年景了。

分岁酒

　　大除夕的下午，年景已进入高潮。大厅里红木桌和太师椅，都扎上大红缎盘金双仙和合的桌披椅披。一对凤凰，一对双龙抢珠的锡烛台，一字儿排开，正中是狮子捧仙球的锡檀香炉。香烟从张开的狮子口和镂空的圆球中喷出来。整个大厅都是芬芳的檀香味。一大一小两对蜡烛，要等父亲主祭天地和祖先时才点上。我和族里兄弟姐妹们都一个个穿上新衣。父亲回来以后，给我带来一件粉红缎圆角棉袄和一条水绿华丝葛裙子。我穿上了，就在桌披下面钻进钻出，演花旦，当新娘。姐妹们都好羡慕我。前廊里亮起了煤气灯，发出呼呼的声音，格外令人兴奋。到处金光闪闪，我也金光闪闪。我又要开心得裂开来了。阿荣伯说的。不一会，从厨房里端出大碗大碗热腾腾的菜。整鸡（基业稳固），猪头鼻梁上横着尾巴（有头有尾），整鱼（年年有余），豆芽（年年如意），红糖莲子（子孙满堂），甘蔗（节节高），藕（路路通），橘子（大吉），柑（升官），阿荣伯样样说得出名堂。色色具备之后，父亲燃上香烛，带领全家跪拜，先祭天地，谢神灵，后祭祖先。父亲一脸的崇敬，我们孩子们也鸦雀无声。祭拜完毕，洒一杯酒在地上，然后烧驸马和金银纸钱。百子炮（即鞭炮）一开始响，顿时就热闹起来。百子炮愈长，放的时间愈久，表示这家愈富裕，愈兴旺。长工从二楼上的栏槛外挑起竹竿，几丈长的百子炮垂下来，噼噼啪啪一直响个不停。父亲的脸上露出欣慰、满足的笑容。他坐在太师椅里，我们围上去团团拜下。他从黑缎马褂的暗口袋里，抽出红封袋，每人一封，一律的两块银大洋。这时附近邻居的孩子们，听到鞭炮声全都来了，女孩子大部分已穿上鞋子，男孩子仍都是光脚板，他们是来等放完鞭炮，在天井里捡没有燃过的小炮。他们看大堂上灯烛辉煌，满桌的菜肴冒着腾腾热气，一个个都张开嘴看呆了。父亲一高兴起来，叫母亲再捧出一摞银大洋，一沓红封套，每人一块分给他们。阿荣伯生怕越聚越多，就把风水门（大门）关上，带着他们从边门出去。我望着父亲满面红光，小小的心灵感染了一分骄傲，也替得到一块银大洋的小朋友们快乐。因为他们的父母，是再也不会给他们一块银洋钱作压岁钱的。我的两块银洋钱，在口袋里叮叮地响。坐在母亲身边，开始吃分岁酒了：鸡、鸭、肉，除了鱼，每样都得吃到。饭碗里必定要剩两粒饭，不能"吃光"。一对红蜡烛放在饭桌上，表示祖宗分给我们一人一岁，母亲说："又长一岁了，要乖哟。"

　　吃好分岁酒，阿荣伯捧出一个米筛，装着切成一段段的生红薯，用香梗当签子，叫我帮着插上小红烛，点了在长廊上每五六步摆一盏。楼上楼下，前后厢房，厨房、谷仓，到处都摆了。母亲在灯盏里加了满满的菜油，于是煤气灯、洋油灯、菜油灯、蜡烛灯，处处一片光明，憩坐室正中的炭炉也烧得旺旺的，年纪大的围着取暖、谈天。年纪轻的开始撒状元红，推牌九。我们孩子就在缝儿里挤。哪个赢就向哪个吃红一大枚，父亲平时很严肃，只有过年时总是笑嘻嘻的。大家尽情欢乐，因为守岁一直要过子夜。到了一点钟，一声爆竹，除旧迎新，又是一年的开始了。

　　那一份彩色缤纷的情景，至今萦绕心头。可是另有一副情景，也使我永志难忘。有一个除夕，我趁大人不注意，从边门溜到邻居阿芸家玩。厨房里只点一盏菜油灯，一对小小的蜡烛。从我们满堂灯火中，忽然进入他那儿，格外觉得幽暗，我看见灶下柴仓边坐着一位老公公，捏着旱烟管、呼嘟嘟地吸，吸完了在泥地上咯咯地敲，敲了装上烟再吸。脸板板的没有笑。我问阿芸："她是你外公吗？"阿芸说："才不是呢，他是来讨债的，我们欠他八块钱，宰了猪还他

五块，还欠三块，他就坐着不走。"我问她："你爸呢？"她说："上外面赌钱了。"我心里好难过，摸摸身边有好几块银圆，摸出三块说："给你妈先还他好吗？"阿芸生气地把我的手一推说："我不要，妈妈也不要。你放心，过了半夜，他自会走的。"回来以后，我告诉母亲，母亲说："阿芸的妈是不肯白拿人钱的，等过了初五，我请她帮忙做点针线，多算点工钱给她，她才要的。"第二天初一，我又去阿芸家，又看见那位老公公，还对阿芸的妈说恭喜发财。尽管大年夜追债追得凶，初一仍是见了面笑嘻嘻的，阿芸的妈泡了碗橄榄糖茶给他喝，他喝了糖茶，两个指头把橄榄一夹，捏在手心里就喷着旱烟走了，因为橄榄就是元宝，他一定要的。

拜年

年初一，可以比平时多睡一个时辰，不必天没亮就起来煮饭，因为饭、菜都是现成的，初一不煮饭，不用刀、剪子、针，也不扫地，因为它们一年辛苦，也要休息一天。初一也不点灯，一家人早早吃了晚饭，天没黑都睡了。

初二才开始拜年。这是我的一项重要任务。每回都是阿荣伯提着满篮的大红蓬包——红纸衬着粗草纸，包成长七寸宽五寸梯形的纸包，包的是红枣、莲子、桂圆、松糖等，种类分量各有不同，看对象的尊卑、亲疏决定。每包至多不会超过银圆四角。每家放一个，是一种象征性的礼物，惠而不费，倒也颇有意思。我去拜年时，他们给我的是瓯柑、炒米花、花生糖等，也是一大篮满载而归，可以和小朋友痛快地吃。

我家长桌上总是排着好多红纸包，肫肝叔叔时常从纸包缝中伸进两个手指头，夹出糖果吃了，吃得空空的，塞进一些小石子，被母亲发觉了，只是训斥他一顿，也不告诉父亲。

迎神提灯

五天年满了，只隔一天，又掀起第二个高潮，那就是初七初八两天的迎神和庙戏。我们乡里有两座具有传奇性的神殿，称为上殿和下殿。相传唐朝的忠臣颜真卿和他的弟弟，均被奸臣所害，天帝封他们分别在我乡的两个村庄"上河乡"、"下河乡"为神，因称上下殿。两人都曾讨安史之乱，颜真卿是讨贼有功，后来被叛臣李希烈所杀害。颜杲卿是讨贼不屈而死。但他们都未曾当过永嘉太守，不知何以会被天帝封在永嘉县的小小瞿溪乡为神。想来可能是安史乱兵曾骚扰过永嘉县，我们祖先为了感激这两位忠臣，和对他们的敬仰，筑殿祭祀崇拜。并且还传说两兄弟曾礼让一番，哥哥愿居下殿，把人口较多、市面较繁荣的上殿让给弟弟，弟弟执意不肯，依年龄尊卑应居下殿。最后哥哥决定每年新年，哥哥先去拜弟弟的年，因此乡民有一句"瞿溪没情理，阿哥拜阿弟"话。每年正月农历初七，在夜戏开锣以前，先将上殿神恭恭敬敬地抬到下殿，给弟弟拜年，看完二出戏，才接回来。初八夜是下殿神来上殿回拜哥哥，也是看完三出戏接回去。乡民们以十二万分虔诚崇敬的态度，举办这件大典。上下河乡的乡长，在头年腊月就开始忙碌筹备，向地方上募款，办祭奠，添购殿宇中的装饰。二位神像的冠带蟒袍，每三五年必须换制全新的，神龛也刷得金碧辉煌。迎神时的鼓手乐队都是镇民自愿参加，提灯、举火把风烛的（即丰足之意），有的是雇来的乞丐，有的是乡民子弟的志愿军，或因求神祇保佑健康，许下心愿，此时来祭拜还愿提灯。如果一年来风调雨顺，五谷丰收，为表示感激和快乐，就加上马队。马匹由城里租来，黑、白、棕各色均有，

上面坐着画了脸谱的少年（亦是志愿军或雇来的），看去像戏台上的强盗，故亦称马盗。马盗的衣着愈新，马匹愈壮，队数愈多，表示这一乡愈富裕。神殿正中，摆上三牲福礼等整猪整鸡鸭、面和糖糕，香烛灯火辉煌，映照得白发的主祭乡长，红光满面，喜溢眉宇。神像的銮驾自殿门抬出，前面是两位扮得高及一丈的开路神，摇摇摆摆地开路，接着是旌旗、乐队，管弦丝竹，奏着严肃的调子，然后是风烛火把，锣鼓马盗和香案。这才是端坐着神像的銮驾，銮驾后再是风烛火把和锣鼓。偌长的迎神队伍，从热闹的街心穿过。街上好多路祭，是生意兴隆的商家所摆，鞭炮之声，不绝于耳，他们一则表示感谢，二则也是炫耀财富之意。从长街转到山路和田野，原来一片静谧的田野，顿时开出了火树银花，天空也照耀得一片通红。不管是晴朗或风雪漫天，他们的情绪都是一样兴奋。风烛火把都烧得旺旺的，绝不会被熄灭，两旁放鞭炮的，往往把鞭炮挑近神座边去放，或是把燃着的小炮扔到神像的膝盖上，据说神佛显出神通，蟒袍不致着火。如此浩浩荡荡地迎到下殿拜年，第二晚下殿神也同样浩浩荡荡地迎来上殿。这般的盛况，无论大人小孩，都争先恐后地去享受这份热闹。我们女孩只能在迎神队后面追随一小段路，就回到殿里看戏。殿宇的两厢回廊，早已排满了长凳，都是各家抢好的包厢，用草绳扎在栏干或大柱上。外公赶第一出戏就坐在那儿看了。我倚在他身边，看四四方方的戏台上，演的都是连台好戏，虽不懂却好看，因新春开锣戏订的是最好戏班，行头崭新，演员也是最有功夫的，评剧、昆曲、弹词各种班子不一定。因包银高，故演来非常卖力。记得有一次演的是封神榜，小小的舞台上，挤满了和尚道士和假扮的青牛大象，好不热闹。我问外公哪边是好人，哪边是坏人，哪边会把哪边杀掉，外公总是说，有时好人也会被坏人杀掉，但是好人死了一定当神仙，就跟我们的上下殿神一样。台上看够了，就看台下，天井里黑压压的全是年轻小伙子，不时大声喝彩。有的年轻人却不时回头向两边包厢里的打扮得花枝招展的姑娘瞄过来。姑娘们一个个费尽心思，争奇斗艳，别说是他们，连七八岁的我都看呆了，她们梳得油光乌亮的辫子都扎上五彩丝线，讲究的还夹入闪亮的金丝，各色绣花或织锦的缎袄，缀穗子的华丝葛曳地长裙，更稀奇的是，她们短袄琵琶襟的扣子，竟是五彩小电珠子，电池放在口袋里，以手控制闪光，和神像金魁上的电珠相辉映，看得我实在羡慕。刚结婚的少妇们都是满头珠翠，擦得浓浓的脂粉，手上金镯手表，戒指有多到八个的，总之所有的财富，全穿戴在身上了。还有已订婚的十五六少女，被挤在人丛中的儿郎（未婚夫）盯得低下头，既羞涩，又兴奋，胆子大的也会偷偷回望他几眼，一颗心已经不在戏文上了。

三出戏完，下殿神要回去，上殿神起身相送，銮驾一前一后，抬到殿门口，相对一鞠躬而别。作得惟妙惟肖，把两尊泥塑木雕的菩萨，完全人格化了。不由得使人对古圣先贤，肃然起无限敬仰之意。典礼完毕之后，祭物一部分由设祭者自己取回，一部分由乡长分配，散发给贫苦的村民享受，这一切都处理得井井有条，公平合理，也显得上下河乡两村村民的至诚团结，和睦互助的精神。乡间民风的淳厚，也于此可见了。

在我记忆中，留下最深刻印象的，还是典礼结束，戏文散后，牵着外公的手，由阿荣伯打着灯笼，一路回家的情景。两位老人，都已白发皤然，红灯笼柔和的光，映照着他们的白胡须，也映照着皑皑的白雪。他们的钉鞋，踩着雪地沙沙有声。细碎的雪子，洒落在伞背上，也是沙沙有声。在寒冷的深夜，一番热闹之后，听来格外清澈。我当时只十岁左右，心头似已有一丝酒阑人散的凄凉之感。主要的是快乐的新年已到尾声，我又要被关进书房念"诗云子曰"，

疼我的外公不久也要回山上当医生去。一切的欢乐都有过去的时候，今年我已长了一岁，明年我还要再长一岁，马上就要变成大人了。母亲说我已经慢慢长大，不能再跟邻居的孩子们一起玩了。

我一声不响地走着，外公忽然问我："小春，你怎么走路都睡着了？"我说："好冷啊！"外公笑笑说："把脖子伸出来，腰杆挺直，就不冷了。"我说："不知怎的，我觉得好冷清。"阿荣伯说："正月正头的，怎么说冷清，有你外公和我陪你，还说冷清。"我总是说不清楚心里那股冷清的滋味。过了半晌，外公说："小春，再过一两年，你就要上外面读书，外公和阿荣伯陪你一起过年的时光，真的不多了。"好半天，我听见阿荣伯叹了口气。

如今回想起来，小孩子无心的一句话，却不知引起两位老年人多少感触。

"一声炮竹连烽火，万里归心动暮笳。"这是先父在抗战第二年所作的除夕诗。在台湾，已度过多少个农历新年，从大陆来的，大家都有无限的思乡之情！

看　戏

朋友们常问我喜不喜欢看戏，我总是连声地说："喜欢、喜欢。"他们指的是评剧，而我对评剧却完全外行，喜欢的是所有穿红着绿、吹吹打打的"戏"。我也并不会欣赏戏的艺术，而只是喜欢"看戏"这回事。

小时候，带我看戏最多的是外公和长工阿荣伯。阿荣伯背着长凳在前面走，外公牵着我的手在后面慢慢儿地荡，荡过镇上唯一热闹的一条街道，经过糖果店，我的手指指点点，喊着："花生糖、桂花糕，我要。甘蔗、橘子我也要。"外公说："好，统统要，统统要。"就统统给买了。到了庙里，阿荣伯把长凳摆在长廊的最好位置，用草绳扎在栏杆上，让外公和我坐，自己却站到天井里去看了。他说这样站近些，看得仔细。如果唱错了、动作错了，他好敲戏台板。比如有一次，他看到演戏的扬着马鞭，边走边唱，忽然背过脸去拉下胡子吐了口痰，却用靴子底去擦。他就敲着戏台板喊："老哥，你骑在马上，脚怎么伸到地板上来了。"这大概就是今天的喝倒彩吧。演戏的也毫不在乎，冲他笑一笑，继续拉着嗓子唱下去。

戏还没开锣以前，外公总叫我到大殿上向神像拜三拜，保佑我聪明长生。外公说这座神像就是大唐忠臣颜真卿。他坐的是上河乡的上殿。他的弟弟颜杲卿坐的是下河乡的下殿。（颜真卿、颜杲卿并非兄弟，也许因二人都是平安史之乱的名臣，所以乡人把他们结成了兄弟。）外公告诉我，因为上殿风水比较好，做弟弟的特别让给哥哥居住，哥哥心里很过意不去，所以过新年时，总是哥哥先去拜弟弟的年。因此正月初七迎神时，是上殿神先去下殿拜年，初八是下殿神来上殿回拜哥哥。我们乡里有句话："瞿溪没情理，阿哥拜阿弟。"外公还说颜氏兄弟幼年时，有一天在溪边玩，忽听鸣锣喝道，一位大官坐着轿子来了。他们知道大官是奸臣，就拾起溪里的石头扔他，刚刚扔在奸臣脸上，奸臣大怒，问是谁干的，兄弟俩都承认是自己干的，就把两人都关了三天三夜。外公说他们从小就有大无畏的精神，而且手足情深，叫我牢牢记住，这些故事，外公每年都要给我讲一遍，我怎么会不牢牢记住呢？

　　戏开锣以后，外公抽着旱烟看得入神，我坐在长凳上，荡着双脚，边啃甘蔗，边东张西望。把甘蔗渣扔到天井边，常常扔在人头上肩上，下雨天就扔在伞背上。外公轻轻拍我一下说："姑娘家要斯斯文文的，老师是怎么教你的？"一想起要我背《女诫》的老师，就恨不得在戏院里待一辈子。

　　我家乡话称演戏的，不论男女，都叫"戏囡儿"，大概是供人取乐的意思。门帘一掀，"戏囡儿"出来了，看他的脸，我就知道是忠臣还是奸臣。额角正中央粉红色的，一定是忠臣。满脸雪白的，不是曹操就是司马懿。我家四姑粉搽得太白的时候，她母亲，就是我的五叔婆常骂她"司马懿造反"。鼻子上一团白，一定是坏人。五叔婆生气的时候，就埋怨"被那个白鼻子害得好苦"。也不知指的是谁。看见白鼻子我就问外公："他怎么没被杀掉呢？"外公敲着旱烟筒慢条斯理地说："还早得很呢，要等戏团圆（剧终）的时候才杀掉。"旁边的人说："全靠他才有戏好看哩。"我向他白一眼，心里好不耐烦。只有花旦出来一扭一扭，手帕一甩一甩的，我才看得高兴。外公最最喜欢正旦，他叫她"当家旦"。"当家旦"到戏团凤韵时候，一定戴上凤冠变成一品夫人。阿荣伯说："吃尽了苦头，最后总会出头的，这叫作好心有好报。"我说："妈妈将来也要当一品夫人。"外公笑了。看到关公出来，我就肃然起敬。阿荣伯说过，演关公走麦城这一出戏，后台一定要摆上香案，否则就会起火。据说有一次没有摆香案，前台一下子走出两个关公。一个是显灵的真关公，一个是扮演的假关公，假关公睁开凤眼，看见对面也来了个关公，就吓昏倒了。因此我看这出戏的时候，只想看见两个关公一起走出来，心里又有点害怕，老是问后台摆了香案没有，听说摆了却又有点失望，因为不能看扮关公的"戏囚儿"昏倒了。

庙戏的戏台很小，四面临空。前后台都分不大清。他们穿衣服画脸，都从木栅门里看得清清楚楚。关公上台那么威风凛凛的神气，回到台下就跟人拳头打来打去，有说有笑。我好想去后台看热闹，外公不让，说小姑娘不许乱窜。外公说过一个笑话：关公的卫兵周仓肚子饿了，在后台摘下胡子吃馄饨。关公喊："周仓来呀！"周仓急急忙忙上台，忘了戴胡子，关公一看，拍了下桌子说："回去叫你爸爸来。"周仓赶紧下去，戴了胡子再上来说："周仓来也。"这个关公好聪明，笑得阿荣伯和周围的人群都露出黄黄的大门牙。

另一面的走廊最好的位置，总是杨乡长家搭的彩台，杨乡长的大女儿和她全家人高高地坐在台上。杨大姑娘打扮得比竹桥头阿菊还耀眼，电珠纽扣一闪一闪的，看得我好嫉妒，我仰脸问外公："我们为什么不也搭个彩台？"外公说："总共才那么点地方，都被彩台占了，叫别人坐在哪里看？你看天井里还有那么多人站着呢！"可是我心里不服气，为什么杨乡长家就可以搭呢？为什么杨大姑娘就那么神气活现呢？为了看戏的事，我跟阿菊以后就不大理她了，她见了我们，也把脖子一扭，翘起鼻子走开了。

每回戏班子来，都是演两天，每天两场。包银看戏班子性质决

定。京班、昆班比较贵，高腔班、乱弹班比较便宜，钱都由邻里长挨家挨户地来收，大户人家为了表现气派，也有多给点的。在我记忆中，正月初七、二月初一的戏班最好，因为是闲月，看的人多。其他清明、端午是请瞎子先生唱词的多。唱全本《白蛇传》时也很热闹。戏台柱子上盘着黑白两条纸糊的蛇。瞎子先生衣冠楚楚，斯斯文文，很有学问的样子，台下听的人都是年纪比较大的，鸦雀无声。外公每回去听，我都跟去兜一圈，吃饱了糖果就回来了。母亲喜欢听唱词，听《二度梅》里陈杏元和番，听得泪眼婆婆的。这时候，我问她要铜板买桂花糖吃，她数也不数就给我一大把说："去去去。"戏班子呢，母亲喜欢看乱弹班，唱的好像就是我们家乡调，嗓门儿一会儿高，一会儿低，尾音拉得好长，老像在哭哭啼啼。有一次是难得请到的绍兴班，演全本《珍珠塔》《借花灯》，母亲和五叔婆，把长工的饭菜快速地赶做好，就双双迈着小脚去看戏了。看完回来，母亲把故事讲了又讲，五叔婆就咿咿呀呀地唱，两个人要高兴好多天。

　　散戏以后，演员们都要到我家大宅子来逛，那时，潘宅大院是有名的。他们一转过我们家前门的青石大屏风，从大门进来，我就兴奋地喊："妈妈，外公，戏囡儿来了，戏囡儿来了。"母亲叫我不要当面这样喊他们，会生气的。有几个人，脸上的粉墨都没完全洗干净；我认得出来是扮什么人物的，就指着他们说："你是白鼻子，你是奸臣。"戏囡儿笑笑说："不要紧的，在台上当奸臣，在台下当忠臣就好了。"阿荣伯说："可不是，都扮忠臣，谁扮奸臣呢？"外公摸着胡子说："戏里的好人坏人是让我们看得清清楚楚的，真正的好人坏人就不一定看得出来啰。"阿荣伯点点头，他们说得一本正经的，我就不大懂了。

　　父亲回到家乡的第一年中秋节演戏，乡长毕恭毕敬地把书码子捧来请父亲点戏。父亲说："在北平名角儿的戏都看得那么多，这种戏班子有什么看头？"可是乡长说父亲是大乡绅，一定要赏个面子，又说这是特地为欢迎父亲回乡，请来的最好京班，父亲这才慢吞吞地翻着本子，点了出《空城计》。我一听说是戴长胡子的老生戏，就吵着要看花旦，父亲再点一出《宝蟾送酒》，还特别为外公和母亲点了出《投军别窑》。四姑在旁边抽着鼻子说："都是老人戏，只有一出'宝蟾送酒'好看。"我说："乡长一定买了好多好吃的请爸爸，不管什么戏，我都要去看。"

　　一到庙里，就看见正殿偏右搭了高高的一座彩台，台上一字儿排着靠背藤椅，原来是杨乡长特地为父亲搭的。殿柱上还贴了一张红纸字条，写着"潘宅大老爷贵座"几个大字，外公看了只是抿着嘴笑，我问："我是不是可以坐上去呢？"阿荣伯说："当然可以，你是潘宅大小姐，本来就比别人高一个头。"我又问："是不是比杨乡长的女儿还高？"阿荣伯说："可不是。"外公说："我看你就别跟人比高低，还是和外公坐在台下平地上，要什么时候走就走，自在多了，高高地供在上面，有什么好的。"可是我一想起杨大姑娘每回坐在高台上的神气样子，就非要坐一次不可。况且父亲给我从外路带来了胸前有闪亮牡丹花的水绿旗袍，我为什么不穿起来亮一亮相呢？我一定要叫杨大姑娘大吃一惊。

　　戏还没有开锣，台上忽然把一张有绣花红椅披的椅子高高搁在桌子上，椅子当中竖一块黑色牌子，用白水粉写着："潘宅大老爷、太太、小姐加福加寿。"哈，连我这小不点都上了谱了，这一得意真非同小可，不一会就出来戴白面具的加官，用朝笏比画了一阵，取来缎轴一抖，亮出"国泰民安"四个金字，再一抖，便是"富贵寿考"四个字。他进去以后，又出来一个戴凤冠霞帔的，再扭上半天。阿荣伯说这是给太太小姐敬礼的。最后一个家僮打扮的，一手拿一

张红帖，一手捏着三个亮晃晃的洋钱，向我们的高台一个纳福，表示谢赏。原来父亲早已叫阿荣伯把红包送过去了。我真是快乐得飘飘然，转脸看对面彩台上的杨大姑娘，她的座位是空的，不知什么时候，她已经走了。大概是因为比不过我，气得连戏都不看了。我再抬头望母亲，她一直用手帕擦着脸，很不安也很疲倦的样子。我问："妈妈，你怎么啦？"她忽然站起身来说："你们看吧，我还有菜没烧好，家里客人多。"她就悄悄地走了。四姑鼻子一抽一抽的，像是什么感觉都没有。这时看母亲走远了，忽然说了一句："大嫂呀，她真不是人间富贵花。"她念了几年师范，说话就那么文绉绉的，说我母亲不是人间富贵花，究竟是赞美还是取笑呢？我又问："那么四姑你是什么花呢？"她猛抽一下鼻子说："我什么花都不是，我是我妈妈脸上的一个疤，她才那么讨厌我。"听了她的话，我扑哧一下笑出声来，忽然又替四姑很难过，就再也不忍心取笑她的抽鼻子毛病了。

《宝蟾送酒》的那个宝蟾，脸上粉搽得好厚，大嘴巴笑起来时，牙齿特别黄，声音又粗，实在是不好看，四姑和我都很失望。倒是她手里托着亮闪闪的银盘子，不时地用一个指头点着转起来，像变戏法似的，转得好快，看得还过瘾。《空城计》上场时，孔明摇着羽毛扇，穿着略微嫌长了点的八卦袍，在台上唱了好半天，又爬到布做的城墙上再唱，唱得我只想睡觉。一通锣鼓，司马懿出来了，我想起五叔婆说四姑的大白脸像"司马懿造反"，忍不住向她瞄了一眼。她脸黑黑的，一点脂粉没搽，穿一件蓝缎棉袄，是五叔公的长袍，五叔婆改了没穿，现在再改给她穿的。看去老老实实的样子，我反倒觉得自己金光闪闪地坐在她边上，有点不好意思了。

城楼上的孔明老唱个没完，我有点厌烦了。父亲却眯起眼睛仔仔细细地听，三个手指头在手心轮流点着打拍子，很赞赏的样子。

还直夸"没想到这班子真行,唱得字正腔圆"。我却发现那个孔明像五叔,四姑也说像,外公说:"可不就是他,戏班子怕潘老爷听了不满意,五叔就去代唱,也好过过瘾。"我忍不住告诉父亲,父亲马上沉下脸说:"他若唱得这么好,也就有条路好走了。"第二天,五叔自己告诉父亲:"大哥,孔明是我扮的,大哥还满意吗?"父亲的脸拉得更长了,他说:"你呀,就只会唱唱戏,不三不四的。"母亲说:"你也别老这么说他,他倒是做什么像什么,人是聪明的。"父亲说:"聪明不走正路,有什么用?"可见父亲尽管看足了北平的名角,还是不把唱戏当作一条正路。五叔悄悄地跟我说:"大哥真怪,我昨天在戏台上,还看见他直点头呢,现在又骂我。"我说:"你穿起孔明的八卦衣,很有学问的样子,你为什么不索性去唱戏呢?"他瞪我一眼说:"那我也不干,堂堂潘宅大老爷的令弟,怎么好给人当戏囡儿看待。"我真摸不清楚,他到底想干什么呢?母亲说父亲生他的气就是这一点。后来只要是好京班来,五叔就去客串,在我记忆中,他当过《捉放曹》里的陈宫,《梅龙镇》里的正德皇帝。小生也唱,当过《白门楼》里的吕布。母亲说他唱小生像小公鸡初试啼声,难听死了。他还当过三花脸——女起解里的崇老伯。他说别看白鼻子,白鼻子也有好人,就是崇老伯。最有趣的是他还反串丑旦,演晚娘虐待前妻儿女,拳打脚踢,像个武生,引得台下哄堂大笑。我后来想想,五叔如果一心学评剧,一定可以成为一个名角。他唱老生韵味十足,台风又好。可惜他一生就是这么游戏人间,做哪一样也不认真,以致潦倒终生,遗下妻儿,不知流浪何方。我每回想起他,心里总是好挂念、好难过。

十二岁到了杭州以后,才算正式看了京戏。那时杭州旗下城就只一家戏院共舞台,也是破破烂烂的,凡遇好戏班来时,共舞台老板就亲自送戏单来问要订多少座位。父亲又会感慨地说:"当年在北

平看那么多名角，现在还看什么？"说是说，还是订了座，而且时常点戏。我因念书，不能常常看，但看到海派机关布景戏，就闹着非看不可。在我印象中最深刻的是全本《秦始皇》，皇宫布景之堂皇，赵姬的那股妖媚与服饰之华丽，令我目眩神移。还有《洛阳桥》、《花果山》等戏，布景变化多端，连母亲都看得喜滋滋的。母亲尤其喜欢看青衣戏，《三娘教子》这出戏，她每回看每回泪流满面，我一听到那小孩说"高高举起，轻轻打下，打在儿身，痛在娘心"时，也就跟着哭。回来又学那小弦走台步。还有《御碑亭》中那一记雨地里滑跤，我对着镜子学了好久也学不会。

看戏之乐，还不只是听锣鼓喧哗，看穿红着绿走进走出的热闹，更开心的是没完没了地吃：采芝斋的芝麻片、核桃糖、到嘴就化的雪梨、刚出水的嫩红菱、藕片，随你吃多少。热腾腾喷香雪白的毛巾，不时从堂倌手中飞来。收票时两边过道两个人各伸手指对一下票数。我最怕收票，一到收票时就知道快要落幕回家，我心中总有一股酒阑人散的空茫之感。

有一次，梅兰芳来了，是他欧游得了博士以后，那种轰动不用说了。因舞台太旧太小，场地特别改在新建的华联电影院。共演四天，是《红线盗盒》、《四郎探母》、《贩马计》和《霸王别姬》。我正赶上月考，干脆带了书在戏院里边啃边看。霸王金少山声震屋瓦地唱着，我可以充耳不闻。虞姬一出场，我就贪婪地睁大眼睛，眨都舍不得眨一下。那一段"夜深沉"的舞剑身段，和背过身子含悲饮泣的表情，确实是世上无双。自我长大到今天偌大年纪，也看过不少《霸王别姬》，好像就没有一次这么叫人感动的。第二天考题填充有"哥伦布发现新大陆是哪一年？"，我马上填上"一四九二"。因我头一晚看梅兰芳伏剑自刎，边背外国史边默记一下"一死救尔"就是"一四九二"。演《红线盗盒》与《坐宫》时，梅兰芳"粉腕"

上的那只碧绿翡翠镯子，引得四姑和我都看呆了，四姑直问："你猜那只镯子是真的还是假的？"母亲说："戴在梅兰芳手上还有假的？"父亲说："是假的，真的戴在他太太手上。"我一听好失望，为什么梅兰芳是个男人？看他谢幕时袅袅婷婷地蹲下去向观众纳福，明明是个大美人儿嘛。可是那几天，旗下城所有相馆橱窗中都摆着他和太太福芝芳的放大照片。梅太太打扮得朴素大方，梅博士长袍马褂，又明明是个潇洒的男人。

我也有两张梅兰芳的照片，一张穿西装，一张是《宝莲灯》的剧照。他刚到那天，来我家拜客。黑色的轿车在大门口停下来，我正背了书包要上学，听差说梅兰芳来了，我就退在门边看他下车。老妈子正端了个白瓷马桶想从边门出去，又忙着赶回大门边来看，马桶还捧在手里，几乎跟穿长袍马褂的梅博士撞个正着，我不禁捂着嘴笑弯了腰。忽然想起那两张照片，正好请他签名，连上学迟到也不顾，就飞奔上楼找照片，慌忙中怎么也找不到，只看见电影明星胡蝶和徐来的照片，抽屉翻得乱七八糟，被母亲训了一顿，也不许我钻在门背后看梅兰芳，只得失魂落魄地上学去了。在那个时候，觉得失去那样千载难逢的机会，是一生的遗憾似的。长大以后，经过的事情太多，失去的各种各样的机会也太多，就把一切都看得淡淡然了。

抗战期中，我一个人在上海求学，寄住在一位要好同学家中，同学的母亲是位评剧行家。她几次三番要带我去听戏（她总是说"听戏"不说"看戏"），我却对任何名票都毫无兴趣。勉勉强强去看了一次全本《四郎探母》，坐在热闹的戏院里，一颗心却是飘飘荡荡、凄凄冷冷的，只是怀念着家乡的庙戏、杭州的机关布景戏。那份温暖、那份欢乐，不会再有。故乡因战事音书阻绝，在故乡的母亲白发日增，却离我好远好远，想起外公和阿荣伯敲着旱烟筒给我

讲孟丽君、唱戏词儿，真正成了一场梦。

　　同学的二姊三妹都是戏迷，每周六都有人来家中吊嗓子。二姊夫妻搭档票戏，演《贺后骂殿》，丈夫饰"昏君"，三妹悄悄地跟我说："我二姊夫确实是个昏君，我真替二姊担心。"我不懂这话是什么意思，寄居他人家中，万事都不愿多问。后来同学告诉我，二姊夫大模大样地跟别的女人票《甘露寺》，他演的是乔国老，却爱上了孙尚香。家庭因此大起风波。二姊变成一个非常不快乐的人，永不再票戏了。她的三妹只小学毕业，就没好好上学，跟一个唱小生的有妇之夫因常配戏而日久生情。他们来往的情书，她都大方地拿给她姐姐和我看，原来都是七字一句的戏词儿。男的还引了两句古人的诗："薄命如卿甘作妾，伤心恨我未成名。"老母知道后，气得重重打了她一顿，却仍阻止不了如火如荼的爱情，终于背母私奔了。半年以后，她给她母亲写了封信，我也看了，词儿一直记得。如今我每次一哼，就会想起与金妈在西湖边乘凉的情景，我已非青鬓年少，金妈想早已不在人间了。

　　不久永乐戏院就有顾正秋的戏，长辈常要我陪去听戏。有一次看全本《董小宛》。演到冒辟疆进宫之时，董小宛从多情的顺治帝怀中，又哭倒在魂牵梦萦的冒辟疆怀中，左右为难。长辈就哭得抽抽噎噎的，手帕湿透了，把我的拿去再哭。我却总掉不出眼泪来，也许心情已老，对所谓的爱情，已经无动于衷了。想想长辈也许是为剧中人而哭，也许是为想起当年在北平的荣华岁月，如今物换星移而哭。总之，一个人能借着眼泪散发一下内心的感触或郁闷总是好的。怕的是忧患备尝以后，存广见惯，连眼泪都枯涸了。

　　相依多年的唯一长辈逝世以后，想想她一生绚烂，终趋寂灭，我的心情也似乎随之同归寂灭，即使坐在闹哄哄的戏院里，总有一分"笙歌归院落，灯火下楼台"的曲终人散之感，所以就宁愿不去看戏了。

　　自从电视有评剧与地方戏的播演以来，我总是尽可能地收看。尤其是歌仔戏，我反而特别喜爱，因为他们的服装，他们的一举手一投足，都逗引我深深地怀念故乡，怀念偎依在外公、母亲或阿荣伯的身边看庙戏的好日子。尽管我一个人静悄悄地坐在屋子里，四周没有熙攘的人群，没有高高的彩台，没有四姑或阿菊，但他们都随同荧光幕的彩色，在我眼中、心中浮动、旋转。有时，一个小动作会使我莞尔而笑，因为那都像是童年时代最熟知的情景。也都是外公、母亲、阿荣伯最津津乐道的忠孝节义故事。外公曾经对五叔说过这样的话："做人一世，也就是演戏。一上了台，就要认认真真把戏演好，由不得自己偷工减料的。"在我心中，外公是位哲学家。

　　我常常想，如果外公、母亲、阿荣伯如今都健在的话，该多么好？但长辈总要故去，戏总有落幕的一刻。因此，我看戏时，也能保持一分轻松愉快的心情了。

桂花雨

中秋节前后,就是故乡的桂花季节。一提到桂花,那股子香味就仿佛闻到了。桂花有两种,月月开的称木樨,花朵较细小,呈淡黄色,台湾好像也有,我曾在走过人家围墙外时闻到这股香味,一闻到就会引起乡愁。另一种称金桂,只有秋天才开,花朵较大,呈金黄色。我家的大宅院中,前后两大片广场,沿着围墙,种的全是金桂。唯有正屋大厅前的庭院中,种着两株木樨、两株绣球。还有父亲书房的廊檐下,是几盆茶花与木樨相间。

小时候,我对无论什么花,都不懂得欣赏。尽管父亲指指点点地告诉我,这是凌霄花,这是叮咚花,这是木碧花……我除了记些名称外,最喜欢的还是桂花。桂花树不像梅花那么有姿态,笨笨拙拙的,不开花时,只是满树茂密的叶子,开花季节也得仔细地从绿叶丛里找细花,它不与繁花斗艳。可是桂花的香气味,真是迷人。迷人的原因,是它不但可以闻,还可以吃。"吃花"在诗人看来是多么俗气,但我宁可俗,就是爱桂花。

桂花,真叫我魂牵梦萦。

故乡是近海县份,八月正是台风季节。母亲称之为"风水忌",桂花一开放,母亲就开始担心了:"可别做风水啊!"(就是台风来的意思。)她担心的第一是将收成的稻谷,第二就是将收成的桂花。桂花也像桃梅李果,也有收成呢。母亲每天都要在前后院子走一遭,嘴里念着:"只要不做风水,我可以收几大箩。送一斗给胡宅老爷爷,一斗给毛宅二婶婆,他们两家糕饼做得多。"原来桂花是糕饼的香料。桂花开得最茂盛时,不说香闻十里,至少前后左右十几家邻居,没有不浸在桂花香里的。桂花成熟时,就应当"摇",摇下来的桂花,朵朵完整、新鲜,如任它开过谢落在泥土里,尤其是被风雨吹落,那就湿漉漉的,香味差太多了。"摇桂花"对于我是件大事,所以老是盯着母亲问:"妈,怎么还不摇桂花嘛?"母亲说:"还早呢,没开足,摇不下来的。"可是母亲一看天空阴云密布,云脚长毛,就知道要"做风水"了,赶紧吩咐长工提前"摇桂花",这下,我可乐了。帮着在桂花树下铺篾簟,帮着抱桂花树使劲地摇,桂花纷纷落下来,落得我们满头满身,我就喊:"啊!真像下雨,好香的雨啊!"母亲洗净双手,撮一撮桂花放在水晶盘中,送到佛堂供佛。父亲点上檀香,炉烟袅袅,两种香混合在一起,佛堂就像神仙世界。于是父亲诗兴发了,即时口占一绝:"细细香风淡淡烟,竞收桂子庆丰年。儿童解得摇花乐,花雨缤纷入梦甜。"诗虽不见得高明,但在我心目中,父亲确实是才高八斗,出口成诗呢。

　　桂花摇落以后,全家动员,拣去小枝小叶,铺开在簟子里,晒上好几天太阳,晒干了,收在铁罐子里,和在茶叶中泡茶,做桂花卤,过年时做糕饼。全年,整个村庄,都沉浸在桂花香中。

　　念中学时到了杭州,杭州有一处名胜满觉垄,一座小小山坞,全是桂花,花开时那才是香闻十里。我们秋季远足,一定去满觉垄赏桂花。"赏花"是借口,主要的是饱餐"桂花栗子羹"。因满觉垄除桂花以外,还有栗子。花季栗子正成熟,软软的新剥栗子,和着西湖白莲藕粉一起煮,面上撒几朵桂花,那股子雅淡清香是无论如何没有字眼形容的。即使不撒桂花也一样清香,因为栗子长在桂花丛中,本身就带有桂花香。

我们边走边摇，桂花飘落如雨，地上不见泥土，铺满桂花，踩在花上软绵绵的，心中有点不忍。这大概就是母亲说的"金沙铺地，西方极乐世界"吧。母亲一生辛劳，无怨无艾，就是因为她心中有一个金沙铺地、玻璃琉璃的西方极乐世界。

我回家时，总捧一大袋桂花回来给母亲，可是母亲常常说："杭州的桂花再香，还是比不得家乡旧宅院子里的金桂。"于是我也想起了在故乡童年时代的"摇花乐"，和那阵阵的桂花雨。

青灯有味似儿时

相信人人都爱念陆放翁的两句诗:"白发无情侵老境,青灯有味似儿时。"尤其我现在客居海外,想起大陆的两个故乡,和安居了将近四十年的第三个故乡台北,都离得我那么遥远。一灯夜读之时,格外的缅怀旧事。尤不禁引发我"青灯有味"的情意,而想起儿童时代两位难忘的人物。

白姑娘

我家乡的小镇上,有一座小小的耶稣堂,一座小小的天主堂。由乡人自由地去做礼拜或望弥撒,母亲是虔诚的佛教徒,当然两处都不去。但对于天主堂的白姑娘,却有一分好感。因为她会讲一口地道的家乡土话,每回来都和母亲有说有笑,一边帮母亲剥豆子,理青菜,一边用家乡土音教母亲说英语:"口"就是"牛","糟糕"就是"狗","拾得糖"就是"坐下",母亲说:"番人话也不难讲嘛!"

我一见她来,就说:"妈妈,番女来了。"母亲总说:"不要叫她番女,喊她白姑娘嘛。"原来白姑娘还是一声尊称呢。因她皮肤白,夏天披戴雪白一身道袍,真像仙女下凡呢。

母亲问她是哪一国人,她说是英国人。问她为什么要出家当修

女,又漂洋过海到这样的小地方来,她摸着念珠说:"我在圣母面前许下心愿,要把一生奉献给她,为她传播广大无边的爱,世上没有一件事比这更重要了。"我听不大懂,母亲显得很敬佩的神情,因此逢年过节,母亲总是尽量地捐献食物或金钱,供天主堂购买衣被等救济贫寒的异乡人。母亲说:"不管是什么教,做慈善好事总是对的。"

阿荣伯就只信佛,他把基督教与天主教统统叫作"猪肚教",说中国人不信洋教。尽管白姑娘对他和和气气,他总不大理她,说她是代教会骗钱的,总是叫她番女番女的,不肯喊她一声白姑娘。

但有一回,阿荣伯病了,无缘无故地发烧不退,郎中的草药服了一点没有用,茶饭都不想很多天,人愈来愈瘦。母亲没了主意,告诉白姑娘,白姑娘先给他服了几包药粉,然后去城里请来一位天主教医院的医生,给他打针吃药,病很快就好了。顽固的阿荣伯,这才说:"番人真有一手,我这场病好了,就像脱掉一件破棉袄一般,好舒服。"以后他对白姑娘就客气多了。

白姑娘在我们镇上好几年,几乎家家对她都很熟。她并不勉强拉人去教堂,只耐心又和蔼地挨家拜访,还时常分给大家一点外国货的炼乳、糖果、饼干等等,所以孩子们个个喜欢她。她常教我们许多游戏,有几样魔术,我至今还记得。那就是用手帕折的小老鼠会蹦跳;折断的火柴一晃眼又变成完整的;左手心握紧铜钱,会跑到右手心来。如今每回做这些魔术哄小孩子时,就会想起白姑娘的美丽笑容,和母亲全神贯注对她欣赏的快乐神情。

尽管我们一家都不信天主教,但白姑娘的友善亲切,却给了我们母女不少快乐。但是有一天,她流着眼泪告诉我们,她要回国了,以后会有另一位白姑娘再来,但不会讲跟她一样好的家乡土话,我们心里好难过。

母亲送了她一条亲手绣的桌巾，我送她一个自己缝的土娃娃。她说她会永远怀念我们的。临行的前几天，母亲请她来家里吃一顿丰富的晚餐，她摸出一条珠链，挂在我颈上，说："你妈妈拜佛时用念珠念佛。我们也用念珠念经。这条念珠送你，愿天主保佑你平安。"我的眼泪流下来了。她说："不要哭，在我们心里，并没有分离。这里就是我的家乡了。有一天，我会再回来的。"

我哭得说不出话来。她悄悄地说："我好喜欢你。记住，要做一个好孩子，孝顺父母亲。"我忽然捏住她手问她："白姑娘，你的父母亲呢？"她笑了一下说："我从小是孤儿，没有父母亲。但我承受了更多的爱，仰望圣母，我要回报这份爱，我有着满心感激。"

这是她第一次对我讲这么深奥严肃的话，却使我非常感动，也牢牢记得。因此使我长大以后，对天主教的修女，总有一份好感。

连阿荣伯这个反对"猪肚教"的人，白姑娘的离开，也使他泪眼汪汪的，他对她说："白姑娘，你这一走，我们今生恐怕不会再见面了，不过我相信，你的天国，同我们菩萨的天堂是一样的。我们会再碰面的。"

固执的阿荣伯会说这样的话，白姑娘听了好高兴。她用很亲昵的声音喊了他一声："阿荣伯，天主保佑你，菩萨也保佑你。"

我们陪白姑娘到船埠头，目送她跨上船，一身道袍，飘飘然地去远了。

以后，我没有再见到这位白姑娘，但直到现在，只要跟小朋友们表演那几套魔术时，总要说一声："是白姑娘教我的。"

白姑娘教我的，不只是有趣的游戏，而是她临别时的几句话："要做个好孩子，好好孝顺父母……我要回报这份爱，我有着满心的感激。"

岩亲爷

我家乡土话称干爹为"亲爷",干儿子为"亲儿"。那意思是"跟亲生父子一样的亲,不是干的。"这番深厚的情意,至今使我念念不忘故乡那位慈眉善目,却不言不语的岩亲爷。

岩亲爷当然不姓岩,因为没有这么一个姓。但也不是正楷字"严"字的象形或谐音姓严。有趣的是岩亲爷并不是一个人,而是一位神仙。

这位神仙不姓严,却姓吕,就是八仙里的吕洞宾。

吕洞宾怎么会跑到我家乡的小镇住下来,做孩子们的亲爷?那就没哪个知道了。我问母亲,母亲说:"神仙嘛,有好多个化身,飘到哪里,就住到哪里呀。"问阿荣伯,阿荣伯说:"我们瞿溪风水好呀,给神仙看中了。"问到外公,外公说:"瞿溪不只风景好,瞿溪的男孩子聪明肯读书,吕洞宾伯伯读书人,就收肯读书的男孩子做亲儿。亲儿越收越多,就索性住下来了,因此地方上给他盖了个庙。"

这座庙是奇奇怪怪的,没有门,也没有围墙。却是依山傍水,建筑在一块临空伸出的岩石上,就着岩石,刻了一尊道袍方巾,像戏台上诸葛亮打扮的神像,那就是吕洞宾。神龛的后壁,全是山岩,神龛前面是一块平坦的岩石,算是正殿。岩石伸向半空,离地面约有三丈多高。下面有一个潭,潭水只十余尺深,却是清澈见底。因为岩上的涓涓细流,都滴入潭中,所以潭水在秋冬时也不会枯涸。村子里讲究点的大户人家,都到这里来挑一担潭水,供煮饭泡茶之用。神仙赐的水是补的,孩子喝了会长生,会聪明。

庙是居高临下的,前面就是那条主流瞿溪。溪水清而浅。干旱的日子，都露出潭底的沙石来，溪上有十几块大石头稀稀疏疏搭成的"桥"，乡下人称之为"丁步"，走过丁步，就到热闹的市中心瞿溪街，岩亲爷闹中取静，坐在正殿里，就可一目了然地观赏街上熙来攘往的行人，与在丁步上跳来跳去的小孩。这里实在是个风景很奇怪的地方，若是现在，可算得是个名胜观光区呢。

庙其实非常的小，至多不过三四十坪。里面没有和尚，也没有掌管求签问卜的庙祝，因此庙里香火并不旺盛，平时很少人来，倒成了我们小孩子玩乐的好地方。我常常对母亲说："妈，我要去岩亲爷玩儿啦。""岩亲爷"变成了一个地方的名称了。母亲总是盼咐："小姑娘不许爬得太高，只在殿里玩玩就好了。"但玩久不回来，母亲又担心我会掉到殿下面的潭里去，就叫阿荣伯来找我。我和小朋友们一见阿荣伯来了，就都往殿后两边的石级门上爬，越爬越高，一点也不听母亲的话，竟然爬到岩亲爷头顶那块岩石上去了。阿荣伯好生气，把我们统统赶下来，说吕洞宾伯伯会生气，会把我们都变成笨丫头。

我们心里想想才生气呢！因为吕洞宾伯伯只收男生当亲儿，不收女生当亲女，这是不公平的。其实这种不公平，明明是村子里人自己搞出来的。凡是哪家生的第一个宝贝男孩子都要拜神仙做亲爷。备了香烛，去庙里礼拜许愿。用红纸条写上新生孩子的乳名，上面加个岩字，贴在正殿边的岩壁上。神仙就收了他做亲儿，保佑他长命富贵。大人们叫自己的孩子，都加个岩字，岩长生、岩文源、岩振雄……听起来，有的文雅、有的威武，好不令人羡慕。

有一回，我们几个女孩子也偷偷把自己的名字上面加个岩字，写了红纸条贴在岩石上，第二天都掉了。阿荣伯笑我们女孩子没有资格，吕洞宾伯伯不收。其实是我们用的糨糊不牢，是用饭粒代替的，一干自然就掉了。

我认为自己也是"读书人",背了不少课古文,怎么没资格拜亲爷,气不过,就在神像前诚心诚意地拜了三拜,暗暗许下心愿说:"有一天我一定要跟男孩子一般地争气,做一番事业,回到家乡,给你老人家修个大庙。你可得收全村的女孩子做亲女儿哟!"

慈眉善目的神仙伯伯,只是笑眯眯不说一句话。但我相信他一定听见我的祝告,一定会成全我的愿望的。

我把求神仙的事告诉外公,外公摸摸我的头说:"要想做什么事,成什么事业,都在你自己这个脑袋里。你也不用怨男女不平等。你心里敬爱岩亲爷,他就是你的亲爷了。"因此我也觉得自己是岩亲爷的女儿了。

离开故乡,到杭州念中学以后,就把这位"亲爷"给忘了。大一时,因避日寇再回故乡,才想起去岩亲爷庙巡礼一番。仰望岩亲爷石像,虽然灰土土的,却一样是满脸的慈祥,俯看潭水清澈依旧,而原来热闹街角那一份冷冷清清,顿然使我感到无限的孤单寂寞。

那时,慈爱的外公早已逝世,母亲忧郁多病,阿荣伯也已老迈龙钟。旧时游伴,有的已出嫁,有的见了我都显得很生疏的样子。我踽踽凉凉地一个人在庙的周围绕了一圈,想起童年时在神前的祝告,我不由得又在心里祈祷起来:"愿世界不再有战乱残杀,愿人人安居乐业,愿人间风调雨顺。"

阿荣伯坐在殿口岩上等我,我扶着他一同踩着溪滩上的丁步回家,儿时在此跳跃的情景都在眼前。阿荣伯说:"你如今读了洋学堂,哪里还会相信岩亲爷保佑我们。"我连忙说:"我相信啊,外公说过,只要心里敬爱仙师,他就永远是你的亲爷,我以后永不会忘记的。"阿荣伯叹口气说:"你不会忘记岩亲爷,不会忘记家乡就好,能常常回来就好。人会老,神仙是不会老的,他会保佑你的。"

我听着听着,眼中满是泪水。

再一次离家以后，我就时常地想起岩亲爷，想起那座小小的、冷冷清清的庙宇，尤其是在颠沛流离的岁月里。我不是祈求岩亲爷对我的佑护，而是岩亲爷庙里，曾有我欢乐童年的踪影。"岩亲爷"这个亲昵的称呼，是我小时候常常喊的，也是外公、母亲和阿荣伯经常挂在嘴上念的。

我到老也不会忘记那位慈眉善目，不言不语，却是纵容我爬到他头顶岩石上去的岩亲爷。

团圆饼

寄居异国,几乎年节不分。每到中秋,既无心举头望明月,也无兴趣买象征明月的月饼来应景,一心思念的却是当年母亲一双巧手做的"团圆饼"。

其实,母亲经常都做各种香喷喷的饼。到了中秋节,她就说自己手里捏的是"团圆饼",她并不称它为"月饼"。她说月亮是高高在天上,放光明照亮世间的"月光菩萨",怎么可以摘下来吃呢?说得外公和老长工阿荣伯都呵呵地笑了。

母亲做团圆饼时,先炒好馅儿,甜的是猪油豆沙、咸的是雪里蕻炒肉末。由阿荣伯揉好面,切成平均的一团团,她再来包。我当然少不了在边上帮倒忙,为的是想快快有得吃。但母亲总要我先拜了拜月亮菩萨,供了祖先,才准我吃。

外公爱甜食,母亲就特别为他老人家加工加料,做鸡油豆沙加枣泥馅儿的,摆在他床边由他随时可以吃。我就在外公身边跟进跟出,不用说,又油又香的枣泥饼,大半都给我吃了。

在银色的月光下,我扶着外公在庭院中散步,听他讲母亲少女时代既能干又热心照顾邻居的许多事儿,我听了一遍又一遍,总也听不厌。母亲却说:"许多事儿都是你外公加油加酱编出来的,我哪有那么好?"外公又捻胡子呵呵地笑了。

母亲定定地注视着外公,低声对我说:"外公一年年老了,你一年年长大以后,要去外路读书,不知还有几个中秋节能在外公和我身边一起过呢!"

我听了心里怅怅的,抬头望外公,他笑得满脸皱纹,白胡须在月光中微微飘动。我觉得外公像一位老仙翁,就要冉冉升天而去,不由得一阵心酸,几乎掉下泪来。

外公微微颤抖的手,紧紧捏着我的小手说:"小春,祭拜过月光菩萨,你就赶紧写信到北京给你爸爸,要他快点回来,逢年过节,总要一家团圆,吃你妈妈做的团圆饼啊!"

阿荣伯兴冲冲地从街上买来一个好大的月光饼,有小圆桌那么大,阿荣伯说是专为祭月亮菩萨的。我看了快乐得直跳,把鼻子凑上去闻闻,好香呢。妈妈也高兴地说:"如今的年轻人真会变新花样,会做出这样大的团圆饼来。快摆桌子祭月光菩萨吧,我把菜都烧好了。"

祭拜过月亮,我就急着要吃那大大的月光饼。可是妈妈不让我掰开来,说一定要过了十六才能吃。

"十五月光十六圆。十五和十六都是团圆的好日子,要先吃我自己做的团圆饼。"妈妈笑眯眯地说。

妈妈的命令,连外公都得听。所以阿荣伯就把那大大的月光饼高高挂在厨房柱子上,让我只能对着它闻香味。过了十六,他才把饼切开,半个给外公放在他房间里慢慢儿吃,半个大家分来尝尝。连妈妈都夸好香好脆呢。

她想了一下,要阿荣伯再去买一个来,挂在她自己房间里。到了晚上,她搂我在怀里,对着大月光饼呆呆地看半天,拍着我轻声地说:"小春,写封信给你爸爸,告诉他我们屋子里有个大大的团圆饼,要他明年回来过中秋节,一家团圆多好!"

在摇曳的烛影中,母亲的笑靥里闪着泪光。我想念起远在北京、

迟迟未归的爸爸，想起外公催我写信催他快快回家的热切神情，也禁不住热泪盈眶，更深深体会到老师教我的古人诗句"每逢佳节倍思亲"的意义。

桥头阿公

幼年时,常看见妈妈微微皱起眉头,自言自语,好像有什么疑难问题的样子,我就会喊:"妈妈,您别发愁,我去请桥头阿公来商量。"妈妈就会高兴地说:"对啊,你快去请桥头阿公来!"

桥头阿公是我们全村敬重的老爷爷,他住在一条竹桥那头的小镇上,大家都尊称他桥头阿公。

那时他大约六十多岁,走路飞快。手捏旱烟管,烟丝袋挂在腰带上荡来荡去。他来我家都是和阿公各人一把竹椅子,对坐在厨房外的走廊里说古道今。两位老人性格不同,外公一团和气,喜欢讲笑话逗人乐。桥头阿公却有点严肃,言笑不苟。他有个外号叫"单句讲",意思是一句话吩咐出来,就令出如山,绝无更改。他是地方上的权威审判官,人人都敬畏他,有什么疑难纠纷,都要请他做裁决。他一声不响地先听大家说,抽完一筒旱烟,在石板地上"托托"地敲着烟灰,才开口说话。再复杂的纠纷,他三言两语就给判定了,大家都口服心服。外公也摸着胡须夸他:"你到底是认得几个白眼字的桥头公,不像我这个只会啃番薯的山头公。"(白眼字是我家乡的土话,认得很少字的意思。)

妈妈听了就笑眯眯地说:"桥头阿公,山头阿公,都像神仙伯伯一样,哪个人不喜欢、不敬重呢?"

我趴在外公怀里,啃着桥头阿公给我的炒米花糖,闻着他一口

口喷出来的旱烟味,感到好温暖啊!

爸爸从北京回来,就恭恭敬敬地去给桥头阿公请安,接他到家里来吃丰富的午餐。爸爸敬他一支加利克香烟,他摇摇头说:"我不抽洋烟,乡下的烟丝才是去火气的。"爸爸给他斟一杯白兰地酒,说这是多年陈酒。他有点生气地说:"喝什么白兰地?自己家酿的陈年老酒多香呀!"爸爸只好唯唯听命。我坐在外公身边,看神气的爸爸也得听桥头阿公的训,心里好高兴。妈妈站在一边,笑眯眯地说:"洋酒与土酒,洋烟与土烟,各有味道,也像人一样,各有不同脾气吧!"

一点不错,我的山头阿公慈眉善目,笑口常开,可是"单句讲"的桥头阿公,却很少有笑容。我见了他也有点怕怕。但当我用心写字读书的时候,他也会走来摸摸我的头,从口袋里掏出一枚银角子给我说:"存起来。"也是"单句讲"。我捏着那枚暖烘烘的银角子,仰脸望着桥头阿公,顿时觉得他也慈眉善目起来。

我渐渐长大以后,也渐渐懂得为什么桥头阿公这样受人敬重,实在是由于他温而厉的性格,正直不阿的做人原则。他为乡人排难解纷的智慧与魄力,令人由衷地钦佩。难怪像我父亲那样一个曾经叱咤风云、当过师长的人,都么敬畏他呢!这使我记起两件事来:

有一次父亲忽然兴致起来了,命我捧着钓饵、提了水桶,跟他去门前河边钓鱼。他把大把的钓饵撒下去,然后垂下钓丝,一下子就钓起一条活蹦活跳的鱼来,放进水桶里。我看鱼在水桶里惊慌的样子,心里有点不忍,就求父亲说:"爸爸,我们把鱼放了好不好?"父亲生气地说:"特地钓的鱼,为什么要放掉?"我就不敢作声了。乡人看见"师长"在钓鱼,只站着看一下就走了。因为这条河是没有人敢大把地撒钓饵的。正巧桥头阿公走过,立刻命令道:"把鱼放回河里去,活生生的鱼,为什么要把它钓上来?这条河要保持清洁,不能撒钓饵的。"我觉得好奇怪,怎么"单句讲"的桥头阿公竟然会一口气说了那么多话，他一定是很生气吧。父亲被训得没有了兴致，只好带我提了水桶回家了。过了好一会，父亲用低沉的声音说："桥头阿公的话是有道理的。河里的水，是供全村的人饮用的，应当保持清洁才对。"

如今想想，桥头阿公在那个时候就已经有环保意识了。而父亲的勇于认过，也给我留下深刻印象。

又有一回，桥头阿公看见我在竹桥上来回走着玩，他说："这条竹桥是两岸的通道，你在上面跳来跳去，不是挡住来往行人吗？"吓得我赶紧下来了。他却又说："你爱走桥，我带你去踩后山溪那条石丁步。来回踩几次，胆子就大了，脚步也稳了。"我只好战战兢兢地被他牵着手去踩石丁步。

所谓的"石丁步"，就是在急流的溪水上，排着大小高低不太平均的石块，乡下人往山里挑担子下来，不愿绕路去走那条摇摇晃晃的竹桥，都走这条石丁步，很快就可到镇上了。他们穿着草鞋，踩石丁步健步如飞。而我一跨上那斜斜的石块，腿就发软。桥头阿公说："这才是真正走桥，一步步跨过去，眼望前看，心不要慌，脚步就稳了。"我只好紧紧捏着他的手臂，一步步地跨过去，心里虽然害怕，却也走完了一条石丁步，胆子马上壮了不少。我放开桥头阿公的手臂，自己再试走一遍。心不跳了，脚步也稳多了。

回来得意地告诉母亲说："妈妈，我会踩石丁步了。是桥头阿公带我踩的。"母亲高兴地说："是应当多练练胆子的。做一个人，一生一世不知要走多少条桥，过一条桥就到一个新的地方，多开心呀！你要牢牢记住桥头阿公是怎样教你踩丁步的，丁步比桥难走多了。"

到今天，我仍记得桥头阿公那只扶着我的稳健手臂，和带我踩丁步的高兴神情。他教了我许许多多道理，他并不是严肃的"单句讲"，而是一位跟外公一样慈爱的爷爷。

妈妈，我跌跤了！

小时候，我是个胖嘟嘟的笨娃儿，走路摇摇晃晃，一不小心就跌跤。有一次，跨厨房门槛时跌倒了，我生气地躺在地上不起来，尖起喉咙喊："妈妈，我跌跤了。"谁知妈妈竟连看也不看我一眼，只顾拿着锅铲炒菜。我越生气越大声地喊："妈妈，你没有看见我跌跤了吗？"妈妈转过脸来，慢吞吞地说："跌跤了就爬起来嘛。"我说："我膝盖好疼啊！"妈妈笑了，越发慢条斯理地说："你膝盖是豆腐做的呀？"我说："门槛太高，把我绊倒了，膝盖都碰紫了呀。"妈妈不说话了，也不走过来扶我。在灶下添柴烧火的五叔婆说："对呀，门槛太高，是门槛不好，把你绊倒了，快用拳头捶门槛吧。"我握住小拳头，正要捶门槛，妈妈放下锅铲，走过来大声地说："起来，是你自己不小心跌跤的，怎么怨门槛。再赖着不起来，我就要打你了。"我吓得一骨碌爬起来，噘着嘴，想哭又不敢哭。但也并不向五叔婆身边跑，因为都是她叫我捶门槛，惹妈妈生气的。

我站在门边，半天不敢往妈妈身边跑。妈妈已炒完菜，坐在长板凳上，似笑非笑地看着我。我这才一步步挨上前去。她把我拉到怀里，慢声细气地说："走路要小心，做什么事都要小心。做错了就想想看，是怎么错的。不要怨别人。"我抽抽噎噎地说："我是想过了，是门槛太高，把我绊倒的呀。"妈妈笑嘻嘻地说："门槛是高了点儿，但你天天在跨进跨出，今天又不是第一次。跨高门槛，脚要高点儿，就不会绊倒啦！绊倒了也就自己爬起来嘛。你这样躺在地上喊妈妈，不是耍赖吗？妈妈不喜欢你这样。"

我呆呆地听着，眼睛一直盯着妈妈看。看她脸上已一点生气的样子都没有了。我才抹着眼泪说："妈妈，我下回不耍赖了，跌跤了就爬起来，我要小心走路。阿荣伯伯说的，小姑娘脸上跌破了有个疤，就是破相。"我还没说完呢，五叔婆马上接着说："对呀，破了相的姑娘，长大了有谁要呀！"我好生气，跺着脚喊："五叔婆，我不要你管。"我又抽抽噎噎地哭起来，为什么五叔婆要这样对我冷一句热一句的呢？

妈妈一声不响，只把我紧紧抱在怀里。用暖烘烘的手，抹去我的眼泪，好久好久，她才附在我耳边轻声地说："听妈妈话，不要哭。五叔婆是很疼你的呀。"

我仰脸看见妈妈眼中也满是泪水，才赶紧忍住不再哭了。我不愿妈妈为我伤心。阿荣伯伯说的："母女连心。女儿哭，妈妈心疼。女儿不乖，妈妈心碎。"我紧紧抱住妈妈喊："妈妈，我乖了，你不要哭啊！"

五叔婆愣愣地看着我们半天，忽然叹口气说："看你娘儿俩多亲昵！我就没哪个喊一声娘，劝我别生气、别哭。"

我听了好难过，才知道五叔婆没有儿女在身边，很孤单，很苦。我也越发感到妈妈搂着我的温暖和幸福。

晚上临睡时，妈妈柔声对我说："小春，以后记得不要再惹五叔婆生气。长辈们都是心事重重的啊！"

看妈妈眼中汪着泪水，我好像一下子明白了，妈妈也是心事重重的人。我以后再也不顽皮、不耍赖，免得妈妈为我太操心，才是孝顺女儿啊！

母亲的心情

做母亲的，聚在一起闲谈时，各有各的心情：

一位初为人母的年轻妈妈说："孩子未出生前，天天盼望快点生，生出来以后，婴儿饿了哭，尿湿了哭，一夜要起来好多次，恨不得再把他装回肚子里去。这才知道做母亲的辛苦，才体会到当年母亲的两鬓青丝，是怎样转为白发的。养子方知父母恩，我不由得在心中低唤：'妈妈，我感谢您。'"

另一位母亲说："我天天抱着孩子拍呀摇呀的，总要拍得他不哭才安心。朋友们劝我不要宠坏孩子，我却感到把他心贴心地抱在怀里好安慰，这样幸福的日子并不会长久，所以我宁可尽量地宠他。眼看他一天天长大，心中固然快乐，但想想他长大后就不会天天黏着我了，就宁可他别那么快长大，这是多么矛盾的心情啊！"

一位中年母亲说："我一儿一女都长大成人了，但都未成家，平时都忙得人影不见。高兴起来，带一群朋友回来吃喝玩乐，忙得我这老妈鸡飞狗跳。想想他们需要你时像儿女，不需要你时像路人。反对你时像冤家，极少极少的时候才像朋友。我就是格外珍惜那像朋友的片刻时光。"

我默默地听着，也想起自己将近中年的儿子，他夫妻两个人各忙各的，使我挂心的倒是儿子很少来电话问候我们二老起居。我忍不住打电话去，他却云淡风轻地说："我很好呀，你别挂心啦！没给你们打电话是因为工作实在太忙,晚上很迟才回来,倒头就睡了。"

我捏着话筒,木然良久,不知再对他说什么才好,只得轻轻把话筒挂上了,也不愿再对他父亲说。因为他也跟他儿子似的,云淡风轻。"儿孙自有儿孙福"的谚语,他老挂在嘴上,总劝我自娱老境,自求多福。我听了内心更如有所失。谁说是"天下父母心"?我觉得天下只有母亲的心才是苦涩的啊!

想起吾儿幼年时,憨憨的神态如在目前。稍稍长大点以后,我去幼儿园接他回家,他张大双臂扑过来,又哭又笑抱住我的快乐神情。他进了小学,在日记里写:"妈妈牵着我的手,和爸爸一同脚并脚地散步。我和爸爸妈妈真是手足情深啊!"

想着想着,我不禁破涕为笑了。

美国俗语说:"孩子幼年时踩在你脚尖上,长大了踩在你心尖上。"有一天,连心尖都不感到疼痛时,就可瞑目了。

我抬头望窗外,一对鸟儿正在树枝隐蔽处,双双软语商量,营巢生子,又是一对痴心父母啊!每年我都看鸟儿辛苦抚育儿女,看渐渐长大的小鸟离巢而去,听母鸟的啁啾悲鸣,不禁为之心酸泪落。何曾想到这是天道循环的自然现象呢?

再仔细想想,今天社会形态遽变,年轻人对人情世事的体认不同。老年人实在不能以旧时代的亲子情怀责望于下一代了。他们为生活,为事业奋斗以外,心中关爱的是他们的儿女而不是父母。俗语说"儿行千里母心忧、母行万里儿不愁",一点不错。

我又想起有一位朋友,在参加外孙女的周岁庆宴回来,感慨地对我说:"升级当外祖母当然高兴。但在一批年轻人的欢笑声中,总觉有点格格不入,与他们的观念难于配合。对他们的责望也是多余的。比如说吧,小孙女睡着了,我因见到老友高兴得说话大声了点,女儿连连摇手说:妈妈小声点,宝宝睡着了呀。但我忙累了想在沙

发上打个盹儿,孙儿们在屋里翻滚喧闹,却没听我女儿说一声:轻一点,外婆睡着了。"

她叹了口气,又接着说:"我女儿女婿平时工作忙,周末朋友多,晚上谈的都是我不接头的事,我一插嘴问,女儿就说:'妈,你别问了,跟您说您也不接头的。'说的也是,年轻人和我之间就是有一道沟吧。有时想去看看老朋友谈谈心,又苦于不会开车,等他们顺便带我一下都等不到那点机会,专程送我一趟更别想了。若要朋友接送吧,他们也是跟我一样的老年人啊,怎么忍心劳累人家呢?只好在电话中谈谈了。但打电话也受很大限制:早晚孩子睡着了不能打,白天电话费贵的时段不能打,周末他们电话多,不让我长谈。所以我还是快快回自己的老人公寓吧!"

有一位母亲兴冲冲从台湾来美探望儿女,满心想多住些日子,却很快就回去了。她说:"也许是我这老太婆管教八岁的孙子,使他不开心。他总是问:'奶奶,你怎么还不回去呀?'说的也是,他那满口的'嗨',满口的 Come on,我还真不习惯呢!不如快快回去和老伴拌嘴,相依相守吧。"

一个个的实例,使我相信我家乡的一句俗话:"一代归一代,茄子拔掉了种芥菜。"这也许正是生生不息,日新又新的大道理吧。

在今日,想快快乐乐地做一个现代母亲或现代祖母,必须要学会如何调整自己的心情。总之,天地间的至理就是"爱",唯有以包容的爱,才能有开阔的胸怀,享受宝贵的亲子之情啊。

玉兰酥

玉兰酥是一种入嘴便化的酥饼，听听名称都是香的。它是早年我家独一无二的点心，是母亲别出心裁，利用白玉兰花瓣，和了面粉鸡蛋，做出来的酥饼。

白玉兰并不是白兰花。白兰花是六七月盛夏时开的。花朵长长的，花苞像个橄榄核，只稍稍裂开一点尖端，就得采下来，一朵朵排在盛浅水的盘子里。上面盖一块湿纱布，等两三小时，香气散布出来，花瓣也微微张开了，然后用丝线或细铁丝穿起来。两朵一对，或四朵一排，挂在胸前，或插在鬓发边，是妇女们夏天的妆饰。但只一天工夫，花瓣就黄了，香气也转变成一种怪味。

母亲并不怎么喜欢白兰花。除了摘几朵供佛以外，都是请花匠阿标叔摘下，满篮的，提去送左邻右舍。我家花厅院墙边，有一株几丈高的白兰花。每天有冒不完的花苞，摘不尽的花。阿标叔都要架梯子爬上去摘，我在树下捧篮子接，浓烈的花香，熏得人头都昏昏然了。

母亲不喜欢白兰花，也是因为它的香太浓烈。她比较喜欢名称跟它相似、香味却非常清淡的白玉兰。白玉兰一季只开四五朵，一朵朵逐次地开，开得很慢，谢得也很慢。花朵有汤碗那么大，花瓣一片片像汤匙似的，很厚实。开放时就像由大而小的碗叠在一起。花总是藏在大片浓密的叶丛间，把清香慢慢儿散布开来。

白玉兰的开放，都在中秋前后。那时母亲每天都到院子里抬头看看、闻闻花香。只开一朵花，当然不能采下来。直等它一瓣瓣自然谢落了，母亲连忙拾起，生怕花瓣着土就烂了。因为白玉兰花瓣是可以做饼吃的。母亲把它先放在干净的篮子里，也不能用水洗，一洗香味就走了。等水分略干后，就用手指轻轻剥碎（也不能用刀切，怕有铁腥味）。剥碎后和入面粉鸡蛋中拌匀，只加少许白糖，用大匙兜了放在浅油锅里，文火半煎半烤，等两面微黄，就可以吃了，既香又软又不腻口。熟透了的玉兰花瓣，有点粉粉的，像嫩栗，而更清香。

　　每年的中秋节，城里朋友送来我家的月饼，种类繁多。除了面上撒芝麻的月光饼以外，还有苏式月饼、广式月饼。哪一种母亲都不爱吃。她的兴趣是切月饼，厚厚的广式月饼切开来，里面是各种不同的馅儿。母亲只看一眼，闻一下就饱了。她总是说："这种月饼，满肚子的馅儿，到底是吃皮还是吃心子呢。连供佛也不合适，因为都是荤油和的。"所以她都是拿来送左邻右舍。

　　"潘宅"的广式月饼，是邻居们最歆羡的。未到中秋，早已在盼待了。我呢，守在母亲边上，看她把一个个月饼切开，每个切四份，不同的馅儿配搭起来，每家一份。她把月饼用盘子放在一个四层的精致竹编盒子里，叫我提了挨家去分，让每家都尝尝不同的馅儿。但她总不忘加入一份她自己做的玉兰酥。"也要让大家尝尝我的土月饼嘛！"她得意地说。

　　分月饼当然是我最最讨好的差事。每家吃了月饼，都对母亲说："广式月饼、苏式月饼，就是稀奇点，哪里比得你做的玉兰酥，吃得我们的舌头都掉下来了。"听得母亲好高兴，她那一脸快慰的微笑，真好比中秋节的月光一样的明亮美丽呢。

　　母亲只是喜欢做，自己吃得很少。老师说她是辛勤的蜜蜂，我就念起他口传我的那两句诗:"采得百花成蜜后,为谁辛苦为谁甜?"念了一遍又一遍,像唱山歌似的。老师问我懂这意思吗?我说:"当然懂呀。蜜蜂忙了一大阵,蜜却被人拿去了。"母亲听了笑笑说:"你懂就好了。蜜蜂是很辛苦的。但是我宁愿你做一只勤快的蜜蜂,可千万别做讨人厌的苍蝇啊。"我咯咯地笑了。

我嘴上虽说懂,其实哪里懂呢?我若真的懂了,就不会像一只苍蝇似的,老是嗡嗡地纠缠着母亲,而不帮一点点的忙了。

如今每回想起清香的玉兰酥与母亲所做的各种美味,心头就感到阵阵辛酸。母亲,一只辛苦的蜜蜂,终年忙碌无怨无艾,她默默地奉献一生,也默默地归去了。

几十年来,我从未见过家乡那种清香的白玉兰树,也无从学做香软的玉兰酥。中秋节一年年地度过,异乡岁月,草草劳人,心头所有的,只有无限的思亲之情。

粽子里的乡愁

异乡客地，愈是没有年节的气氛，愈是怀念旧时代的年节情景。

端阳是个大节，也是母亲大忙特忙、大显身手的好时光。想起她灵活的双手，裹着四角玲珑的粽子，就好像马上闻到那股子粽香了。

母亲包的粽子，种类很多。莲子红枣粽只包少许几个，是专为供佛的素粽。荤的豆沙粽、猪肉粽、火腿粽可以供祖先，供过以后称之为"子孙粽"。吃了将会保佑后代儿孙绵延。包得最多的是红豆粽、白米粽和灰汤粽。一家人享受以外，还要布施乞丐。母亲总是为乞丐大量准备一些，美其名曰"富贵粽"。

我最最喜欢吃的是灰汤粽。是用早稻草烧成灰，铺在白布上，拿开水一冲，滴下的热汤呈深褐色，内含大量的碱。把包好的白米粽浸泡灰汤中一段时间（大约一夜晚吧），提出来煮熟，就是浅咖啡色带碱味的灰汤粽。那股子特别的清香，是其他粽子所不及的。我一口气可以吃两个，因为灰汤粽不但不碍胃，反而有帮助消化之功。过节时若吃得过饱，母亲就用灰汤粽焙成灰，叫我用开水送服，胃就舒服了。完全是自然食物的自然治疗法。母亲常说我是从灰汤粽里长大的。几十年来，一想起灰汤粽的香味，就神往童年与故乡的快乐时光。但在今天到哪里去找早稻草烧出灰来冲灰汤呢？

端午节那天，乞丐一早就来讨粽子。真个是门庭若市。我帮着长工阿荣提着富贵粽,一个个分。忙得不亦乐乎。乞丐常高声地喊:"太太,高升点(意谓多给点)。明里去了暗里来,积福积德,保佑你大富大贵啊!"母亲总是从厨房里出来,连声说:"大家有福,大家有福。"

乞丐去后,我问母亲:"他们讨饭吃,有什么福呢?"母亲正色道:"不要这样讲。谁能保证一生一世享福?谁又能保证下一世有福还是没福。福是要靠自己修的。时时刻刻要存好心,要惜福最要紧。他们做乞丐的,并不是一个个都是好吃懒做的,有的是一时做错了事,败了家业。有的是上一代没积福,害了他们。你看那些孩子,跟着爹娘日晒夜露地讨饭,他们做错了什么,有什么罪过呢?"

母亲的话,在我心头重重地敲了一下。因而每回看到乞丐们背上背的婴儿,小脑袋晃来晃去,在太阳里晒着,雨里淋着,心里就有说不出的难过。当我把粽子递给小乞丐时,他们伸出黑漆漆的双手接过去,嘴里说着:"谢谢你啊!"眼睛睁得大大的,看我一身的新衣服。他们有许多都和我差不多年纪,差不多高矮。我就会想,他们为什么当乞丐,我为什么住这样的大房子,有好东西吃,有书读?想想妈妈说的,谁能保证一生一世享福?心里就害怕起来。

有一回,一个小女孩悄声对我说:"再给我一个粽子吧。我阿婆有病走不动,我带回去给她吃。"我连忙给她一个大大的灰汤粽。她又说:"灰汤粽是咬食的(帮助消化),我们没有什么肉吃呀。"我听了很难过,就去厨房里拿一个肉粽给她,她没有等我,已经走得很远了。我追上去把粽子给她。我说:"你有阿婆,我没有阿婆了。"她看了我半晌说:"我也没有阿婆,是我后娘叫我这么说的。"我吃惊地问:"你后娘?"她说:"是啊!她常常打我,用手指甲掐我,你看我手上脚上都有紫印。"听了她的话,我眼泪马上流出来了,我再也不嫌她脏,拉着她的手说:"你不要讨饭了,我求妈妈收留你,

你帮我们做事，我们一同玩，我教你认字。"她静静地看着我，摇摇头说："我没这个福分。"

她甩开我的手，很快地跑了。

我回来呆呆地想了好久，告诉母亲，母亲也呆呆地想了好久。叹口气说："我也不知道要怎样做才周全，世上苦命的人太多了。"

日月飞逝，那个讨粽子的小女孩，她一脸悲苦的神情，她一双吃惊的眼睛，和她坚决地快跑而逝的背影，时常浮现我心头，她小小年纪，是真的认命，还是更喜欢过乞讨的流浪生活？如果她仍在人间的话，也已是年逾七旬的老妪了。人世茫茫，她究竟活得怎样，在哪里活呢？

每年端午节来临时，我很少吃粽子，更无从吃到清香的灰汤粽。母亲细嫩的手艺和琐琐屑屑的事，都只能在不尽的怀念中追寻了。

故乡的婚礼

我故乡风俗淳厚,生活俭朴。只有在结婚典礼上,仪式的隆重,排场的讲究,真是和过新年一般无二。无论穷家富户,平时省吃俭用,遇到嫁女儿,娶儿媳妇,那就有多少,花多少,一点也不心疼。

嫁女儿当晚的酒席,称作"请辞嫁"。是做女儿的最后一顿在娘家吃饭。所以酒菜非常丰富,而且有一道菜必定是母亲亲手做的。(事实上,乡下人家的饭菜,都是母亲做的,只是办喜事的日子,忙不过来,才请短工帮忙。)做母亲的为女儿做这道菜,一边抹眼泪,一边嘴里念念有词,说的都是"早生贵子","五世其昌"等的吉利话。最后把一对用红绿丝线扎的生花生和几粒红枣、桂圆放在盘边,祝福女儿早生贵子。做着做着,一滴滴泪珠儿都落在那碟菜里,真是咸咸甜甜。做女儿的,还没吃到嘴里,泪珠儿也滴落下来了。在那个时代,我故乡的女孩子,十六、十七岁就是出嫁的年龄,离开母亲,到一个陌生人家对一个陌生妇人喊妈妈,当然是非常伤心,也非常害怕的,所以母女二人的眼泪就流个没完。有支歌儿是这样唱的:"妈妈呀,今夜和你共被单,明天和你隔重山。左条岭,右条岭,条条山岭透天顶哟。妈妈呀,娘边的女儿骨边的肉,您怎么舍得这块肉啊!"新娘子打扮停当,被伴娘扶到喜筵的首席上。这一晚,她是贵宾,父母都得坐在两旁次席相陪。伴娘坐在新娘旁边,每上一道菜,伴娘都得高唱:"请吹打先生奏乐。新娘举筷啦!"举

酒杯时也一样要喊。其实新娘心里悲悲切切，根本吃不下。快乐的是满桌的少女陪客，真是得吃得喝。尤其快乐的是伴娘，她从缎袄里取出个大口袋，把所有不带汤汤卤卤的菜全装进去，带回家可以吃好几天了。我家乡酒席最讲究的是八盘八，其次是八盘五。四周八样冷盘，四角是山楂糕、炀熟的虾或蛤子、剥开的橘子、油炸甜点心，另四样是白切肉、猪肝、鳗鱼鲞、笋片，中间八道或五道熟菜，最后一道一定是莲子红枣汤。家家如此，千篇一律，却是百吃不厌。客人们埋头吃菜，新娘子低头淌眼泪。伴娘说这叫作"多子多孙的风流泪"，是一定得流的。

辞嫁时，新娘穿的不是凤冠霞帔，而是像戏台上演貂蝉、红娘那种打扮，因为那是少女装。一嫁到夫家，脱下凤冠霞帔以后，就得穿短袄长裙的少妇装了。

新娘上花轿由弟弟妹妹或子侄扶进轿门。花轿一出大门，立刻把大门关上，要把风水关住，不要让新娘带走。妈妈再疼女儿，风水门仍旧不能不关。这真是："嫁出去的女儿，泼出去的水。"

娶儿媳妇的喜宴叫作"坐筵"。一坐起码两小时，这是为了要训练新娘子的忍耐心。花轿进了门，先在大厅里停上足足一小时，堂上高烧起红烛，然后新郎才开始理发、洗澡、换新衣。让新娘闷在花轿中苦等，也是为了要训练她的忍耐心。这段时间，孩子们都纷纷从花轿缝中伸手进去向新娘讨喜果，新娘的喜果必须准备得很丰富。给的时候，红枣、桂圆，每样起码得有一粒，否则人家就会讥讽新娘"小气鬼"。

坐筵的酒席也非常丰富，被请作"坐筵"客的一半是长辈，一半是年轻姑娘，姑娘必须长得十分标致。年龄十五六岁左右，已经定了亲，在半年内就要做新娘的最合适。我当时才十一二岁，长得明明是个塌鼻子斗鸡眼的丑小鸭，但因为是妈妈的独生女，她每次总是带我同去做"坐筵"席上的小贵宾。

我看其他姑娘们穿的最时髦的五彩闪花缎（在当年，闪花缎是一种最名贵的缎）。乌亮的辫子，扎上两寸长嵌金银丝的桃红或绿水丝线。有的两耳边盘两个髻，戴上珠翠，衣扣缀的是小电珠泡，电池放在口袋里，用手控制，一闪一闪的，看得我好羡慕。因为我的妈妈非常俭省，给我穿的是一件不发光的紫红铁叽缎单旗袍，不镶不绲，那是她的嫁衣改的。改得又长又大，套在旧棉袍外面，像苍蝇套在豆壳儿里，硬邦邦稀里晃浪的，看去就是个十足的傻丫头。妈妈还说："铁叽缎坚实。软扒扒的闪花缎哪比得上呢？"另外，妈妈又给我戴上一顶紫红色法兰西绒帽，是爸爸托人从北平带回来的。妈妈得意地说："刚好配上，再漂亮也没有了。"可是我没有闪光的丝带扎辫子，胸前没有珠花。我说法兰西帽子应当歪戴，妈妈说歪戴帽子不像个大家闺秀，要我把帽子端端正正顶在头上，我心里好委屈。可是无论如何，能够有资格"坐筵"，总是体面的。

在坐筵席上，新娘是不能动筷子的，说实在话，新娘刚刚到一个陌生家庭，眼泪得忍着，不能像在娘家时可以撒开地流，哪里还吃得下东西呢。陪新娘的姑娘们也不能多吃，尤其是两三个月内就要做新娘的，更得做出斯斯文文的样子，以免婆家亲友看了笑话。

拜堂当然也是一项重要节目，新郎新娘拜完天地、祖先、公婆以后，就要拜见长亲、宾客。一位位被司仪请了上去，新人双双跪拜，平辈的就是鞠躬。这个拜见礼，也足足要折腾上两小时，大厅外天井里热着柴火，愈旺愈好。鞭炮声此起彼落。礼堂上是雪亮如白昼的煤气灯。乐队不断地吹打各种喜乐。每个人脸上都笑得跟盛开的牡丹花似的，到处喜气洋洋。

父亲从北平回来以后，给我带回一件白缎绣紫红梅花的长旗袍。我穿了去参加喜宴，每个人的眼光都向我投来，我心里好得意。直到如今，我仍不胜怀念那件软缎的梅花旗袍，但我更怀念母亲用嫁衣改的紫红铁叽缎罩袍和那顶法兰西帽子。因为，那套行头，正象征我又憨又傻的童年，尤足以纪念节俭简朴的母亲。

春　酒

　　农村时代的新年是非常长的，过了元宵灯节，年景尚未完全落幕，还有个家家邀饮春酒的节目，再度引起高潮。在我的感觉里，其气氛之热闹，有时还超过初一至初五的五天新年呢。原因是：新年时，注重在迎神拜佛，小孩子们玩儿不许在大厅上、厨房里，撞来撞去，生怕碰碎碗盏。尤其我是女孩子，蒸糕时，脚都不许搁在灶孔边，吃东西不许随便抓，因为许多都是要先供佛与祖先的。说话尤其要小心，要多讨吉利，因此觉得很受拘束。过了元宵，大人们觉得我们都乖乖的，没闯什么祸，佛堂与神位前的供品换下来的堆得满满一大缸，都分给我们撒开地吃了。尤其是家家户户，轮流地邀喝春酒，我是母亲的代表，总是一马当先，不请自到，肚子吃得鼓鼓的，手里还捧一大包回家。

　　可是说实在的，我家吃的东西多，连北平寄回来的金丝蜜枣、巧克力糖都吃过，对于花生、桂圆、松糖等等，已经不稀罕了。那么我最喜欢的是什么呢？乃是母亲在冬至那天就泡的八宝酒，到了喝春酒时，就开出来请大家尝尝，"补气、健脾、明目的哟！"母亲总是得意地说。她又转向我说："但是你呀，就只能舔一指甲缝，小孩子喝多了会流鼻血，太补了。"其实我没等她说完，早已偷偷把手指头伸在杯子里好几回，已经不知舔了多少个指甲缝的八宝酒了。

　　八宝酒，顾名思义是八样东西泡的酒，那就是黑枣（不知是南枣还是北枣)、荔枝、桂圆、杏仁、陈皮、枸杞子、薏仁米，再加两粒橄榄。要泡一个月，打开来，酒香加药香，恨不得一口气喝它三大杯。母亲给我在小酒杯底里只倒一点点，我端着、闻着，走来走去，有一次一不小心，跨门槛时跌了一跤，杯子捏在手里，酒却全洒在衣襟上了。抱着小花猫时，它直舔，舔完了就呼呼地睡觉，原来我的小花猫也是个酒仙呢！

我喝完春酒回来，母亲总要闻闻我的嘴巴，问我喝了几杯酒，我总是说："只喝一杯，因为里面没有八宝，不甜甜呀。"母亲听了很高兴，自己请邻居来吃春酒，一定每人给他们斟一杯八宝酒。我呢，就在每个人怀里靠一下，用筷子点一下酒，舔一舔，才过瘾。

春酒以外，我家还有一项特别节目，就是喝会酒。凡是村子里有人需钱急用，要起个会，凑齐十二个人。正月里，会首总要请那十一位喝春酒表示酬谢，地点一定借我家的大花厅。酒席是从城里叫来的，和乡下所谓的八盘五、八盘八不同（就是八个冷盘，当中五道或八道大碗的热菜），城里酒席称之为"十二碟"（大概是四冷盘、四热炒、四大碗煨炖大菜），是最最讲究的酒席了。所以乡下人如果对人表示感谢的口头话，就是说"我请你吃十二碟"。因此，我每年正月里喝完左邻右舍的春酒，就眼巴巴地盼着大花厅里那桌十二碟的大酒席了。

母亲是从不上会的，但总是很乐意把花厅供给大家请客，可以添点新春喜气。花匠阿标叔也巴结地把煤气灯玻璃罩擦得亮晶晶的，呼呼呼地点燃了，挂在花厅正中，让大家吃酒时发拳吆喝，格外兴高采烈。我呢，一定有份坐在会首旁边，得吃得喝。这时，母亲就会捧一瓶她自己泡的八宝酒给大家尝尝助兴。

席散时，会首给每个人分一条印花手帕，母亲和我也各有一条，我就等于有了两条，开心得要命。大家喝了甜美的八宝酒，都问母亲里面泡的是什么宝贝，母亲得意地说了一遍又一遍，高兴得两颊红红的，跟喝过酒似的。其实母亲是滴酒不沾唇的。

不仅是酒，母亲终年勤勤快快地，做这做那，做出新鲜别致的东西，总是分给别人吃，自己都很少吃的。人家问她每种材料要放多少，她总是笑眯眯地说："差不多就是了，我也没有一定分量的。"但她还是一样一样仔细地告诉别人。可见她做什么事，都有个尺度在心中的。她常常说："鞋差分、衣差寸、分分寸寸要留神。"

今年，我也如法炮制，泡了八宝酒，用以供祖后，倒一杯给儿子，告诉他是"分岁酒"，喝下去又长大一岁了。他挑剔地说："你用的是美国货的葡萄酒，不是你小时候家乡自己酿的酒呀。"

一句话提醒了我，究竟不是道地家乡味啊。可是叫我到哪儿去找真正的家醅呢？

万水千山师友情

我手中捏着一把长不及五寸的短剑，但只要向前轻轻一挥，就唰唰唰地伸长为三尺，亮晃晃的，真像是一把龙泉青霜剑呢。设计得如此精巧，是为了出门携带方便，它不是防身武器，而是一支供把玩也供锻炼身体的"宝剑"。

在我心目中，它确实是一把"宝剑"，因为它是我阔别了整整半个世纪的老友王思曾所赠。

对着闪亮的宝剑，我的思绪穿越了五十年的时光隧道，回到了故乡永嘉县。那时我在永嘉县立中学任高一国文老师，王思曾则是高二学生。两间教室紧靠着。下课后，王思曾常与高二好几位同学来与我谈文论艺。

高二的国文是夏瞿禅老师教的。那时是抗战初期，瞿禅师因杭州之江大学解散，回到故乡，也被县中校长聘来教国文。江南第一大词人教中学国文，自是大材小用，但却是县中的无上光荣。我本来就是瞿禅师的学生，由于师母的关爱，特嘱我从简陋的学校宿舍搬出，住到瞿禅师寓所的楼下厢房。因此每天上课，我们师生常是一同步行到学校。遇有大摞作文簿时，王思曾必然是弟子服其劳，代为捧来捧去。亦步亦趋的祖孙三代师生情，一时传为美谈。

谢邻弦歌

瞿禅师的寓所坐落在典雅幽静的谢池巷，那是由于曾任永嘉太守的谢灵运梦中得句"池塘生春草"而命名。所以瞿禅师在住宅大门横额上题了"谢邻"二字，格外引人向往。

最难得的是楼下正屋还住着瞿禅师好友吴天伍先生和他的妹妹吴闻女士。天伍先生是乐清闻名的大诗人，妹妹吴闻也是博古通今的才女。天伍先生才高洒脱，兴来时常于走廊里散步，高声朗吟自己的得意之作，我也随着学唱他的乐清调。王思曾也是乐清人，我们几个人一同唱起来，自是格外悦耳。夏师母听得高兴起来，就亲自下厨为我们炒两大盘香喷喷的肉丝米粉。瞿禅师边吃边赞美，学着新文艺腔，低声对师母说："好妻子，谢谢你。"然后打开话匣子，就有说不完的掌故，唱不完的诗篇。

谢池弦歌之声，遐迩俱闻

不久浙江大学在龙泉复校，瞿禅师应聘去了龙泉，他的高二国文就由我接教。班上的王思曾和好几位爱好文学的同学，都同我非常接近。他们觉得在课堂里读有限的几首古典诗，不够尽兴，乃于星期假日背了黑板到"谢邻"来，大家在光洁的地板上盘膝而坐，由我选出自己最喜爱最有心得的诗词，为他们讲解赏析，也学着瞿禅师的音调带大家朗吟。同学们都认为我唱得铿锵有致，颇得瞿禅师真传。我也因师生情谊之深厚而乐以忘忧。

那时演话剧之风很盛，我是国文老师兼课外活动指导，对话剧很有兴趣，就为同学们编写了一个独幕剧，由王思曾和几位男女同学分任角色，在校庆日演出。一举引发同学的兴趣，乃请得校长同意，决定演出曹禺的《雷雨》，特请当时知名导演董心铭先生执导，与省立温州中学来个比赛。温中演的是《日出》，那是轰动一时的盛举。记得王思曾是自治会学术股长，请我担任同学讲普通话的指导。在当时刚刚开始文明开放的城市里，我那"字不正、腔不圆"的"蓝青官话"，居然还可以指导别人卷起舌头讲"北京话"，自觉得意非凡，真正过了一阵"助理导演的瘾"呢！

无常的聚散

抗战胜利复员回到杭州，我因照顾家庭，暂在浙江高等法院任职，同时在母校弘道女中兼课。此时王思曾已高中毕业来到杭州计划投考北京大学，因一时宿舍尚无着落，我就介绍他到高院任临时办事员，协助我整理法院与我家中战后散乱的图书。我们师生重逢，又能在一个机关工作，自是非常欣慰。

思曾将凌乱的书籍杂志等，细心整理、分类编目列出表册，依次陈列在书橱中，使同仁们借书阅读时一目了然，他工作之有条不紊，俨然是一个有经验的图书管理员。上司对他的赞赏，我自然也与有荣焉。

那一段日子，我们都读了不少文学以外的书籍，获益至多。后来思曾考取了北京大学，我也因调职去了苏州。一年后局势急转，我就匆匆到了台湾，师生就此失去联络，断了音讯，这一断就是悠悠半个世纪。

天外来书

前年，当一封署名沙里、注明王思曾的信，辗转到达我手中时，我不由得一阵迷糊恍惚。急急拆开来，果然是那熟悉的字体，和一帧熟悉的照片。沙里，他就是王思曾，我当年的得意门生。

几十年的音书阻绝，而他学生时代的笑语神情，他的诚恳与干练，我们在永嘉县中时代师生相处的欢乐情景，一时都涌现眼前。他信中告诉我他是从北京回到故乡，在刚从美国探亲回去的永嘉中学校长处看到我的作品，意外惊喜之下，立刻给我来信。阔别将近五十年，我们又联系上了，这一份欢慰，自是难以言喻的。

嗣后他给我陆续寄来多篇文章，写他回忆在杭州念初中时正值"八一四"中日空战的壮烈情形，写他重访富春江参观郁达夫故居与纪念馆的深沉感想，由于他负责文化宣扬工作，足迹几遍全国，因此也写了许多塞外风光。他文笔洗练，内容充实而风趣，阔别四十余年，读其文如见其人。难得的是他对当年我们的师生情谊，仍念念在心。尤使我感动的是他的一篇《泛舟记》，是读我的《词人之舟》一书所引发的感想。他写道："词的本色是婉约、蕴藉与缠绵，常是情景交融。写景处是写情，写情处亦是写景。讲解的是古人作品，也自然融入讲解者的情思……"足见他对古典诗词体会之深。他文中说："四十多年后的今天，我所能忆起的是青年时代的老师。"他又忆起了在中学时代，他和几位爱好文学的同学，还时常到谢池巷夏瞿禅老师的住宅"谢邻"一同听瞿禅师讲学论词。并引了瞿禅师特为我作的一首《减字木兰花》中句："池草飞霞，梦路应同绕永嘉。"无限的离情别绪，凝聚在他的笔端，令人深深感动。悲悼的是瞿禅师作古已忽忽三年，我前年回大陆，因行程匆促，竟不及到杭州千岛湖他的墓园叩头凭吊。

重逢的欣慰

谈起我前年的回大陆，完全是由于思曾的诚意相邀所促成。他

的工作单位是一个文化机构，他总希望在他退休前能为我尽一点心意，使我在垂老还乡之日，能多少享受点旅游参观的方便。我感念他的相邀之诚，就答应与老伴趁体力尚健时一同回去，能与阔别如隔世的长辈、亲友们见面，又得以祭拜先人庐墓，也算了却一生心愿。

从行期确定之日起，我就寝食无心，直到登上去北京的飞机，整整二十多小时的行程中，我未能合眼休息。并不是近乡情怯，而是由于一种梦幻成真的恍惚和惶惶不安。即将见面的亲友们，一位位的面容都浮现眼前。世事的风云变幻，都不能影响我们永恒的情谊。人生年寿有限，以我们沧桑历尽，拨云见日的今天，得以飞越关山，享受重逢的欢乐，真不能不感谢上苍待我们之厚。

在北京机场出口处，第一眼看到的是我尚未见过面却通过无数次信的干女儿谢纠纠。她是我大学同学的爱女，她的美丽端庄，和照片里一模一样。站在她后面的就是王思曾，依旧是他学生时代那一脸诚恳憨厚的神情。在贵宾接待室里，我们"语无伦次"地说着话，感到的是时光倒流的恍惚。

在北京两周的参观旅游节目，都由思曾细心策划安排，由他的助理齐仪小姐陪同招待。她文静和蔼，办事负责周到，她的平易、亲切尤使我感到轻松自在。更有干女儿谢纠纠的嘘寒问暖，与齐小姐一同照顾我们的饮食起居。冰箱里的水果饮料与各种点心，取之不尽，自思几十年来的劳碌命，还真没享受过这样现成丰厚的清福呢。

我们畅游了名胜古迹，当我在九龙壁前摄影时，忽然想起了逝世六十五年的大哥，他那时十二岁，由父亲带着住在北京，也曾在九龙壁前拍过照。他每次写信都盼我到北京和他相见，但以种种原因不能实现愿望。那时候我才七岁，怎么想得到，来北京的梦，直到七十多岁以后才能实现呢。我俯仰低回在九龙壁前，想起大哥照片里的童年天真神态，人生奄忽，天地悠悠，我内心的怅触哀伤，并非自悲老大或感慨岁月不多，而是怅恨父亲当年为什么不让母亲和我到北京见大哥最后一面呢！但无论如何，我现在总算已到了北京，在大哥脚步走过的地方，低声喊着他，感觉他就在我的身边和我说话，我应该心安了。

此行最欣慰的是会到了梦寐中想见的朋友们。林翘翘、王来棣是当年永嘉中学的学生。她们都亲切地喊着潘老师，活泼健谈一似当年，却都和思曾一样，已是祖字辈的人了。这一点，我这个老朽只好自叹不如了。还有一位赵树玉，是我执教杭州弘道女中的学生，当年聪颖的少女，如今是人民大学的俄文教授。她不时为我送来衣服与食物，生怕我不能适应气候的变化。纠纠的尊翁谢孝苹是一位诗人、古琴家，又写得一手好书法。我与他虽是同门，却是望尘莫及。他多次为我弹奏古琴，他三岁的小外孙女举起小胖手，踮起脚尖跳舞唱歌，使我越发地乐不可支。

另一个意外的惊喜是纠纠的同事陈萃芳，是我之江大学的学长。她是当年的校花，以演抗日名剧《一片爱国心》的女主角红遍杭城。我们一握手之间，都立刻回到了少年时：之江大学情人桥的曲径通幽，钱塘江的朝暾夕晖，曾留下我们多少旖旎风光和记忆。萃芳姐特别安排了之江大学的各位学长与我共餐欢聚，殷殷相约后会之期。

浓郁的师友之情，使我永铭肺腑。尤不能不深深感谢思曾的诚意邀约。由于他的再三催促，我们才没有错过这宝贵的重逢机会。

后会有期

欢聚半月后，我们不得不依依握别。思曾赠我以宣纸正楷书写的白话长诗一首,我回环默诵,禁不住泪水盈眶。

老同学谢孝苹听我们讲起在大雾迷蒙中夜过三峡,崔巍奇景一无所见的遗憾,他乃挥毫代赋一绝云:"滟滪如牛角触忙,猿啼巫峡怨声长。有景朦胧道不得,轻舟载梦过瞿塘。"

载梦原是美事,可是载的是沉重的梦,连轻舟也变得沉重起来。但愿师友无恙,重逢有日,再不必追寻恍惚的梦境了。

最使我高兴的是有一天与干女儿纠纠通电话,她说她会转告沙里伯伯我们对他的挂念,希望不久又可相聚。四岁的干孙女在千山万水之外的那头,娇声地喊:"干姥爷,干姥姥,你们快来嘛,我要给你们吃糖球。"

多么甜美的糖球!我们怎能不再回去呢?

一袭青衫

我念中学时，初三的物理老师是一位高高瘦瘦的梁先生。他第一天进课堂，就给我们一个很滑稽的印象。他穿一件淡青褪色湖绉绸长衫，本来是应当飘飘然的，却是太肥太短，就像高高地挂在竹竿上。袖子本来就不够长，还要卷上一截，露出并不太白的衬褂，坐在我后排的沈琪大声地说："一定是借旁人的长衫，第一天上课来出出风头。"沈琪的一张嘴是全班最快的，喜欢挖苦人，我低着头装没听见，可是全班都吃吃地在笑。梁先生一双四方头皮鞋是崭新的，走路时脚后跟先着地，脚板心再拍下去，拍得地板好响。他又不坐，只是团团转，啪嗒啪嗒像跳踢踏舞似的。我想他一定是刚刚当老师心情很紧张吧，想笑也不敢笑，因为坐第一排太注目了。梁先生拿起粉笔在黑板上写了个大大的"梁"字，大声地说："我姓梁。"

"我们都早知道了，先生姓梁，梁山伯的梁。"大家齐声说。沈琪又轻轻地加了一句："祝英台呢？"

梁先生像没听见，偏着头看了半天，忽然咧嘴笑了，露出一颗大大的金牙。沈琪又说："镶金牙，好土啊。"幸得梁先生还是没听见。看着黑板上那个"梁"字自言自语地说："今天这个字写得不好，不像我爸爸写的。"

全堂都哄笑起来，我也笑了。因为我听他喊爸爸那两个字，就像他还是个孩子。心想这位老师一定很孝顺，孝顺的人，一定是很

和蔼的。沈琪却又说："这么大的人还喊爸爸，应该说'父亲'，"我不禁回过头去对她说："你别咬文嚼字了，爸爸就是父亲，父亲就是爸爸。"我说得好响，梁先生听见了。他说："对了，爸爸就是父亲，对别人得说'家父'可是我只能说'先父'，因为我父亲已经去世了，是去年这个时候去世的。"他收敛了笑容，一双眼睛望向窗外，好像望向很远很远的地方，全堂都肃静下来。他又绕着桌子转起圈来，新皮鞋敲着地板啪嗒啪嗒响，绕了好几圈，他才开口说："今天第一堂课，你们还没有书，下次一定要带书来，忘了带书的不许上课。"语气斩钉截铁，本来很和蔼的眼神忽然射出两道很严厉的光来。我心里就紧张起来，因为我的理科很差，又不敢问老师。如果在本校的初三毕业考都过不了关，就没资格参加教育厅的毕业会考。因此觉得梁先生对我前途关系重大，真得格外用功才好。我把背挺一下，做出很用心的样子，他忽把眼睛瞪着我问："你叫什么名字？"

我说了名字，他又把头一偏说："叫什么，听不清，怎么说话跟蚊虫哼似的，上黑板来写。"大家又都笑起来，我心里好气，觉得自己一直乖乖儿的，他反而盯上我，他应当盯后排的沈琪才对。沈琪却在用铅笔顶我的背说："上去写嘛，写几个你的碑帖字给他看看，比他那个梁字好多了。"我不理她，大着胆子提高嗓门说："希望的希，珍珠的珍。""噢，珍珠宝贝，那你父母亲一定很宝贝你啰，要好好用功啊。"

全堂都在笑，我把头低下去，对于梁先生马上失去了好感。他打开点名册，挨个儿地认人，仿佛看一遍就认得每人似的。嘴巴一开一合，露着微龅的金牙，闪闪发光，严厉中的确透着一股土气。下课以后，沈琪就跳着对大家说："你们知不知道，世界上有一种牙齿是最土的，就像梁先生的牙，所以我给他起个外号叫'土牙'。"

大家都笑着拍手同意了。沈琪是起外号专家，有个代课的图画老师姓蔡，名观亭，她就叫他菜罐头。他代了短短一段日子课就被她气跑了，告诉校长说永生永世不教女生了。还有训导主任沈老师，一讲话就习惯地把右手握成一个圈，圈在嘴边，像吹号一般，沈琪就叫他"号兵"。他非常和气，当面喊他"号兵"他也不生气，还说当"号兵"要有准确的时间观念和责任感，是很重要的人物。但是"土牙"这个外号，就不能当着梁先生叫了，有点刻薄。国文老师说过，一个人要厚道，不可以刻薄，不可以取笑别人的缺点，叫人难堪。我们全班都很厚道，就是沈琪比较调皮，但她心眼并不坏，有时帮起人忙来，非常热心，只是有点娇惯，一阵风一阵雨的喜怒无常。

第二次上物理课时，我们每个人都把课本平平整整放在课桌上。梁先生踩着踢踏步进来，但这次响声不大，原来他的四方头新皮鞋已换成布鞋，湖绉绸长衫已经换了深蓝布长衫。鞋子一看就知道太短，后跟倒下去，前面翘起像条龙船。他一点不在乎，往桌上一坐，两脚交叉，悬空荡着，我才仔细看到有一只鞋子前面，黑布已破了个小洞，沈琪低声地说："你看，他的鞋子要吃饭了。"我说："他一定是舍不得穿皮鞋吧。"母亲说过，节俭的人，一定是苦读出身，非常用功。现在当了老师，一定不喜欢懒惰的学生，可是我又实在不喜欢物理化学算术这些功课。

他从口袋里摸出一个小小空心玻璃人，一张橡皮膜，就把小人儿丢入桌上有白开水的玻璃杯中，蒙上橡皮膜，用手指轻轻一按，玻璃人就沉了下去，一放手又浮上来。他问："你们觉得很好玩是不是？哪个懂得这道理的举手。"级长张瑞文举手了。她站起来说明是因为空气被压，跑进了玻璃人身体里面，所以沉下去，证明空气是有重量的。梁先生点点头，却指着我说："记在笔记本上。"我坐在进门第一个位置，他就专盯我。我记下了，他把笔记本拿看了下说："哦，文字还算清通。"大家又笑了，一个同学说："先生点对了，她是我们班上的国文大将。"梁先生看我说："国文大将？"又摇摇头，"只有国文好不够，要样样事理都明白。你们知道物理是什么吗？物理就是宇宙一切事物的道理。道理本来就存在，不是人所能创造的，聪明的科学家就是把这道理找出来，顺着道理一步步追踪它的奥妙，发明了许多东西。我们平常人就是不肯用脑筋思考，只会享现成福。现在物理课就是把科学家已经发现的道理讲给我们听，训练我们思考的能力和兴趣。天地间还有许多道理没有被发现的，所以你们每个人将来都有机会做发明家，只要肯用脑筋。"

讲完了这段话，他似笑非笑闪着亮晶晶的金牙，我一想起"土牙"的外号，觉得很滑稽，却又有点抱歉。其实又不是我给起的，只是感到梁先生实在热心教我们，不应当给起外号的。他的话说得很快，又有点模糊不清，起初听来很费力，但因为他总是一边做些有趣的实验，一边讲，所以很快就懂了。他又说："日常生活中，无时无刻不接触到万物的道理。比如用铅笔写字，用筷子夹菜，用剪刀剪东西，就是杠杆定律，支点力点重点的距离放得对就省力，否则就徒劳无功，可是我们平常哪个注意到这个道理呢？这也就是中山先生所说的知难行易。可是我们不应当只做容易的事，要去试试难的，人类才会有进步。"

我们听了都很感动，他虽然是教物理，但时常连带讲到做人的道理。我们初三是全校的模范班，本来就一个个很哲学的样子，对于语文老师的一言一行，都佩服得五体投地，现在物理老师也使我们佩服起来了。

有一次，他解释"功"与"能"的分别时，把一本书捧在手中站着不动说："这是能，表示你有能力拿得动这本书，但一往前走产生了运送的效果,就是功。平常都说功能,其实是两个步骤。要产生功,必须先有能,但只有能而不利用就没有功。"他又点着我们说:"你们一个个都有能,所以要用功。当然,这只是比喻啦。"说着他又闪着金牙笑得好慈祥。

他怕我们笔记记不清,自己再将教过的实验画了图画,写了说明编成一套讲义,要我们仔细再看,懂得道理就不必背。但在考试的时候,大部分背功好的同学都一字不漏地背上了。发还考卷的时候,他笑得合不拢嘴说:"你们只要懂,我并不要你们背,但能够背也好,会考时候,全部题目都包含在这里面了。"他又看着我说:"你为什么改我的句子?"

我吓一跳,原来我只是把他的白话改成文言,所有的"的"字都改"之"字,句末还加上"也""矣""耳"等语助词,自以为文理畅顺,没想到梁先生会问,可是他并没不高兴,还说:"文言文确是比较简洁,我父亲也教我背了好多《古文观止》。"

"《古文观止》只是一本书,怎么说好多《古文观止》?"沈琪又嘀咕了。

"对,你说得对,沈琪。"梁先生冲她笑,一副从善如流的神情。

梁先生终年都穿蓝布长衫,冬天蓝布罩袍,夏天蓝布单衫,九十度的大热天都不出一滴汗。人那么瘦,长衫挂在身上荡来荡去。听说他曾得过肺病,已经好了。但讲课时偶然会咳嗽几声,他说粉笔灰吃得太多了,嗓子痒。我每一听他咳嗽,心里就会难过,因为我父亲也时常咳嗽,医生说是支气管炎,梁先生会不会也是支气管炎呢?有一次,我把父亲吃的药丸瓶子拿给他看,问他是不是也可以吃这种药,他忽然把眉头皱了一下说:"你父亲时常吃这药吗?"我回答是的。他停了一下说:"谢谢你,我大概不用吃这种药,而且也太贵了。不过你要提醒你母亲,要特别当心父亲的身体,时常咳

嗽总不大好。"看他说话的神情,那份对我父亲的关切像是异乎寻常的,我心里很感动。

沈琪虽然对梁先生也很佩服,但她生性喜欢捉弄人,尤其是对男老师。她看梁先生喜欢坐桌子,就把桌子脚抹了蜡烛油,梁先生一坐就往后滑,差点摔一大跤,全班都笑了,沈琪笑得最响。先生瞪着她说:"你笑什么?站起来。"

沈琪笔直地站起来,一副"视死如归"的样子,嘴里却不服气的说:"又不是我一个人笑!"

"你最调皮,给我站好。"我们从来没见他这么凶过。

沈琪又咕噜咕噜轻声念着:"土牙、土牙,你这个大土牙。"梁先生大吼:"你说什么?"沈琪说:"我没说什么,我在背物理讲义。"

"好,你背吧!"那一堂课,她一直站到下课。我们这才看到梁先生凶的一面,也觉得他罚女生站一堂课有点过分了。下一次上课,他又笑嘻嘻的,好像什么都忘了。想坐桌子时,用手推一把,摇摇头说:"太滑了。不能坐。"

我们在毕业考的前夕,每个人心情都很紧张沉重,对于课堂的清洁和安静都没以前那么注意,但为了希望保持三年来一直得冠军,和学期结束时领取银盾的纪录,级长总是随时提醒大家注意,可是这个希望,却因物理课的最后一次月考而破灭了。

那天梁先生把题目卷子发下来以后,就在课堂里踩着踢踏步兜圈子。大家正在专心地写,忽然听见梁先生一声怒吼:"大家不许写,统统把铅笔举起来。"我们吓一大跳,不知是为什么,回头看梁先生站在墙边贴的一张纸的前面,指着纸,声色俱厉地问:"是谁写的这几个字!快站起来,否则全班零分。"我当时只知道那张纸是级长贴的,上面写着:"各位同学如愿在暑假中去梁先生家补习数学或理化的请签名于后。"因为他知道我们班上有许多数理比较差的,会考以后,考高中以前,仍须补习,他愿义务帮忙,确确实实不要交一块钱。头一年就有同学去补习过,说梁先生教得好清楚易懂,好热心。所以我第一个就签上名,也有好多同学签了名。那么梁先生为什么那样生气呢?我实在不明白。冷场了好半天,没人回答,时间一分一秒地过去,我们心里又急又糊涂,我悄悄地问邻座同学究竟写的是什么呀?她不回答我,只是瞪了沈琪一眼,恨恨地说:"谁写的快勇敢点出来承认,不要害别人。"可是沈琪一声不响,跟大家一齐举着铅笔,梁先生再一次厉声问:"究竟谁写的?有勇气写,为什么没勇气承认?"忽然最后一排的许佩玲霍地站起来说:"梁先生,罚我好了!是我写的,请允许同学们继续考试吧!"

梁先生盯着她看了半天说:"是你?"

"我一时好玩写的,太对不起梁先生了。"说着,她就哭了起来,许佩玲是我们班上品学兼优的好学生,她这次究竟在那张纸上写些什么,惹得梁先生那么冒火呢?

"好,有人承认了就好,现在大家继续写答案。"他说。

我一面写,一面心乱如麻,句子也写得七颠八倒的。下课铃一响,卷子都一齐交上去,梁先生收齐了卷子,向许佩玲定定地看了一眼就走了。下一节是自修课,大家一齐拥到墙边去看那张纸,原来在同学签名下的空白处,歪歪斜斜地用很淡的铅笔写着:"土牙,哪个高兴来补习?"大家都好惊奇,许佩玲怎么会写这样的字句?也都有点不相信,又都怪梁先生未免太凶了,许佩玲的试卷变成零分怎么办?许佩玲幽幽地说:"梁先生总会给我一个补考的机会吧。"平时最喜欢大声嚷嚷的沈琪,这时却木鸡似的在位子上发愣,我本来就满心怀疑,忍不住走过去问:"沈琪,你怎么一声不响,我觉得许佩玲不会写的。"沈琪忽然站起来,奔到许佩玲身边,蹲下去,哽

咽地说:"你为什么要代我承认,你明明知道是我写的,我太对不起你,太对不起大家了。"

"我想总要有一个人快快承认,才能让同学来得及写考卷。也是我不好,我看见了本想擦,一下子又忘了,不然就不会有这场风波了。沈琪,不要哭,没有关系的,我一、二次月考成绩都还好,平得过来的。"许佩玲拍着沈琪的肩,像个大姐姐,她是我们班上比较年长的同学,是热心的总务股长,也是真正虔诚的基督徒,我很佩服她。

我们对她代人受过的牺牲精神,都好感动,但对沈琪的忏悔痛哭,又感到很同情。级长说:"沈琪,你只要快快向梁先生承认就好了,可以免去许佩玲受冤枉。"正说着,梁先生已经走过来了,他脸上一点没有生气的样子,只和气地说:"同学们,我再给你们一次机会,那几个字究竟是谁写的?因为不像是许佩玲的笔迹。"沈琪立刻站起来说:"是我,请梁先生重重罚我好了,和许佩玲全不相干。"

梁先生的金牙笑得全都露了出来,他说:"沈琪,我就知道是你捣蛋,你为什么写土牙两个字?你为什么不愿意补习,你的数理科并不好,我明明是免费的啊。"他又对我们说:"大家放心,你们的考试不会得零分。许佩玲的卷子我已经看过了,她是一百分。"

全班都拍起手来,连眼泪还挂在脸上的沈琪都笑了。我一直都不大喜欢沈琪,但由这次的事情看来,她也是非常诚实的,我对她的印象也好了。

梁先生走后,我们还在兴奋中,七嘴八舌地谈论着,忽然隔壁初二的级任导师走来,在我们的安静记录表上,咬牙切齿地打了个大叉,说我们吵得使她没法上课。这一打大叉使我们这一学期的努力前功尽弃,再也领不到安静奖的银盾,而且破坏了三年来的冠军纪录。我们都好伤心,甚至怪那位初二导师,故意让我们失去这个机会的。沈琪尤其难过,说都是因为她闯的祸,实在对不起全班大家的激动使声浪无法压制下来，而且反正已经被打了叉，都有点自暴自弃的灰心了。此时，梁先生又来了，他是给我们送讲义来的，他时常自己给我们送来。看我们一个个失魂落魄的样子，还以为仍为沈琪的事，他说："你们安心自修吧！事情过去就算了，过而能改，善莫大焉。"我们却告诉他安静记录表被打叉的事，他偏着头满不在乎的样子说："这有什么不得了，旁人给你做记录算得什么？你们都这么大了，都会自己管理自己。奖牌、银盾都是形式，校长给的奖也是被动的，应当自己给自己奖才有意思。"

"可是我们五个学期都有奖，就差了毕业的一个学期，好可惜啊！"

"唔！可惜是有点可惜，知道可惜就好了，全体升了高中再从头来过。"

"校长说要全班每人考甲等才允许免试升高中，这太难了。"

"一定办得到，只要把数理再加强。"

我们果然每人总平均都在甲等，这不能不说是由于梁先生的热心教导。升上高一的开学典礼上，梁先生又穿起那件褪色淡青湖绉绸长衫，坐在礼堂的高台上。校长特别介绍他是大功臣，专教初三和高三的数理的。

在高一，我们没有梁先生的课，但时常在教师休息室里可以看到他。踩着踢踏步满屋子转圈圈。十分钟休息的时候，我们常常请他跟我们一起打排球，他总是摇摇头说不行，没有力气。我们觉得他气色没有以前好，而且时常咳嗽得很厉害。有一天，校长忽然告诉我们，梁先生肺病复发，吐血了。在当时医学还不发达，肺病没有特效药，一听说吐血，我们马上想到死亡，心里又惊怕又难过，恨不得马上去医院看他。可是我们不能全体去，只有我们一班和高、初三的级长，三个人买了花和水果代表全体同学去看他。她们回来时，告诉我们梁先生人好瘦，脸色好苍白。他还没有结婚，所以也

没有师母在旁陪伴他，孤零零一个人和别的肺病病人躺在普通病房。医生护士都不许她们多留，只和他说了几句话就告别出来了。她们说梁先生虽然说话有气无力，还是勉励大家好好用功，任何老师代课都是一样的，叫我们不要再去看他，因为肺病会传染，他的父亲就是肺病死的。我们听了都不禁哭了起来。沈琪哭得尤其伤心，因为她觉得自己最最对不起梁先生。

不到两个月，就传来噩耗，梁先生竟然去世了。自从他病倒以后，虽然死的阴影一直笼罩着我们全班同学的心，但一听说他真的死了，没有一个同学愿意接受这残酷的事实。我们一个个号啕痛哭，想起他第一天来上课的神情，他的那件飘飘荡荡又肥又短的褪色淡青湖绉绸衫，卷得太高的袖口，一年四季的蓝布长衫，那双前头翘起像龙船的黑布鞋，坐在四脚打蜡的桌子上差点摔倒的滑稽相，一张笑咧开的嘴露出的闪闪金牙。这一切，如今都只令我们伤心，我们再也笑不出来了。

在追思礼拜上，训导主任以低沉的音调报告他的生平事迹。说他母亲早丧，事父至孝，父亲去世后，为了节省金钱给父母亲做坟，一直没有娶亲，一直是孑然一身。他临终时还念念不忘双亲坟墓的事。他没有新衣服，临终时只要求把那件褪色淡青湖绉绸长衫给他穿上，因为那是他父亲的遗物。

听到这里，我们全堂同学都已哽咽不能成声。训导主任又沉痛地说："在殡仪馆里，看他被穿上那件绸衫时，我才发现两只袖口已磨破，因没人为他补，所以他每次穿时都把袖口折上来，他并不是要学时髦。"

全体同学都在嘤嘤啜泣。殡仪馆里，我们虽然全班同学都曾去祭吊过，但也只能看见他微微带笑的照片，似在向我们亲切地注视。我们没有被允许走进灵堂后面，没有机会再看见他穿着那件褪色淡青湖绉绸长衫，我们也永不能再看见了。

三更有梦书当枕
——我的读书回忆

我五岁正式由家庭教师教我"读书"——认方块字。起先一天认五个,觉得很容易。后来加到十个,十五个,越来越多,也越来越快。而且老师故意把字颠三倒四地让我认,认错了就打手心。我才知道读书原来是这么苦的一回事,就时常装病逃学,母亲说老师性子很急,想一下把我教成个才女,我知道以后一定受不了,不由得想逃到后山庵堂里当尼姑。母亲笑着告诉我尼姑也要认字念经的,而且吃得很苦,还要上山砍柴,我只好忍着眼泪再认下去。不久又开始学描红。老师说:"你好好地描,我给你买故事书。"故事书有什么用?我又看不懂,我也不想看,因为读书是这么苦的事。

最疼我的老长工阿荣伯会画"毛笔画",就是拿我用门牙咬扁了的描红笔,在黄标纸上画各色各样的人物。最精彩的一次是画了个戏台上的武生,背上八面旗子飘舞着,怀里抱个小孩,他说是"赵子龙救阿斗",从香烟洋片上描下来的。他翻过洋片,背面密密麻麻的字,阿荣伯点着一个字一个字地念,有的字我已经认识,他念错了,我给他改正,有的我也不认识。不管怎样,阿荣伯总讲得有头有尾。他说:"小春,快认字吧,认得多了就会读这些故事了,这里面有趣得很呢!你认识了再来教我。"

为了要当他的老师,也为了能看懂故事,我对认字发生了兴趣。

我也开始收集香烟洋片。那时的香烟种类有大英牌、太联珠、大长城等等。每种包装里都有一张彩色洋片。各自印的不同的故事:《封神榜》《三国演义》《西游记》《二十四孝》都有。而且编了号,但要收齐一套是很难的。一位大我十岁左右的堂叔,读书方面是天才,还写得一手好魏碑——老师却就是气他不学好,不用功。他喜欢偷酒喝、偷烟抽,尤其喜欢偷吃母亲晒的鸭肫肝。因此我喊他肫肝叔。他讲"三国"讲得真好听,又会唱京戏,讲着讲着就唱起来,边唱边做,刘备就是刘备,张飞就是张飞。连阿荣伯都心甘情愿偷偷从储藏室里打酒给他喝。我就从父亲那儿偷加力克香烟给他抽。他有洋片都给我。我的洋片愈积愈多,故事愈听愈多,字也愈认愈多了。在老师面前,哪怕他把方块字颠来倒去,我都能确确实实地认得。老师称赞我"天分"很高,提前开始教"书",他买来一本有插图的儿童故事书,第一天教的是司马光的故事,司马光急中生智,用大石头打碎水缸,救出将要淹死的小朋友。图画上一个孩子的头伸出在破缸外面,还有水奔流出来。司马光张手竖眉像个英雄,那印象至今记得。很快的,我把全本故事书看完了,仍旧很多字不认识,句子也都是文言,不过可以猜。不久,老师又要教诗:"一去二三里,烟村四五家,亭台六七座,八九十枝花。"诗原来还可以数数呢。后来肫肝叔又教我一首:"一片两片三四片,五片六片七八片。九片十片无数片,飞入梅花都不见。"似乎说是苏老泉作的,我也不知道苏老泉是谁,肫肝叔说苏老泉年岁很大才开始用功读书,后来成为大文豪,所以读书用不着读得太早,读得太早了反而变成死脑筋,以后就读不通了。他说老师就是一辈子读不通的死脑筋,只配当私塾老师。他说这话时刚巧老师走进来,一个栗子敲在他头顶上,我又怕又好笑,就装出毕恭毕敬的用功样子。可是肫肝叔的话对我影响很深,我后来读书总读不进去,总等着像苏老泉似的,忽然开窍的那一天。

八岁开始读四书,《论语》每节背,《孟子》只选其中几段来背。老师先讲孟子幼年故事,使我对孟子先有点好感,但孟子长大以后,讲了那么多大道理我仍然不懂。肵肝叔真是天才,没看他读书,他却全会背。老师不在时,他解说给我听:"孟子见了梁惠王,惠王问他你咳嗽呀?(王曰叟)你老远跑来,是因为鲤鱼骨卡住啦?(亦将有以利吾国乎?故乡土音"吾""鱼"同音。)孟子说不是的,我是想喝杯二仁汤(亦有仁义而已矣)。"他大声地讲,我大声地笑,这一段很快就会背了。老师还教了一篇《铁他尼邮船遇险记》。他讲邮船撞上冰山将要沉没了,船长从从容容地指挥老弱先上救生艇,等所有乘客安全离去时,船长和船员已不及逃生,船渐渐下沉,那时全船灯火通明,天上繁星点点,船长带领大家高唱赞美诗,歌声荡漾在辽阔的海空中。老师讲完就用他特有的声调朗诵给我听,念到最后两句:"慈爱之神乎,吾将临汝矣。"老师的声调变得苍凉而低沉,所以这两句句子我牢牢记得,遇到自己有什么事好像很伤心的时候,就也用苍凉的声音,低低地念起:"慈爱之神乎,吾将临汝矣。"的确有一种登彼岸的感觉。总之,我还是非常感激老师的,他实在讲得很好,由这篇文章,使我对文言文及古文慢慢产生了兴趣,后来他又讲了一个老卖艺人和猴子的故事给我听,命我用文言文写了一篇《义猴记》,写得文情并茂。内容是说一个孤孤单单的老卖艺人,与猴子相依为命。有一天猴子忽然逃走了,躲在树顶上,卖艺人伤心地哭泣着,只是忏悔自己亏待了猴子,没有使它过得快乐幸福,猴子听着也哭了,跳下来跪在地上拜,从此永不再逃,老人也取下了它颈上的锁链。后来老人死了,邻居帮着埋葬他,棺木下土时,猴子也跳入墓穴中殉主了。我写到这里,眼泪一滴滴落下来,落在纸上,不知怎的,竟是越哭越伤心,仿佛那个老人就是我自己，又好像我就是那只跳进墓穴的猴子。确实是动了真感情的，照现在的说法，大概就是所谓的"移情作用"吧。老师虽没有新脑筋，倒也不是肭肝叔说的那样死脑筋，他教导我读书和作文，确实有一套方法。可惜他盯得太紧，罚得太严，教起女诫女论语时那副神圣的样子，我就打哆嗦。有一次，一段左传实在背不出来。我就学母亲捂着肚子装"胃气痛"，老师说我是偷吃了生胡豆，肚子里气胀，就在抽屉里找药丸。翘胡子仁丹跟蟑螂屎、断头的蜡烛和在一起，怎么咽得下去，我连忙打个嗝说好了好了。其实老师很疼我。他长斋礼佛，佛堂前每天一杯净水，一定留给我喝，说喝了长生不老，百病消除。加上母亲的那一杯，所以我每天清早得喝两杯面上漂着香灰的净水，然后跪在蒲团上拜了佛，才开始读书。老师从父亲大书橱中取出来的古书冒着浓浓的樟脑味，给人一种回到古代的感觉。记得那部诗经的字体非常非常的大，纸张非常非常的细而白。我特别喜欢。可惜我背的时候常常把次序颠倒，因为每篇好几节都只差几个字，背错了就在蒲团上罚跪，跪完一支香。起初我抽抽噎噎地哭，后来也不哭了，闻着香烟味沉沉地想睡觉，就伸手在口袋里数胡豆，数一百遍总该起来了吧。肭肝叔说得不错，人来此世界只为受苦，我已开始受苦了。不由得又念起那句文章："慈爱之神乎，吾将临汝矣！"晚上告诉母亲，母亲说："你不可以这样调皮。你要用功读书，我还指望你将来替我争口气。"我知道她为的是我喊二妈的那个人。二妈是父亲在杭州做大官时娶回的如花美眷，这件事着实伤了母亲的心，也使我的童年蒙上一层阴影。现在事隔将近半个世纪，二妈也去世整二十年，回想起她对我的种种，倒也并不完全出于恶意。有件事还不能不感激她，就是我能够有机会看那么多小说，正是由于她，她刚回故乡时，因杭州人言语不通，就整天躲在房里看小说，父亲给她买了不知多少小说，都用玻璃橱锁在他自己书房里，钥匙挂在二妈腋下叮叮当当地响。我看了那些书好羡慕，却是拿不到手，老师也不许我看"闲书"。有一天，胖肝叔设法打开书橱，他自己取了《西厢记》、《聊斋志异》等等，给我取了《七侠五义》、《儿女英雄传》，我们就躲在谷仓后面，边啃生番薯边看，看不懂的字问胖肝叔，为了怕二妈发现，我们得快快地看。因此我一知半解，不像胖肝叔过目不忘，讲得头头是道，但无论如何，我们一部部换着看，背着老师，倒也增长了不少"学问"。在同村的小朋友面前，我是个有肚才的"读书人"。他们想认字的都奉我为小老师，真是过足了瘾，可见"好为人师"是人之天性。阿荣伯为我在他看守橘园的一幢小屋里，安排了条凳和长木板桌，那儿人迹罕至，我和小朋友们可以摆家家酒，也可以上课读书。我教起书来好认真，完全是一副铁面无私的样子，我的教材就是儿童故事书和那一套套的香烟洋片，我讲了故事再讲背后的"文章"，挑几个生字用墨炭写在木板上，学着老师教我的口气，有板有眼。还要他们念，念不出来真的就打手心，我清清楚楚记得有一次硬是把一个长工的女儿打哭了，她母亲向我母亲告状说我欺侮她，还起了一场小小的风波，我心里那份委屈，久久不能忘记。因此也体会到，每当老师教我时，我实在应该用心听讲，才不辜负当老师的一片苦心。

　　二妈双十年华，却也吃斋拜佛，照说应该和我母亲合得来，但她们各拜各的佛，连两尊如来佛都摆出各不相让，各逞威严的样子。二妈用杭州口音念白衣咒、心经，非常好听。我印象最深的是她看小说也一句句大声地念出来，她看《天雨花》、《燕山外史》等等，念一句，顿一顿，我站在一边听呆了。她回脸瞪着我问："你在这儿干什么？"我很自然地说："听你念书呀。"她大声说："小孩子不能看这些书。"我心想我并没有看，是你在看呀！但也懒得分辩，回瞪她一眼就走开了。但不幸的是有一天被她发现《红楼梦》不见了，

她确定是我偷的,更糟的是父亲又发现书房里少了几幅名画,几部碑帖,两案并发,肫肝叔和我都受了严重的拷问。肫肝叔一切都承认了,一副视死如归的样子。他说拿碑帖是为了临摹,父亲当场叫他写字,他拿起笔一挥而就,写的是"南无阿弥陀佛"六个大字,露着一脸的得意。没想到父亲居然点了几下头说:"字倒是有天分,你以后索性从写字上下功夫。"肫肝叔奉命唯谨,父亲就叫他抄《金刚经》,抄朱伯庐先生治家格言。于是二妈的矛头转向我,低声地说:"小春,你应当专心读圣贤书,这种小说不是你应当看的。"她的声音温和里透着一股斩钉截铁的力量,这股力量是父亲给她的。从那时起,我就怕了她,也有点恨她。但是看闲书的欲望却愈来愈强烈,我怀着一分报复的心理,去看大人们不许看的书。《清宫十三朝》《七剑十三侠》《春明外史》《施公案》《彭公案》……越看越觉得闲书比《左传》《孟子》有趣多了。老师看我昏昏沉沉的样子,索性开了书禁,每天指定我看几回《三国演义》,几回《东周列国志》,命我学《东莱博议》写人物史事评论,这下又苦了我了。肫肝叔却是文章洋洋洒洒,有一天他自动写一篇曹孟德论,把曹操捧上天,说刘备是个"德之贼也"的乡愿,父亲和老师看了都连连点头。他得意地对我说,写议论文一定要有和众不同的见解,才可以出奇制胜。但我对议论文总是没兴趣的,因此古文中的议论文也不喜欢读。我背得最熟的是李白的《春夜宴桃李园序》,刘禹锡的《陋室铭》和欧阳修的《醉翁亭记》。好像自己也有飘然物外之慨。

　　幸好这时我的另一位在上海念大学的二堂叔暑假回来了。他带回好多杂志和新书。大部分都是横着排印的,看了好不习惯,内容也不懂,他说那都是他学"政治经济"的专门书,他送给我一本《爱的教育》和一本《安徒生童话集》,我说我早已读大人的书了,还看童话。他说童话是最好的文学作品之一,无论大人孩子都应当看。他并且用"官话"念给我听。他说"官话"就是人人能懂的普通话，叫我作文也要用这种普通话写，才能够想说什么就写什么，写得出真心话。老师不赞成他的说法，老师说一定要在十几岁时把文言文基础打好，年纪大点再写白话文，不然以后永不会写文言文了。我觉得老师的话也有道理，比如我读林琴南的《茶花女轶事》《浮生六记》《玉梨魂》《黛玉笔记》等，那种句子虽然不像说话，但也很感动人，而且可以摇头摆尾地念，念到眼泪流满面为止。二叔虽然主张写白话文，他自己古文根基却很好。他又送我苏曼殊的《断鸿零雁记》，害我读得涕泪交流。这些"爱情"书，都是背着父亲和老师看的。我那时的兴趣早已从"除暴安良"的武侠转移到"海枯石烂"的言情了。十二岁的女孩子，就学着《黛玉笔记》的笔调，写了篇《碎心记》。放在抽屉里被老师看到了，他摆着一脸的严肃说："文章还可以，只是小小年纪，不可以写这种悲苦衰烂的句子，会影响你的福分的。"其实我写的是母亲的心情，写得自认为非常哀怨动人。二叔也夸我写得好，说我以后可以写小说，不过要用白话文写。他叫我把他的故事写下来。原来他心里有一段非常罗曼蒂克的爱情。他喜欢侍候二妈的丫头阿玉。阿玉见了他，低垂着眼帘含有说不完的情意，肫肝叔也喜欢她，她理也不理他，肫肝叔说："她是应当喜欢二哥的，我不配。"从这一点看，肫肝叔是个心地很好的人。我教阿玉认字读书，二叔也买了整套的伟人故事书送她。肫肝叔说："还是让她读二十四孝吧！那样她才能死心塌地侍候二嫂，读新书她就会不甘心，她就会哭的。"他说得一点不错，阿玉一直忍，也一直哭，后来哭着被嫁给了船夫，全家就在一条乌篷船上漂漂荡荡，二叔对她的爱情也没个了结。在当时，他俩那种脉脉含情的样子看了真叫人心碎。我打算学郁达夫《迟桂花》的笔调来写，但后来进了中学，学算术，学英文。看闲书、写闲文的心情反而没

有了。

我到杭州考取中学以后，吃斋念佛的老师觉得心愿已了，就出家当和尚去了。我心头去了一层读古书的压迫感，反而对古书起了好感。寒暑假，就在父亲书橱中，随意取出一本本线装书来翻翻，闻到那股樟脑味，很思念老师。父亲要我有系统地读四史。《古文辞类纂》和《十八家诗钞》由他选了给我读。可是我只能按着自己的兴趣背诵，父亲有点失望，他说我将来绝不是个做学问的人，这一点是不幸而言中了。

从学校图书馆中，我借来很多小说和散文，尤其是翻译小说。父亲对朱自清、俞平伯的文章很欣赏，可是小说仍不赞成我多看。我倒也用不着像小时候那么躲着他偷看。那时中学课业不像现在繁重，课余有的是时间，我看了巴金、老舍、茅盾等人的小说，西洋小说中，我最爱罗曼·罗兰的《约翰·克利斯多夫》，反复看了几遍，奥尔珂德的《小妇人》是当英文课本念的，我们又指定看《好妻子》《小男儿》的原文，因为文字较浅。其他如《简·爱》《傲慢与偏见》《悲惨世界》，亦使我爱不释手。尤其是《小妇人》和《简·爱》，我感到写小说并不难，只要有一颗充满"爱"的心。记得当时还模仿名家笔法，写了一个中篇小说"三姐妹"，大姐忧郁如林黛玉，日记都是文言文的，二姐是叛逆女性，三妹天真无邪，写得情文并茂，自谓熔《红楼梦》、《小妇人》和《海滨故人》于一炉，此文如在，倒真是我的处女作呢。二妈向我借去《茶花女》和庐隐的《象牙戒指》，又一句句地念出声来，念完了偏又说："如今的新派小说真啰嗦，形容句子一大堆，又没个回目。"这么说着，却又向我再借，有时还看得眼圈儿红红的。在看小说上，我们倒成了朋友。我把这话告诉母亲，母亲深陷的眼神定定地看着我半响说："你们彼此能谈得来，我也放心不少。"母亲脸上表情很复杂，好像欣慰，又好像失落了什么。我心里很难过，我觉得圣贤书和罗曼蒂克的爱情至上主义很难协调，因此我把《红楼梦》看了又看，觉得书中人个个值得同情。对自己的家庭，我也作如是观，因此我一时豁达，一时矛盾，一时同情母亲，一时同情二妈。后来读了王国维的《〈红楼梦〉评论》，好像又进入另一种境界，想探讨人生问题、心性问题。教我国文的王老师叫我看《宋儒学案》、王阳明《传习录》、胡适《中国哲学史大纲》。可是对我来说，这些书都太深了，倒是《传习录》平易近人。那时启发心智的书不及现在这么丰硕，我本是个不喜爱看理论书的人，父亲恨不得我把家中藏书都读了，我却毫无头绪地东翻翻西摸摸。先读《庄子》，读不懂了放下来再抽出《楚辞》来念，念着《离骚》和《九歌》时，不禁学着家庭老师凄怆的音调低声吟诵起来，热泪涔涔而下，觉得人生会少离多，十分悲苦。心中脑中一团乱丝理不清，我写信给故乡的二叔和肫肝叔，他们的回信各不相同。二叔劝我读唐诗宋词，寄给我一本纳兰的《饮水词》，吴蘋香的《香南云北庐词》与李清照的《漱玉词》，叫我细读。他说诗词是图画的，音乐的，哲学的，多读了对一切自能融会贯通。肫肝叔却叫我读《庄子》，读佛经，他介绍我看《景德传灯录》《佛说四十二章经》《心经浅说》。那阵子，我变得痴痴呆呆，无限虚无感、孤独感，觉得自己是个哲人，没有人了解我。王老师发现我在钻牛角尖，叫我暂时放下所有的书本，连小说也别看，撒开地玩。他时常带我们湖滨散步。西湖风光四时不同，每处景物都有历史掌故，他风趣的讲解和爽朗的笑声，使我心胸开朗了不少。他说读书、交朋友、游山玩水三者应融为一体，才是完整的人生。所谓人生哲学当在日常生活中去体会寻求，不要为空洞的理论所困扰。他说"三更有梦书当枕，千里怀人月在峰"就是三者合一的境界。高中三年，王老师对我的启迪很多。他指导我速读和精读的方式,如何做笔记,如何背诵,如何捕捉写作的灵感。我渐渐感到生命很充实,自己在成长,成长中,大自然、朋友、书本是最好的伴侣。

父亲爱读书、藏书,也爱搜集版本、碑帖和名家字画。杭州住宅书房中,有日本影印《大藏经》、《四史精华》、《四库全书》珍本、《三希堂》、《淳化阁法帖》,和许多善本名家诗文集。父亲每年夏天都去别墅云居山庄避暑,所以山上也有一部分他自己特别喜爱的书。放暑假后,我就上山陪他散步读书。别墅是三间朴素的小平房,绕屋是葱茏的细竹。四周十余亩空地一半是果园,一半种山薯玉蜀黍。山顶有一座小小茅亭,每天清晨我们在亭中行深呼吸,东方彩霞映照着烟波缥缈的钱塘江,左边是沉睡的西子湖。父亲晚年怀着避世的心情上山静养。勉励我要好好利用藏书,爱惜藏书,不要学不肖子弟,把先人的藏书字画都卖了。父亲说这话是很沉痛的,因为我是长女,妹妹才五岁,家中没有应门五尺的男童。所以我当时曾立誓要保存好父亲在杭州和故乡两地的全部藏书。没想到抗战军兴,父亲带了全家回故乡,杭州沦于敌手,全部书画就无法照顾了。

避乱故乡,父亲忧时伤事,健康一日不如一日,幸得故乡的书斋中,另有一套藏书,商务影印的《大藏经》《四部丛刊》《二十四史》《十三经注疏》……大伏天里,在城里工作的二叔特别回来帮我晒书,胖肝叔也来了,他还是那副吊儿郎当的样子,头发稀稀疏疏的,竟已像个老头子了。二叔则显得越发深沉了。父亲见了他很高兴,叫他帮着我把书房整理出来。父亲的书房在正屋右首边,隔一道青石大屏风。一幢单独平房内分三间,最外面一间摆着红木镶云母石面的长桌,以备赏画之用。进圆洞门另一长房间是书房,一边一张油木榻床,父亲看书倦了在此休息,右首套房是经堂,是父亲诵经静坐之处，书橱里是藏经。四部丛刊以及木版善本专集等，则放在外书房中，这一座书城已足够使二叔和我留恋了。胖肝叔在山中捡来一些松树的内皮，就着自然的笔磔拼成"听雨轩"三字，贴在圆洞门上，父亲看到了也点头赞许。经堂的落地门外是小院落，种着茂盛的水竹，风雨掠过，竹浪翻腾。在我的记忆里，好像这个小院落中，一直下着雨。也许是父亲和我都偏爱雨，喜欢在雨天到经堂里，燃起一炉檀香，隔着窗儿欣赏万竿烟雨图。

父亲病中喜读杜甫书，大概是国难家愁，心境与少陵相似。因此影响我于学诗之初，就偏爱杜诗。我第一首律诗"怀西湖友人"就是由父亲改定的，记得当中四句是："三年湖海灯前梦，万古沧桑劫后棋。故国云山应未改，西湖筇屐倘相期。"

父亲兴来时也作诗，可惜他的诗稿，于离乱中不及带出，现在还记得几首，有一首记友人来访的诗："具黍但园蔬，虚邀有愧予。倾杯迎故旧，备箸恕清疏。老至交情笃，乱来村里墟。瓯江幸地僻，还喜暂安居。"虽未见功力，却是款切自然。我们父女听雨轩中岁月，还算过得悠闲。

二叔于星期假日，一定下乡陪父亲作上下古今谈。他读的新理论书比父亲多，我更不敢望其项背。他每于书橱中取出一部书，略略翻阅，便能述其梗概。他告诉我无论读古书新书，都要能抓住重点，先看作者自序与目录，略读即可，不必逐字逐句推敲。如有兴趣，可摘录与自己相同及相反意见，并加批注，最好用活页，以所读书性质归类，不做笔记亦可，于书页上下空白处批注。纯文学书如诗歌散文，则可任意圈点。他说会读书的人，不但人受书的益处，书亦受人的益处。此话我时时牢记在心。和大学时夏老师的话不约而同。他诗词背得很多，用工楷抄了一本诗词选，题为《诗词我爱录》。后来我也学他把自己心爱诗词抄一本《诗词我爱录》。此抄本

曾带来台湾，不意竟在办公室抽屉中不知被何人盗去，十分痛心。

他和父亲谈哲学、宋明理学，说来头头是道，连佛经他都看了不少。他并不赞成我年纪轻轻的就读佛经，却写了佛经上四句给我作座右铭："一切众生，莫不有心，凡有心者，皆当成佛。"他说：佛经道理深奥，总括起来也就是"我心即佛"四字。"佛"即是最高之智慧。宋明理学无论是程朱、陆王，都未跳出这个道理。只是治学方法不同而已。他说肫肝叔虽也看佛经，却是自恃聪明，走火入魔，十分可惜。那时肫肝叔已不幸染上不良嗜好，处处躲着我父亲，见了二叔也是自惭形秽，默无一言。对我却始终推心置腹，他给我看他自叹的诗，记得其中四句是"因无骨相饥寒定，只合生涯冷淡休。羞向鸡虫计得失，那堪儿女足酸愁"。我看了也只有叹息。父亲去世时，他于无穷悔恨中，作了一首挽联："涕泪负恩深。忆十年诲谕谆谆，总为当时爱我切。人天悲路绝。对四壁图书浩浩，方知今日哭兄迟。"至今忆及，犹感怆然。这两位叔叔一样有极高天分，一样地读了很多书。却是气质如此迥异，人生观如此不同。这疑问，我到今天都时时在心。

父亲逝世后，我又单身负笈沪上继续学业，大学的中文系主任夏承焘老师对我在读书方法上，另有一番指引。他说读书要"乐读"，不要"苦读"。如何是"乐读"呢，第一要去除"得失之心"的障碍，随心浏览，当以欣赏之心而不必以研究之心去读。过目之书，记得固然好，记不得也无妨。《四史》及《资治通鉴》先以轻松心情阅读，古人著书时之浑然气运当于整体中得之。少年时代记忆力强，自然可以记得许多，本不必强记，不记得的必然是你所不喜欢的，忘掉也罢。遇第一二次看到有类似故事或人物时自然有印象。读哲学及文学批评书时，贵在领悟，更不必强记。他说了个有趣的比喻：你若读到有兴会之处，书中那一段，那几行就会跳出来向你握手，彼此莫逆于心。遇有和你相反意见时，你就和他心平气和辩论一番，所以书即友，友亦书。诗词也不要死死背诵，更不必记某诗作者谁属，张冠李戴亦无妨，一心纯在欣赏。遇有心爱作品，反复吟诵，一次有一次的领会，一次有一次的境界。吟诵多了自然会背，背多了自然会作，且不致局限于某一人之风格。全就个人性格发展，写出流露自己真性情的作品。他教学生以轻松的行所无事之态度读书，自己却是以极认真严肃态度做学问。他作了许多诗人、词人的年谱，对白石道人研究尤为深入。我也帮忙他整理许多资料，总觉研究工作很枯燥，他说是年龄境界未到，不必勉强。性格兴趣不相近，也不必勉强。

大学四年中，得夏老师"乐读"的启示，培养了读书的兴趣，也增加了写作的信心。卒业后避乱穷乡，举目无亲，心情孤寂，幸居近省立联高，就向图书馆借来西洋哲学书及翻译小说多种阅读。我写信给夏老师报告读书心得，也诉了一些内心的悲苦，他来信告诉我说："近读迭更司《块肉余生》一书，反复沉醉，哀乐不能自主。自唯平生过目万卷，总不及此书感人之深。如有英文原本，甚盼汝重温数遍，定能益汝神智，富汝心灵，不仅文字之娱而已。"他也正在读歌德书。每节录其中警语相勉："人乍各在烦恼中过活，但必须极肯定人生，乃能承受一切幻灭转变，不为所动，随时赋予环境以新意义，新追求，超脱命运，不为命运所玩侮。"他又说："若无烦恼便无禅，望你以微笑之智慧，化烦恼为菩提，以磨刮出心性之光辉。"他指示我读西洋哲学之余，应当回过来再读《老子》。篇幅不多，反复读之，自能背诵。老子卒业后再读《庄子》，并命于万有文库中找出西塞罗文录来读其中说老一篇，颇多佳喻。

我写给他自己习作的词。他说："文字同清空，但仍须从沉着一路做去。"他叫我不要伤春，不要叹年长，人之境界，当随年而长。

他引僧肇《物不迁论》中句"旋岚偃岳而常静,江河竞注而不流"以勉励。他说:"年来悟得作诗作词,断不能但从文字上着力。放翁云:迩来书外有工夫。愿与希真共勉之。"他的来信,每一句话都像名山古刹中的木鱼清磬之音,时时敲击心头,助我领悟人生至理。曾记当年在沪上时,杭州陷于日寇,他曾有词咏孤山云:"湖山信美,莫告诉梅花,人间何世。独鹤招来,共临清镜照憔悴。"不知他面对日后生活的种种困境,清镜中更是怎样一副白发衰颜呢?

抗战后半期,我虽与恩师不曾同处一地,而书信往还,他对我读书为人为学,启迪实多。在那一段宁静的岁月中,我也确实读了一些书。但愈读愈感到在浩瀚书海中自身知识的贫乏,和分寸光阴的可贵。

胜利还乡,第一件事就是叩见恩师,并请他指点如何重整残缺的图书。因家园曾一度陷于日寇,听雨轩被日机炸毁一角。一部分藏书化为灰烬。复员回杭州,检点寓所与云居山庄两处的存书,许多善本诗文集都已散失,藏经和碑帖亦已残缺不齐。这都是无法重补的书,实令人痛心。统计永嘉与杭州两处余书不及原来三分之一。追念父亲当年的托付之重,我乃尽力把《四部丛刊》、《四部备要》及四库全书珍本等丛书中缺失者买来补齐,重新整理书房,且供上佛堂,也是对先人的一点纪念。没想到三十八年仓促中家人安危都成问题,故乡与杭州两处藏书,竟然无法抢救。眼睁睁看着先人余业,将被摧毁,于万分沉痛的心情之下,只得把杭州的藏书全部捐赠浙江大学图书馆,故乡的书全部捐赠籀园图书馆(孙仲容先生读书馆)。希望借了公家力量,保留一二,亦足以告慰先父在天之灵。我当时仓皇离开杭州,行囊简便,自己特别心爱的几部书和父亲生前批注圈点过的书,都无法携带。只得郑重托付恩师,希望有一天能重见恩师,也领回硕果仅存的几部书。

二十多年来，我也陆陆续续买了不少自己喜爱的书，加上朋友们赠送的著作，我也拥有好几书橱的书了。但是想起大陆故乡和杭州两处数遭兵劫的万册藏书，焉得不令人魂牵梦萦。偶然在旧书摊上买到一部尘灰满面的线装书就视同至宝，获得一部原版影印的古书，就为之悠然神往。披览之际，就会想起童年时代打着呵欠背《左传》、《孟子》时的苦况，怀念起所有爱护我的长辈和老师。尤其是当我回忆陪父亲背杜诗闲话家常时的情景，就好像坐在冬日午后的太阳里，虽然是那么暖烘烘的，却总觉光线愈来愈微弱了。太阳落下去明天还会上升，长辈去了就是去了，逝去的光阴也永不再回来。春日迟迟中，我坐在小小书房里，凌凌乱乱地追忆往事，凌凌乱乱地写，竟是再也理不出一个头绪来。我只后悔半生以来，没有用功读书，没有认真做学问。生怕渐渐地连后悔的心情都淡去，只剩余一丝丝怅惘，那才是真正的悲哀呢！

培养文学的生活情趣

生存在这个多元化、节奏快速的现代社会,生活层面愈广阔,物质享受愈富裕,而身不由己的忙碌、疲惫,反使人感到精神空间的愈趋狭窄,人际关系的日益疏离,家庭气氛亦偶失和谐。这也许就是叔本华所谓的"愁苦是人类的本分"吧!如何驱除这份"愁苦",如何提升心灵境界,充实人生,无上良方之一,应该是文学情趣的培养吧!

孔子说:"行有余力,则以学文。"并非以文学为次要,而是晓谕我们文学与进德修业的并行不悖,且可以相辅相成。在文学的欣赏修养中,深深领悟修身之道。不然的话,何以孔子弟子说"子以四教,文行忠信",又将文学摆在第一位呢?孔子的文学课本是《诗经》,他赞叹《诗经》"可以兴、可以观、可以群、可以怨……"可说是一部历史的、文学的、哲学的、政治的、心理学的、社会教育的综合教材。"夫子——皆弦歌之",借音乐以推广教化,且将三百篇归纳出一个宗旨,就是"思无邪"。

在今日自由开放的社会风气之下,中国传统精神的"思无邪"三个字,尤值得我们反复深思。

由此看来,文学不是风花雪月、罗曼蒂克的名词,更不是供茶余酒后消遣的,文学有其深厚而严肃的含义,也是形成文化要素之一。西方的古希腊文学,几乎与文化是二而一的。中国文学自诗骚史传唐宋诗篇以下,直至现代文学的诸般面貌,正是一脉相承的文化传统之发扬光大。

生于文化遗产丰富，出版物发达的今日，实在是现代人之福。因为读书是最简单一件事，只要识字，便能读书。只要肯挤出一点时间，就可开卷有益。书是古今中外的作家与人生世事剖切体认的诚恳记载。领导你开拓胸襟，增长智慧。文学书籍则助你抒发情感、陶冶性灵。书带领我们上接古人，远交海外，绝不至有"访友不遇"或"话不投缘"的遗憾。书是家庭父母子女共同的良伴，也是良朋相知相契的桥梁。

伟大的文学著作，尤其能启发人类温厚的同情心，进而谋求促进整个国家的福祉。例如印度的奈都夫人（Mrs. Satojini Naidu）唤醒民族意识的爱国诗篇，赋予了甘地和平革命的政治灵感。美国的斯托夫人（Mrs. Harriet Beecher Stowe）所著《黑奴吁天录》，感动了林肯总统，乃有解放黑奴的南北战争。英国小说家毛姆说："写作当从生活着眼，从人性出发。"真是一句踏实的名言。

笔者当年服务司法界时，深受一位公正仁慈刑庭庭长的感动。他的案头，除了法律书与卷宗，更有《论》、《孟》、诗词与当代散文小品等。于制作判词前后，常专心阅读数篇。他说："文学的一分美与善，常使我有勇气面对种种罪恶，也更能设身处地同情触犯刑章之人。"看来他对文学作品的默读，其功效不亚于信徒的虔诚祈祷。

记得有一本科学著作《海的故事》，作者在每章之首，都写了极饶妙趣的两句诗，具有高度文学修养的译者曾对我说，如不是每章的两句诗引人入胜，他不会有耐心译完这本对他完全外行的书。

培根是一位政治家与哲学家，而世人更喜爱的反倒是他的一部散文集。

这些事例，充分说明了文学感人的力量。

世人对文学的欣赏，自然地包含两个层次。当一篇作品的美妙

文辞，铿锵节奏与真挚内容使你击节赞赏时，这是读者的感性经验与作品之共鸣，是第一层次的感情效果。由于这份共鸣立刻领悟到深一层的道德含义，这是第二层次的理念效果。凡是上乘的文学作品，必能同时引起读者感性的共鸣与理性的领悟，这是文学的美与善也是真的一致。举一个浅显的例子，读林觉民烈士的《与妻诀别书》，谁能不引起满腔爱国情操，读朱自清的《背影》，谁能不体会到慈父之爱。正如旧时代说的："读《出师表》不流泪者不忠，读《陈情表》不流泪者不孝。"流泪是感情的，忠与孝，对国家民族与对慈父之爱是理性的体认。这四篇文章都何曾炫耀技巧？只是由于至情动于中而形于外，技巧自见。

中国传统文学，并不重视技法，而于自然中见技法，尤见其深湛的道德情操。西风东渐后的现代，文学理论家往往过分强调技巧而忽视内容的道德意义，称之为"为艺术而艺术"而非"为道德而艺术"，其流弊岂止是以辞害意，或以艰深文浅陋。甚至借文学外衣，以逞其描绘猥亵色情之实，而美其名曰"刻画人性的写实"。其危害青年身心，败坏社会风气莫此为甚，实令人深以为忧。从事文学写作者，固不是道德家、教育家，而文学之深入人心，对社会的潜移默化之功是不可忽视的，这是我个人不变的主张。

一个文学的欣赏者，当不断充实学识，开拓胸襟，培养正确的文学观与识辨力，以期于真正优良的文学作品中获得启迪，享受人生幸福。

先师曾对我诲谕云："不一定是诗人，却必须培养一颗诗心；不一定是宗教信徒，却必须怀抱一颗虔敬的心。"文学的欣赏或创作，正是诗心的培养与虔诚心的表现。

要提升生活质量，培养文学情趣，必须普遍地推广社会的读书风气。"有钱无酒不精神"，是物质生活的追求；"有酒无书俗了人"，才是面对"言语无味，面目可憎"者的叹息。

尊重生命

尊重生命

有一次，我看见一个朋友的孙子用一支竹竿使力戳笼中的小鸟。小鸟吱吱地哀叫。我过去阻止他不可虐待小鸟。

他生气地说："为什么不可以？鸟是我爸妈买给我的。"

我说你要爱护小鸟，它是小生命，它也有爸爸、妈妈呀！

他更生气地说："我不要听你说话，我不跟你玩了。"

"我也不跟你玩了，你一点也不可爱！"我生气地说。这是我第一次对小孩子这样生气地说话的。

流浪狗

一位朋友，养了一只爱犬，又收留一只流浪狗。爱犬天天抱在手上，流浪狗却蜷伏在走廊一角，从来不敢进客厅。

朋友告诉我，流浪狗在一个风雨之夜失踪了，我难过得哭了。其实，我并没有见过那只可怜的流浪狗哇！

生命原本没有贵贱之分，只看你是否能有对万物的同情心。

喜欢动物的小孩

有些小孩很残忍,喜欢虐待动物;有些却天性仁厚,非常可爱。我的儿子就很喜爱小动物。他童年时救过很多流浪的猫狗。每次看见在地上搬运粮食的蚂蚁,他就会喃喃地念:"蚂蚁好乖,好勤快,哥哥好喜欢你呀!"他把小动物、昆虫都当作自己的弟弟、妹妹,自称为哥哥。看他一脸忠厚的憨态,真叫人心疼。一转眼,六岁的孩子已经四十岁了。这三十几年的光阴是怎么飞逝过去的呢?

流泪的观音

琴几上的玻璃匣中，竖立着一尊观音佛像。那不是精工雕塑，而是隆起一片牡蛎壳内的模糊形象。它的慈眉善目都只是隐隐约约，难以辨认，更莫说飘逸的衣衫和手中的柳枝净水瓶了。

观音像是前年我回大陆时，一位童年时的好友所赠。她郑重地对我说："这是珍品，请好好保存。"然后向我叙述了牡蛎壳里观音像形成的过程。

养珠人根据珍珠在牡蛎壳内形成的原理，用一块塑胶料雕成佛像，塞在从海中捕来活生生的大牡蛎壳内，再把它放在一大缸海水中，使它痛苦地蠕动全身，想把这庞大的阻碍物推出体外。在垂死的挣扎中，牡蛎就分泌大量珍珠液，将佛像层层包围以减少摩擦的痛苦。日久之后，被珍珠液包围起来的晶莹佛像，就黏附在牡蛎壳内。养珠人捞起牡蛎，剥肉取壳，制成珍品以招徕好奇的观光客。

听来令人万分不忍。真不能不感慨人类蹂躏小动物手段的残酷，其目的却只是为了图利。最讽刺的是，用如此残酷手段制成的，却是慈悲的观音像。

我每回站在琴几前，仔细看观音脸颊上似闪着点点泪光。那不是美丽的珍珠，那是观音为人间罪孽所流的泪水吧！

记得多年前曾观赏一位岭南画家的名作。画的是一尊观音，坐在深山悬崖上，双颊泪水涔涔。画家说，慈悲的观音是为了芸芸众生的痛苦与深重的罪孽而流泪。

　　想到耶稣基督，为背负人间一切罪恶，被高高钉在十字架上，滴血而死时，它向流泪的天父祈求赦免世人因无知所犯的过错。它无怨无悔无恨的伟大精神，与观音正一般无二。

　　据佛经记载，观音是辅佐阿弥陀佛的大菩萨。以三十二应身示现于三千大千世界，以便普度众生。世人只要虔诚念它，它便闻声而至，故称广大灵感观世音。它为世人所犯罪过而哭泣不已，这也许正是那位画家画悬崖上流泪观音的深意吧！

　　我凝视着牡蛎壳中的观音像，想起海水中千千万万只被捕后再被痛苦蹂躏至死的无辜牡蛎，慈悲的观音，焉得不为此痛心流泪呢？

铁树开花

据说铁树是不开花的。铁树若开了花，花谢时树亦随之枯萎。可是我家的铁树却开了花，而且花谢后，树叶却愈长愈繁茂。

这是千真万确的事实，那株落地门边挺拔的"铁"树，"铁"证如山。他——我不愿用"它"而要用"他"来代表，因为他像是能听、能说话的大孩子，和我息息相关。

话得从头说起。两年前，我在寓所的垃圾箱边，看见一株憔悴萎靡的铁树，歪歪地倒在一旁，盆子已破碎，树根泥土干裂，树顶上垂着两片嫩叶，在傍晚的斜阳中，奄奄一息。这必然是不爱惜生命与物力的美国邻居丢出来的。

我顿时心生怜悯，尤不能见死不救，马上费力地把他捧回屋子，急急去地下室找个空盆子把他的根按在里面，又求外子快去买一包新的营养泥土倾入，把周围压紧，再浇了浓淡合度的营养水，耳听他"吱吱吱"地像婴儿吮奶一般把水吸下去。然后把他摆到靠阳台的落地门边，这儿阳光并不直射，天花板上有一盏灯，晚上灯光正好照在铁树顶上。我低声对他默祝："你已有个温暖安全的家，希望你在历劫余生后快快活过来。"

第二天一早，就看见那两片幼嫩的叶子已经竖了起来，他真的活过来了。我好高兴，从那以后，总是摸摸泥土干了就浇水，浇到盆底渗出水来就停止。每周加一次营养水给他滋补一下。眼看树干四周高高低低爆长出许多绿芽，顶端的那两片嫩叶更长得如对称的丫角，十分顽皮可爱。那一份欣欣向荣，令人欣慰万分。树，原是多么有情，多么能接受人的关爱啊！

我原本没有照顾花木的"绿手指"，但这株铁树却给了我信心，就兴致勃勃地去花店买来几盆室内盆栽，摆在铁树旁边和他做伴。朋友送我一棵非洲堇，不小心折断一片叶子，我又细心将它培养出另一株来，母子俩年年盛开紫花，竟然一串接一串地四五个月也不凋谢，与高高撑开像一把伞的铁树相映成趣。

有一天，铁树顶上忽然冒出长长一根细枝，枝上结着累累的细白花苞，到晚上就全部开放了，散发出淡淡清香，我真是喜出望外。根本没去想"铁树开花就会枯萎"的这回事。花谢以后，我就把细枝剪去，用湿布擦净每一片叶子，轻声细语地对他说："你真乖啊！好好地长吧！我把你当孩子般地呵护，我们是心有灵犀一点通的。"

现在，我在书桌边写这篇小文，不时抬头远远地望着他，他似在对我点头微笑。寂静的书室，充满了暖意。

古语说："十年树木，百年树人。"我想，不论是树或人，不论是十年、百年，只要你付出爱心和关怀，世间的万事万物，总不会使你失望的。

闲　情

灯下阅读，时时有细黑如芝麻的虫飞来，在书页上盘旋，久久不去。这是室内盆栽上的小飞虫，有如不知晦朔的朝菌，十分可怜，因此我只用嘴轻轻将它吹去，不忍用手指掸拂，生怕用力过猛，会伤害微弱的小生命。但因灯光温暖，小虫飞走了又回来，不免感到有点干扰。转念一想，小虫也当有它享受灯光温暖的自由，何况这点空间也并非专属于我的，我若赶走它，岂不是我的自私呢？我再仔细观察小虫张开翅膀飞动，和停留纸面上爬行的安详姿态，实在非常可爱。这正是"万物静观皆自得"，我与小虫一样地享受了一分悠游的情趣。

大自然中，莫说是会爬的昆虫，会叫会跳的猫狗，就连一草一木，都有它们欣欣向荣的生机。我屋子里的许多盆栽，一年四季，绿意盎然。每于俯身浇水时，它们都似在对我点头微笑，送来阵阵清香。我不时摸摸那娇嫩欲滴的绿叶，深感与草木互通情愫的乐趣。

想起我孩子幼年时，于天真烂漫中流露一片爱心。他看到盛开的花朵时，高兴地用小手指在花瓣上轻轻点一下，却马上缩回来说："不要摘它，它会痛哟。"看到地上蚂蚁成群地搬运饼干屑，他绝不用脚去踩踏，只爬下来守着它们仔细地看，嘴里喃喃地念着："快快搬，快快回家看妈妈。"那一脸稚气的关怀，使我好欣慰。他念小学时，看到马路上无家可归的小狗小猫，就抱回来要求我抚养。惭愧

的是我没有收容野狗野猫的条件,工作又忙,只好把困难的理由婉转向他说明,他点头默然无语,却仍怏怏不乐好多天。

看他抱着不得不送到收容所的小狗小猫,轻声细语地对它说:"喊我哥哥呀,哥哥好舍不得你啊。"我心中真是不忍。幼小的心灵,怎能体会大人们现实的困难,怎能理解人世间总有许多的无奈呢?

每当他抱怨地说:"妈妈叫我爱护小动物,您自己却是说到做不到。"我总是无言以对。想想唐朝的穷诗人杜甫,但愿有广厦千万间,以接纳天下寒士,我也恨不得能有力量建一所动物收容所,使无家可归的小动物得以享受温饱。这虽是妇人之仁,多少也体会得一点天地好生之德吧。

儿子已逾而立之年,他那一脸的纯真稚气,仍与幼年时一般无二。他曾好几次问我:"妈妈,你为什么不养一只猫或一只狗呢?"

我说:"我未始不想养,只是现实困难重重。譬如出门旅游时,托谁照顾呢?我们年纪大了,自顾不暇,万一有病呢?"我又叹了口气说,"我还是跟满屋子的花花草草说话,也就乐在其中了。"

他听了歉歉地笑了一下,默不作声。他是否能体会得二老与花草说话时,所谓"乐在其中"的心情呢?

羁旅海外多年,老伴已经退休,在家时间多了。我们相看两"生"厌之余,常是坐对一室花草,反觉无声胜有声。我不免打趣地问他:"宋代词人说:'树若有情时,不会得青青如此。'你这个没嘴的葫芦,比树如何呢?"他笑答道:"树无情,才能常青。人有情,乃得白头偕老啊。"

琦君
作品精选

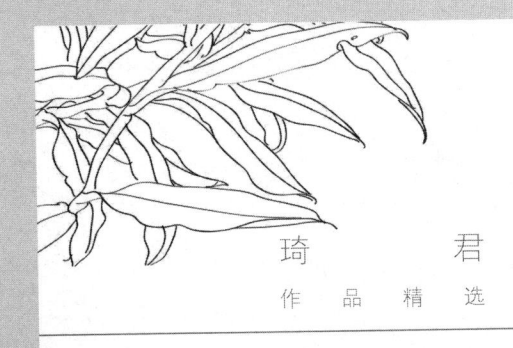

卷下

小说

琦　君
作品精选

橘子红了

1 乡下的家

书房壁上的古老自鸣钟,有气无力地敲了四下,我抬头看,指针却指的是五点。本来就是由它高兴的。但无论如何,我起码已经读了两个钟头的书。先生吩咐我做的读书笔记已用心做了。并将上午教过的《论孟左传》统统温习一遍,自己喜欢的《吊古战场文》更是背得滚瓜烂熟。那一片"平沙无垠"、"风悲日曛"的苍凉古战场,仿佛就在眼前,心头不免戚戚然。

光线有点暗,我想拉开抽屉取出蜡烛点上,却怕吵醒酣睡中的先生。他多睡一会儿我就多一会儿自由自在。我也怕抽屉里的蟑螂蚂蚁,那都是他吃剩的甜糕引来的。他说"一粥一饭,当思来处不易",所以什么吃剩的东西,都塞在抽屉里面。

先生教书很严,大伯特地把他请来盯着我教,是担心我在乡下会变成个野姑娘。其实我跟着大妈才不会变成野姑娘呢。大妈讲话斯斯文文,心地厚道,待人和气,她忧愁起来只一声不响捂着胸口喊心气痛,高兴起来也常给我讲古典,讲她年轻未出嫁前的事儿给我听。跟着大妈真是快乐。

我还有个六叔,在城里念师范。礼拜天总回来陪我聊天,带许多新文艺小说和杂志报纸给我看，他说这样思想才跟得上时代。六叔是大家欢迎的人，大妈也喜欢同他谈天说地。他穿一身笔挺的藏青学生装，梳西发，好英俊神气。长工阿川叔说他是"读书人"，读书人就是有肚才，连下象棋的架势都跟种田人不一样。

先生这几天伤风头痛，没有精神教我。他在灰土土的四方帐里睡得打呼。我索性把窗户关起来，合上书，蹑手蹑脚地走出书房，从走廊边门一溜烟跑到橘园里。顿觉眼前一亮，一股清新的空气直透心肺，古战场凄凄惨惨的景象马上消逝了。

抬头望远处，红日衔山，天边一抹金红，把一树树的橘子都照亮了。橘子还是青的，结得很密。六叔告诉过我，要把每一枝上小的橘子摘掉，剩下大的，才会长得又大又甜。我已经偷偷地摘过好几回，大妈知道了是舍不得的，她说那样会造孽。其实摘下来的晒干了可以泡茶喝，很香。大妈心气痛起来，一喝橘茶就好。

我走进园角那间堆杂物的小屋，找出个小竹篮挽在手臂上，就开始摘橘子。把一颗颗比黄豆大不了多少的青绿橘子摘下，丢在篮子里，嘴里数着："一双、两双、三双、四双、五双……"五双不就是十个吗？我是学着大妈，她数什么都是成双做对地数，数到单数，她一定说"多半双"，我偏说"多一只"。

我才数到十八双多一只呢，却远远听见大妈在走廊里喊："阿娟，帮我去鸡窝里捡蛋，我等着炒呢。"

我没作声，真不愿去鸡窝捡蛋。鸡窝在猪栏边，那股气味真不好闻。但是大妈连声地喊，我只好进去了。把篮子搁在厨房四方饭桌上，却忘了把橘子藏好，就去猪栏边捡蛋。捧着回来放在灶头一个大碗里说："今天只有两双半，小母鸡不肯生蛋。"

"五子登科。"大妈马上说，"不要乱讲小母鸡不肯生蛋，还没到时光呀！"

她又看看篮子问："你怎么又摘下这么多青橘子？"

"这都是长不大的瘝丁橘呀！"我顽皮地说。

"瘝丁"是阿川叔最最爱讲的，凡是长不大的都叫瘝丁。瘝丁仔、瘝丁鸡、瘝丁鸭、瘝丁橘。他说小孩子吃了瘝丁东西会长不大，只有瘝丁橘可以当药，清肺补气。他说大妈要多补气、要放宽心，心气痛就会好了。

大妈确实太会愁了，一年到头愁不完的事。愁大旱、愁台风、愁雨水多了谷子晒不干会长芽、愁母鸡老是孵不醒不生蛋、愁我这个宝贝侄女走路三脚跳，摔跤破了相。而顶顶愁的是在外路做官的大伯长久没寄信回来，那她就茶饭无心，心气痛起来，连瘝丁橘也不管用了。因此我总是很勤快地给大伯写信，提醒他要多写信回家。

尽管大伯的信只有三言两语，回回都是那几个文言字眼，西瓜似的在纸上滚，大妈双手捧着一遍又一遍地看，嘴角笑眯眯的。大伯的信，第一句总是"贤妻妆次"。"贤妻"，大妈一定是懂的，戏台上的相公常常喊"贤妻呀"！大妈说女人家一定要做一个贤妻，成全丈夫。她常唱"肩膀一边高来一边低，家中必定无贤妻"。我问她什么道理，她说："一个男人家连肩膀都不平整，走没走相，坐没坐相，不是浪荡子就是成了家没个贤德妻子。"我看大伯走路四平八稳，目不斜视，讲话一句算一句，确实是个君子，大妈就是贤妻。只是他很少有笑容，我很怕他。幸得他在外路做官，很少回来，我跟着慈爱的大妈，过得非常快乐自在。大妈比我亲生的娘还疼我。我爹娘在我四岁以前就先后过世了。娘在重病中把我托孤给大妈，是大妈拉扯我长大的。我一点也没觉得自己是个没爹没娘的孩子，撒起野来常常会害大妈心气痛，事后先生总命我跪在佛堂前认罪，还是大妈淌着眼泪一把抱我起来。阿川叔常常劝我要孝顺大妈，大妈自己没有生养，就我这个宝贝侄女儿，我再不听话，她就没有指

望了。

阿川叔又悄悄地告诉我,原来大伯在外面已经讨了二房,还说是个什么"交际花",长得真的跟一朵花似的漂亮,因此大伯就没打算接大妈出去。这件事,先生与六叔都早知道了,就只瞒着大妈,要我千万别说。我刚一听到真气得心都发抖。大伯怎么可以这样对糟糠之妻?这是欺骗,这是不忠实。但这些新式字眼,讲给阿川叔是听不懂的。他说大伯是为了子息,等生了一男半女以后,再告诉大妈,她是贤德女人,没有不肯的。我想想大妈既对我说过:"女人一定要做贤妻,成全丈夫。"料她知道了也不会跟大伯闹,只是心气痛一定会加重了。

六叔明明知道这件事,却没对我讲,我心里很气,有一次我问他,他说:"是有这回事,我不告诉你是怕你不开心,往后不愿多给大伯写信,或是在大妈面前不小心说溜了嘴,她知道了会伤心。"他又说:"大人的事,你就少管吧!世上有很多事是叫人感到无可奈何的。"他把"无可奈何"四个字说得很重,像一记记铁锤似的敲在我心上。从那以后,我常常会想到这四个沉重的字眼,好像自己长大了不少,懂得好多,对大妈也不忍心乱发脾气了。有时觉得年少英俊的六叔,脸上也会有一副无可奈何的神情,他比我大四岁,自然比我懂事得多了。

2 疑 团

我守在灶边看大妈把一大碗韭菜炒蛋炒好,帮她端上桌子。还有干菜煨肉、红烧黄鱼,一碗碗都香喷喷的,摆得端端正正。我奇怪俭省的大妈,怎么今天一下子烧好几样荤菜,像是要款待客人的样子,却又没见有客人来。过了一会,才见阿川叔带了一个陌生男人从后厢房出来，一声不响坐在饭桌边的长凳上。我奇怪地看着他，他一对白多黑少的眼珠到处乱转，像是要把什么都看个明白。渐渐地眼神落在我身上，咧了下嘴问我："你是大小姐吗？今年几岁了？"

我真是好生气，怎么这个人这样粗里粗气的，我顶顶讨厌别人叫我大小姐，他又怎可随便问我几岁。我没理他，一转身就走出厨房，心里好纳闷，大妈怎么会请这样一个客人到家里来？阿川叔又怎么会带他来呢？我一个人坐在厅堂里生闷气，还听大妈在热络地招呼他多吃菜，多喝酒。有些话，声音放得很低，我就听不清楚了。对于大妈与阿川叔，我一直是那么亲昵的，但今天他们这样神秘兮兮的行径，真使我懊恼万分。

那个人走后，大妈把我叫到面前，和颜悦色地说：

"阿娟，代我写封信给你大伯，不用多写什么，只说园子里橘子快红了，请他回来尝新。"

我眼睛瞪着搁在一边篮子里的瘪丁橘，奇怪地问：

"橘子才跟豆子似的，怎么说橘子红了呢？"

"阿娟，你大妈叫你怎样写，你就怎样写，你大伯看得懂的。"阿川叔在旁插嘴道。

"我不写，"我生气地说，"你们在打什么哑谜，一定有什么事不告诉我，你们不说明白了，我就不写。"

"没有什么事要瞒你的。你先把信写了，让阿川叔好早点送街上赶邮差来带走。晚上睡觉时我再一五一十对你讲。"然后又转脸向阿川叔，"猪栏边都打扫干净了吧？后门竹篱笆上的双喜贴好没有？"

阿川叔兴高采烈地说："都弄好了。"

真怪！又不是过年，打扫什么猪栏，又贴什么双喜。

我嘟着嘴，把只有两句话的信写好封好，递给阿川叔，他拍拍我的肩膀，做个鬼脸，把信塞在口袋里走了。

我迫不及待地要大妈告诉我究竟是怎么回事,那个陌生男人又是谁,她为什么要那么礼貌地招待他。但是大妈洗刷完厨房以后,还一直在忙,最奇怪的是她把厨房对面的一间厢房收拾得干干净净,床上已铺好崭新的被褥和一对挑花枕头。桌子上摆了梳妆盒,水绿缎子镜盖上的麒麟送子是大妈自己绣的嫁妆。两边一对插好红蜡烛的烛台。把这些东西摆出来做什么?要招待什么客人呢?却为什么要在这偏僻的厢房里呢?为什么要点上一对红蜡烛呢?我真是越想越奇怪。

怀着种种疑团,我反倒不愿多说话,闷声不响回到楼上卧房,却见床边小几上摆着一对闪亮的绞丝金手镯,一副珍珠耳环,用红纸垫着。这些都是大妈的首饰,她从来不戴的,今天取出来做什么呢?

我呆呆地望着菜油灯,焦急地等大妈上楼来。大妈终于上来了,她看我一脸气鼓鼓的样子,就拉我在床沿上靠着她坐下,喜滋滋地说:"我们家明天要进人口了。"

"进人口?"我有点猜到,大妈要做一件惊天动地的事了,但是我还是不明白。

"我要给你大伯讨个小——一个三房,说定了,明天就进门。"大妈一个字一个字慢慢地吐出来,一点也不激动,我却惊呆了。

"大妈,好奇怪,你怎么会想到做这么一件事?大伯人都不在家呀。"

"不要紧的,先接进门来,等个把月,大伯就会回来了。"

"你叫我写橘子红了,就是这回事吗?他怎么就懂呢?"

"是他写信给城里的叶伯伯,叫阿川带口信给我的,让我只要这么说就是了。"

"那么是大伯要你代他讨的啰!"我想起那个交际花,大伯怎么还要讨一个。

"哦,是他叫我代他访个清清白白的乡下姑娘,身体好的,早点给他养个儿子。"她又抿嘴笑了一下说,"我拣的人,早点给他养个儿子,我也安下了心。再说,那个交际花也威风不起来了。"

"大妈,你说什么交际花?"我又大吃一惊。

"你大伯在外面早已讨了一个二房,去年我到城里城隍庙进香,叶伯母就对我讲了,叫我别生气。我生什么气呢?自己肚子不争气嘛。但是那个二房进门两年多了,也一点动静没有。你大伯年纪一年年大了,两房就只你一个女儿,子息还是要紧的。大伯带口信托了我,我就要尽心给他办。阿川起先还当我不知道有二房的事,我告诉他我早知道了,他也说再给大伯讨一个。"

原来大妈早已经知道大伯讨了二房,她却一点不动声色,我真是奇怪她的一颗心怎么容得下那么多。我说:"那个人真是交际花,那一定很漂亮吧。"

"不会养儿子,再漂亮的花又有什么用?"

"这个姑娘是怎样的一个人呢?你见过了吗?"

"是我自己去当面相亲的。很体面的一个姑娘,人又忠厚。今天来吃晚饭的就是她哥哥,不过不是一个娘养的。她娘是填房,她爹死了,她娘就改嫁了。剩下她跟哥嫂在一起,我看她日子过得不会如意的。哥哥嫂嫂什么事都叫她做,还嫌她在家吃闲饭。又嫌她命硬,定了亲,新郎不久得痢疾死了。这样的望门寡,连做填房都没人要,只有做偏房的。我打听了她家左邻右舍都说她又勤快又规矩,就叫阿川去说媒,她哥嫂一听就愿意了,说好五百银圆当礼金,以后两家就不来往了。"

"五百银圆就算买断了。"我不禁叹了口气,"你问过她自己愿不愿意呢?"

"他们不是她亲哥嫂,进我们家,在我身边还会给她吃苦吗?"

想起那个来吃晚饭的男人,样子好讨厌,原来今天就是来取银子的。我又问:"她今年几岁了?"

"十八岁,比你大两岁。"

"比我只大两岁呀。"那么年轻的姑娘,就给人做小,我想想自己,专门请个先生教我读书还不肯用功呢。代她想想,心里好难过。又想到自己没有姐妹,她虽是大伯的偏房,却就跟姐妹一般,今后有了个伴,不由得又高兴起来。

"我叫她什么呢?"我问。

"叫她姨呀。"大妈说,"辈分总在那里的,你们一定会很要好的。"

"一定的。"我还没见到她,就已经喜欢她了。但一想到大伯那副严肃的神情,心里不禁又打了个战,连忙问:

"您说她跟在您身边,如果大伯要把她带出去呢?"

"不会的。那边的老二哪会容得下我给讨的人?姑娘就跟我住在乡下。你大伯一年回来住一阵子就好了。"

大妈说得眉飞色舞,好像自己在收个干女儿,或是讨个儿媳妇,一脸的喜乐,又好像一切都由她安排得顺顺当当的。我指着小几上的金手镯与耳环问,"这是给她的吧?"

"是啊!"她说,"她什么也没有,小姑娘嘛,总得让她体面点,我这些首饰也都是不戴的,看你们年轻的戴了就高兴。"

大妈的慷慨,真使我感动,我也真替这个未见面的姨庆幸。我又问:"她叫什么名字?"

"她叫秀芬,凑巧和你都有个秀字。日后让大伯给她改个字眼吧!"

秀芬、秀娟,我们相差又只两岁,真像姐妹。但是她是大伯的第三个妻子,她要跟一个像她父亲一般老的男人过一生一世,却又不能经常在一起,我心中又不由得为她担起沉重的心事来。也有点怪大妈,她一厢情愿地制造这么一件古里怪气的事,安排了一个年轻女孩的命运,究竟是怜惜她,还是害了她呢?我心里七上八下的很乱,我一定要把这事对我所敬佩的六叔讲,听他有什么意见。

我又想起阿川叔打扫猪栏的事,还没来得及问呢,大妈就说:

"你不知道这孩子命多苦,算命先生说她八字太硬,做新娘一定要从猪栏边进来,对男家才会吉利。新娘衣服外面还得罩件黑布衫,跨进猪栏边门,把黑布衫脱在门外,晦气也就拦在后门外了。算命先生的话,不信也只得信,总是小心的好。"

听到这里,我越发同情这个苦命的秀芬。但愿她进入我们的家门以后,能享受家庭的温暖与幸福,永远脱去了那件象征晦气的黑布衫。

3 新 娘

竹篱笆外的鞭炮响起时,天已经黑了,我换上一身新衣,站在门里,闻着猪栏的臭味,眼巴巴望着那乘小竹舆里走出一个黑黑的小人儿,由阿川叔扶着。走到竹篱笆边,阿川叔就帮着把她的黑罩衫脱下,丢在外面。在鞭炮的火花与摇曳的烛光中,她真像一朵艳红的鲜花,从浓密的叶子里冒出来。我上前伸手牵住她,她怯怯地望着我,马上低下头去。她是从暗暗的夜分中来的,但带给我的是绚烂与喜悦,当我与她一握手之间,我们就通了情愫,我好喜欢她。

大妈与我牵她一路走进布置好的厢房,在床沿上坐下。我呆呆地看着她,她穿一身粉红色袄裙,不太合身。乌黑的头发、梳一条粗辫子,几丝刘海从前额挂下来。脸颊红红的,但不是胭脂颜色,

嘴唇点了一点樱桃红，饱满的脸蛋像个土瓷娃娃，逗得我只想跟她说话，我就说：

"我的名字叫秀娟，我知道你叫秀芬，但我得喊你姨。"

她有点吃惊，定定地看着我。大妈正端来莲子红枣汤叫她吃，她只喝了几匙汤。放下碗，抬眼望着一对高烧的红烛，眼神里忽然露出一分迷茫与畏缩，我马上说：

"家里只我一个女孩，很孤单，我们会是好朋友的，我大伯不久就要回来了。"

她立刻又把头低下去。羞怯中带着一丝忧郁。由于大妈已经对我讲过她的身世，我好像已经能明白她的心事，就不要与她多说，只默默地陪伴她。

照着大妈的吩咐，我就陪她睡在厢房里。第二天一早，我要去书房读书，先带她到厨房见大妈，一同吃早餐。大妈正在桌上摆开五个碟子，是带壳的花生、红枣、桂圆、柿子和梨，嘴里喃喃地念着："利市利市，早生贵子。"点上蜡烛，笑嘻嘻地对秀芬说："你先拜灶神，再拜祖先。往这一刻起，你就是我们家里的人了。"

秀芬听话地在地下铺好的席子上跪下拜了三拜，再拜了三拜。对于跪拜，她好像很熟练的样子。拜过以后，收了碟子，才吃早餐。我平常每顿早餐要吃一个夹豆沙的大麦饼，可是今天兴奋得吃不下。秀芬一口也不吃，只喝了一盏茶。大妈给她换了衣服，我就带她到书房。先生已经老早起床念了经，坐着闭目养神。我们进去时，他连眼皮也没抬。秀芬看见他，呆了一下，忽然喊了一声："校长！"我吃了一惊，问她：

"你怎么会喊他校长，你认得他？"

"我在小学里读书时，他是我们校长。"她低声地说。

先生睁开眼来，看看她，点下头说："学生太多，校长认不得学生了。"

原来先生是在乡村小学当过校长的，六叔也是他的学生。我马上对秀芬说："我有个六叔，是乡村小学毕业的，现在城里念师范，你们应当是同学了。"

"同学那么多，已经是好几年前的事了，不会记得。我没有毕业就休学了，你六叔叫什么名字呢？"

"他的名字叫周平。"

"周平，噢，大家都记得他，他年年是全校功课品行最好的学生。我比他低两班，但是因为他对低班同学都很和气，大家都喜欢他。"

先生听得连连点头说："你六叔是个出色的好学生。"

先生除了教课时严厉如老虎，平时对我还是很和蔼的。大家这么一说，我顿觉与秀芬的感情又亲了一层。我真希望六叔快快回乡下来，快快见到秀芬这个老同学，一定很高兴的。

盼到星期六，六叔回来了。他又给我带来两本新文艺小说，我先藏在厨房抽屉里。大妈马上高兴地说："阿平，我们家多了个人了，她名字叫秀芬。你现在先叫她秀芬不要紧，以后再改口好了。"

秀芬一双充满兴奋喜悦的眼神望着他。六叔有点摸不着头脑，不知说什么好。爽直的大妈开门见山地说：

"秀芬是我给你大哥讨的三房，前几天刚进门的。如今阿娟有个伴了，你大哥不久就会回来。"

这件事，对新脑筋的六叔是一个震惊。一个女孩子的婚姻大事，就这么简简单单可以决定的。他不好意思地看了一眼秀芬，却似乎并不认得她是他低班同学。大妈上楼去以后，我和六叔、秀芬就一起到厅堂里。我忍不住地说：

"六叔，秀芬姨和你是同学呢！她记得你的名字，你是全校的模范生。秀芬姨来我们家，我也不知大妈做得对不对。"

六叔好像没听见，只顾盯着秀芬看。秀芬怯怯地说：

"我是低班小萝卜头，你记不得了。但有一回，我在学校后面山上采山楂果跌下来，额角跌破了，流好多血，是你看见把我带回来，还给我贴上纱布棉花的。"

六叔想起来了，把她从头看到脚，看得秀芬不好意思起来。他说："你长大了，一点不像那时的小——"他没说小萝卜头，又不能说小妹妹，就没有说下去。

六叔回忆起在学校当自治会会长，举办许多活动的事。有一年校庆，他和同学设计了许多游艺节目，先生还请了县长来演讲呢。秀芬也想起来了，她说她那次是扮演葡萄仙子里的小草，浑身贴满了绿绉纸条，举起双手摇来摆去的，虽然不是主角，也好开心啊。

我们谈得好高兴，连先生都特别和气起来了。六叔当天要回去，答应下星期再来，带我们爬山去。

可是六叔走后，先生又回复了严肃的神情，教完我书以后，趁秀芬不在旁边，他对我郑重其事地说：

"秀娟，玩是玩，读书是读书，你可不能因为有了秀芬这个伴儿，心就散漫了哟。"

"不会的，先生，秀芬也喜欢读书，我们一同读。"我说。

"你倒是可以教教她读点古书，看她很文静很聪明的，真可惜了，她没有你命好，可以读书。"他当然指的是秀芬只能做大伯的偏房。先生是有学问的人，怎么也相信命呢？

"她只要肯读书，在我们家，一样可以一步步读上去呀。大伯一定会很喜欢她的。"说出"喜欢"两个字，我忽然觉得有点怪怪的。大伯连一面还未见到她，怎么会喜欢她？他喜欢她，跟喜欢我这个侄女，心中的感觉有什么不同呢？秀芬现在就像是我姐姐，她见了大伯，会觉得怎样呢？我一想起心就乱，只好暂时不想了。我有点盼大伯回来，又有点希望他别那么快回来，因为他一回来，秀芬就不是我姐姐了，也不知秀芬心里是怎么个想法。

4 盼 待

  大妈已经把一对金手镯和一对耳环早给了秀芬。她没有戴，用手帕包了塞在枕头下面。白天她帮大妈在灶下添柴火，连大妈给她做的新衣服都不穿，只穿家里带来的白底蓝花旧布衫，我刚好穿的是蓝底白花的，两个人同出同进，真的跟姐妹一般。大妈疼她，也真跟疼女儿一般。

  晚上，我们回到厢房里，我就把比较浅的《模范青年》拿给她念。她虽只念到四年级就退学了，但认得的字很多。她说她一直背着哥嫂偷偷看书，有一次，被嫂嫂看到，书都给她烧掉了。说起哥嫂来，她就叹气。她边说边伸手从枕头底下把手镯摸出来，抚弄了半天说：

  "你大妈对我真太好了，她花了那么多钱把我要过来，还给我金首饰。她那么和气地待我，我在家里一看见她就愿意跟她，跟她一辈子。"

  "你也要跟我大伯一辈子的。"我捏着她的手说。心里却怅怅地想："你若做大伯大妈的女儿该多好呢？"

  她迷茫地望着我，又有点怯怯地说："我哪里知道他要不要我呢？"

  我不知该怎么回答，只好安慰她说："大伯是个读书人，就是有点严肃。先生说他是正人君子，正人君子总是比较严肃的。"

我心里却想起了那个漂亮的交际花姨太，正人君子怎么会等不及地娶个交际花呢？但我绝不能告诉秀芬，害她担心，我要让她对大伯有个最好的印象。

在等待大伯回来的日子里，我相信秀芬心里一定是忧喜参半。我虽比她小两岁，但因为吃过很多次喜酒，新娘的各种不同神情见过很多，但没有一个是像秀芬这样特别的。她没有坐花轿，没有在热闹的吹打里和新郎拜天地，入洞房，第一夜却是和我这个侄女同衾共枕。她是被摆布着进入一个陌生的家，却意外地享受到家的温暖的。她的身份是这样的特别，我但愿她能一生一世快乐。但是她的前途茫茫然，我与她的情分也是茫茫然。还有六叔，他与她竟然凑巧是同学，如果她在一个幸福的家庭里长大，也能上中学的话，他们会不会再见面，而成了朋友呢？我不能往这样想了，这样想下去就会很难过。六叔常常喜欢说的两个字就是"怅惘"，我想那样就该叫作"怅惘"吧。

我与秀芬常在橘园里玩。橘子一天天长大了，有许多已经转黄，慢慢会红起来。我想起大妈叫我给大伯写的信，他该回来了呀。已经有一个月了，大伯迟迟不回来，一定是那个交际花已经知道了，拦住他不让他回来。大妈也露出焦急的神情，又不敢再去信催他，只托阿川叔去城里向叶伯伯打听，还没回音呢。

在橘园里，秀芬时常数橘子，一株株树数过去，她也是"一双、两双、三双"地数，我笑她这种数法，她说："我是看看，多少株树的橘子是单数的，多少株树的橘子是双数的。"

"你在边数边暗暗地许愿心吧！"我打趣地说。

"我许什么愿心呢？什么事也由不得我啊！"

晚霞映照着她的脸颊，她是这样的青春美丽，我觉得她实在应该有幸福的一生。但她对自己没有一点期望，只是依顺着命运的安排，无怨无尤。而安排秀芬命运的究竟是谁呢？难道是好心肠的大妈吗？大妈只为要做一个贤妻，成全大伯的愿望，在我们这个地方的风俗，也完全不用考虑两个人年龄差别的问题。如果秀芬不进我们家门，她将被兄嫂逼到怎样一个地步呢？如此想来，秀芬还算幸运的吧，所以她就这么安安心心地等待着。

橘子一天比一天红了，秀芬一天比一天美丽活泼起来，我也一天比一天更爱怜她了。她并不知道我代大妈给大伯的信里是怎么写的，如果她知道的话，她一定会心焦的。因为橘子红了，他该回来的。

5 六 叔

六叔下乡的次数比以前勤了。除了星期天，有什么纪念日放假他都回来。每回都带好多零嘴，我知道他现在不是只带给我一个人吃的了。他也总记得给大妈带供佛的大苹果与大雪梨各一个，那都是从外路来的。供了佛与祖先以后，大妈总仔细地削了皮，切开来给大家分尝。阿川叔就会边吃边批评，"这种洋水果，酸酸涩涩的，还没有我们田里的甜山薯好吃呢。"六叔虽然觉得阿川叔土，但却非常敬重他。对我说阿川叔对主人的忠心耿耿，就跟旧小说里的老家人一样，要我好好听他的话，帮他做些轻便的事。大妈更是倚他为左右手，大小事儿，都要和他商量，他决不定的，才请教先生。先生拨着念佛珠，说一句、算一句。六叔也很佩服他的判断力与威严，只有娶进秀芬给大伯这件事，大妈竟然没有跟先生商量，就和阿川叔悄悄决定了。若是和他商量的话，他一定也说"不孝有三，无后为大，应该的，应该的"吧。

这件事，只有我和六叔，心头总像有个解不开的结。但是看六

叔回来次数多了，又那么兴高采烈陪我们讲故事、下棋、散步、游玩，我心里竟萌起一种奇妙的念头，却又像犯了大错似的，立刻打消。可是有一天，我所看到的情态，使我感到我那奇妙的念头，已不容打消了。

那一天，六叔陪我和秀芬在橘园的小屋里聊天。这里是我们的安全港，人迹罕至，我偷看小说总是在这里。六叔把窗户打开，让下午温煦的阳光透进来，我正在剥一个酸橘子想尝尝看，却看六叔从口袋里摸出一个苹果，一个雪梨，再摸出一把小刀说："我来把苹果削了大家吃。"却把梨放在秀芬面前说："这个给你。你一个人吃。"

"我不要吃一整个，也大家分来吃嘛。"秀芬说。

"不，不要分梨，你懂吗？"

他们四目相望，秀芬当然懂，我也懂了。可是我心里忽然一阵酸楚，手里正剥着的橘子也跌落地上了。

六叔又就着阳光，仔细看秀芬的鬓角，低声地说：

"那次你跌伤，额角上是不是留下一个小疤？"

"有一点点，我用刘海遮住了。"秀芬半低着头。

"让我看看。"他把身子靠近过去。

秀芬只是向后躲，我忍不住低喊了一声"六叔"，他微微吃了一惊，身子缩后了。我心烦意乱地说：

"我们回屋里去吧，该帮大妈做晚饭了。"

六叔的神情顿时黯淡下来，我知道是他自己心里难过，绝不是生我的气，他知道我是那么的喜欢秀芬的。这就是他常常说的一种"无可奈何"与"怅惘"啊！

我们三人默默地回到厨房里，却发现大妈和阿川叔的神色跟平时不一样。大妈已把菜烧好，端上饭桌，轻声对我和秀芬说："让阿川叔和六叔先吃饭，六叔要搭晚班汽船回城里去的。"

六叔并没说要当天回去呀，但我不敢问了。大妈把我和秀芬叫到厨房里，从抽屉里捧出一些挑花手工，摆在桌上，柔声对秀芬说："听说你会绣花，这种挑花你一定也会吧。空下来就在屋里做做手工，阿娟做完功课也会来陪你，教你读书认字的。说实在的，女人家少认几个字也好，像我这样的，心里头清静，什么也不想了。"

大妈的意思，明明是要秀芬尽量不要和六叔接近，但我又怎么能怪她呢。秀芬低下头，泪眼盈盈，一声不响。大妈走后，我们紧紧捏着手，两个人都哭了。

六叔往后就没再下乡来，礼拜天变成了我们最寂寞、最不快乐的日子。我带秀芬在书房里闷闷地读着书，先生把念佛珠啪答啪答拨得好响，响得我心更烦，但又不敢对先生抱怨。他那一对深湛的眼神，似已洞察一切，却闭上眼睛，有意无意地讲一些三从四德的故事给秀芬听，听得我只想大喊："请你不要讲了，不要讲了。"但我能喊吗？回头看秀芬，她的脸平平板板地，一点也看不出来有什么心事，只是静静地听着。她原是个心甘情愿服从命运的人啊！

阿川叔还悄悄地对我讲，大妈在那天晚饭以后，只对六叔讲了一句盼大伯早点回来和秀芬成亲，免得秀芬心不定，六叔就懂了，马上说以后不常回乡下来了。阿川叔夸六叔是个"坐怀不乱"的真君子，他很敬重他。"坐怀不乱"是他从"宝卷"上学来的词儿，他记了很多词儿，用起来都很恰当。他说六叔去埠头上汽船时，告诉他师范毕业后马上去外地教书，希望我用功读书，好好待秀芬。我听着听着，眼泪一颗颗落下来。我常常看悲剧小说，边看边落泪。如今这幕悲剧没开头就结束了，秀芬往后没有再哭，我也不要再伤心了！

每个夜晚，秀芬都把菜油灯芯挑得高高亮亮的，全神贯注地挑起花来，挑的是双仙和合，给大伯的枕头。她低着头，不说一句话。有一次，她忽然停下针，笑眯眯地对我说："我忘了告诉你，在小学读书时，我们低班同学，都喊你六叔周平大哥的，他对同学真好。"

在摇曳的灯影里，她的眉眼妩媚动人，但又似有一丝闪烁的泪光。她心里在想什么呢？难道她还是在一心一意地等待她那个未见面的丈夫——我的大伯吗？

我做完功课，还是喜欢与秀芬到橘园里，坐在矮墙头，她看一回《模范青年》故事，就抬头数橘子，又是"一双、两双、三双"地数。有一回，我忍不住说："若是成双的，就是大伯要回来了。"

她捶了我的肩膀一拳说："我又不是等他。"

"大妈已经托城里的叶伯伯去信催他了。他大概公事太忙，脱不了身。"我安慰似的说。

"催他作什么呢？我这样和你过日子很快乐呀。"

她说的实在是真心话。如果没有大伯夹在我们当中，我们不就是情投意合的姐妹吗？从她来以后，我就从没喊她一声姨，总是秀芬秀芬地喊她。但是大伯回来以后，就不一样了。我还能喊她名字吗？

6　橘子红了

大伯总算回来了，真正是在橘子成熟、红透的时候。他没有失信，大妈更没有骗他。

大妈早两天就忙着布置正屋那间最好的房间。铜床的罗帐是全新的，枕头被褥都是熏过芸香的。知道大伯喜欢鲜花，叫阿川叔把两盆兰花端进去放在茶几上。茶壶茶杯烟灰缸都摆齐全了，才把贴了双喜的门帘放下，叫我不要再进去。这就是大伯和秀芬的新房，秀芬要成亲了。明天起,秀芬就不再和我睡在厢房里,我们不再像姐妹似的,同出同进,我也不能再秀芬秀芬地喊她名字了。我心里像失落了什么似的,非常不快乐。

秀芬一整天都很慌乱的样子,总是低着头,连饭也没好好吃。大妈叫她换上那套粉红色的新娘袄裙,给她辫子上插朵红花,戴上耳坠和手镯,叫她静静地坐在厢房里,不要再走来走去。我呢,像没头苍蝇似的乱飞,心里好紧张。大伯原是我最亲的长辈,他虽严肃,我仍是很盼望见到他的。但这会儿却像迎接一个生客似的,有一点好奇,又有一点陌生。

大伯到家已是掌灯时分,轿子停在大厅堂里,他慢慢地跨出来,大妈迎上去,两个人满面笑容。大伯在特别为他摆好的软椅子里坐定以后,我才上前去请安,他拉住我的手,端详我半天,笑嘻嘻地说:"阿娟,你又长高了,字也越写越好了,我很高兴。"我也不知说什么好,就退在一边,心里在焦急地等待着一幕特别情景的出现。回头一看,大妈已扶着秀芬,双手捧了一个茶盘,慢慢走出来,走到大伯面前,一只手把盖碗端出放在茶几上,低声喊:"老爷,喝茶。"大伯漫不经心地朝她瞄了一眼,马上把脸转开了。秀芬的头垂到胸前,一转身,快步踅回里面厢房去了。

这就是新郎新娘的见面礼了。我的心正在狂跳,仿佛一个小心捧着的瓷盘突然掉落在地上似的,既气恼又失望。气大妈为什么要秀芬出来端茶给大伯,她为什么不把他们双双送进洞房呢?

我急匆匆走进厢房,看秀芬坐在床沿上发呆,使劲扭着手帕。我在她身边坐下,也是呆愣愣的。秀芬忽然掩面哭起来,哭得声音很大,我赶紧把房门关上,让她痛痛快快哭一阵,才低声对她说:"大伯人很和气,你不要哭了。大妈知道了会生气的。"

她泪眼婆婆地望着我,抽抽噎噎说不出话来。她左等右等,等

到了大伯回来，今天是他们成亲的日子，她却这样伤心。我知道新娘子出嫁的那天都会哭，因为离开亲人，到了一个完全陌生的家中去，怎么不害怕呢？秀芬的爹娘早去世了，她一定是想起他们，不由得伤心吧！

厢房床上的被褥都已拿走，一对烛台也搬到大伯房里。从今天起，我不再陪伴秀芬了。心头空落落的，很不快乐。但我得做出喜气洋洋的样子，帮大妈端菜祭祖，帮阿川叔点燃鞭炮。大妈连声说："百子炮、百子炮，百子千孙五代荣。"

大伯同秀芬拜了祖先，他们入了洞房了。

我蜷缩在大妈身边，好久都睡不着，大妈也老在翻身，还听见她轻轻地叹气，我心里有很多话想问大妈，又不知怎么开口才好，只说："明天起，我真要喊秀芬姨了。"

大妈说："你早该喊她姨的，这是辈分。"

这个辈分，就把秀芬同我隔开了吗？不会的，我们心里仍旧是姐妹。明天，我一定找个机会同秀芬讲。

第二天一大早，我就醒了，想起厢房里还有几本给秀芬看的《模范青年》，就跑去拿，却看见秀芬已经坐在空空的床沿上发呆。我吃惊地走过去，挨着她坐下，低声喊她"秀芬"，却喊不出"秀芬姨"。我问她："你怎么跑到这里来了？"

她的脸颊红红的，眼中汪着泪水。想起她端茶给大伯的胆怯神情，昨夜却把他们关在一个房间里，他们就算是夫妻了吗？那么大伯同大妈，是不是也算夫妻呢，我真是弄不明白。我忍不住问：

"你昨夜也睡在那张铜床上吗？"问的时候，我的心不禁狂跳起来。

"没有，"她咬了下嘴唇说，"我睡在那张藤椅上。"

"啊呀，那不是要冻出毛病来吗？"

"他拿了条毛毯给我盖上，我没有觉得冷，我是和衣靠着的。"

"就这么靠了一夜吗？"我自己都不知道为什么要穷根究底地问。

"是呀，他劝我上床，我不肯。"

她连声说"他"，他就是新郎，我那严肃的大伯。他怎么会同一个只比我大两岁的女孩关在一间屋子里，还要劝她上床去睡，我真有点气他，又替秀芬叫屈。秀芬睡在藤椅上是对的。

"你不要告诉大妈，她会生气的。"她说。

"我才不说呢，但是你会一直睡在藤椅上吗？"

"我也不知道。我真怕他，他一句话也不对我讲。"

"大伯本来就不大讲话的，但是他心里很慈爱，他很疼我的。这次大妈要我写信催他回来，全是为你呀。"

她有点羞赧地低下头，喃喃地说："你大妈对我讲过，要好好侍候他，我会的。"

她说"侍候"两字，显出一副死心塌地的神情。我握着她的手说："往后，当着大伯大妈，我喊你姨，我们两个人时，我还是喊你的名字。"

她笑了起来说："好奇怪，怎么喊我姨呢？"

"一喊你姨，我们就没这样亲了。"

"不要这样讲，我心里好难过。"

"大妈说，这是辈分。"

"什么辈分呢？我心里倒觉得，你大妈像是我的亲娘，偏偏的……"

她说不下去，我知道她心里真的很难过，但又有什么办法。大妈说是她八字注定要做年纪大的人偏房，代他生儿育女。我知道，秀芬以后会与我越离越远了，有大伯在她身边，她不会像以前一样，与我同出同进，什么心事都跟我讲了。

果然不出我所料，秀芬渐渐地有点躲开我，见了我，总是羞羞涩涩的，像要与我说话，又像想不起要说什么似的，找个理由走开了。她一天到晚忙进忙出，侍候大伯起居饮食，无微不至。虽然都是大妈事先教导她的，但她对一个原先完全陌生的男人，侍候得这般周全这般体贴入微，也真令我吃惊。

她也比较喜欢打扮了，每天把辫子梳得光光亮亮，两颊红扑扑的，小嘴唇上还抹了一点胭脂，笑起来格外逗人怜爱。看来大伯是非常喜欢她，因此，她也放了心，也喜欢起大伯来了。我实在应该替她高兴，就像大妈似的，时刻关怀地体察着这一对老少夫妻。但我心里仍有一份惴惴不安的心情，担心大伯很快会走，又担心那个交际花会知道这件事。

大妈每天叫秀芬在橘园里采下两个最最鲜红的大橘子，装在一个玻璃盘里，先供了佛，再拿给大伯吃。

大伯坐在廊前看书，秀芬就站在旁边，把橘子剥开，一瓣一瓣递给大伯，大伯心不在焉地接过来放在嘴里嚼着，我站得远远地看一会儿就走开了。

橘子红了，大伯回来了，他又有一个新爱宠了。他们现在看上去那样幸福，但我忽然想起先生教我的两句诗："从来好物不坚牢，彩云易散琉璃脆。"大伯总要再出门的，他会带秀芬去吗？如不带她去，秀芬仍会回复与我过姐妹一样的快乐日子吗？

有一天，大伯去城里看叶伯伯了。秀芬在打扫大伯的房间，我忍不住走进去轻轻喊了她一声姨，她正在对着镜子端详自己，听我这样喊她，回过头来很不好意思地说：

"不是说不当着他们的面，你仍旧喊我名字吗？"

"我总觉得你和以前不一样了。"

"没有啊！"她有点难为情的样子。

"你不再睡在藤椅上了吧?"我期期艾艾地问。眼睛望着那张讲究的铜床和并排摆着的一对挑花枕头。

她的脸羞得通红的,低下头去没有作声。

"你说话呀!"

她抬起头来时,却是盈眶的泪水,我吃惊地问:

"你怎么哭了?我看你蛮快乐的嘛。"

"我心里总是酸酸的,他回来以后,你好像不大要理我了。"

"哪里是我不要理你,是你没心思跟我说话了。但我很替你高兴。我问你,大伯对你很好吧。"

"他很慈爱。"

"慈爱?你说他对你是慈爱?"

"是啊!他问我家里的事,我都跟他说了。他叫我安心跟着大妈,好好过日子,她不会亏待我的。"

"他有没有说带你跟他一起去外路?"

"没有,我也不要去。"

"你喜欢我大伯吗?"我的意思是:"你爱他吗?"但那样问法太新式了,我是从六叔借给我的小说上看来的。我不能那样问,问得我自己都会脸红。

"我也说不出来,白天里伺候着他,常常觉得他像是我最亲的长辈。但有时半夜醒来,觉得边上有个人对我这样亲近,这样好,我又觉得终身有了依靠。但我担心得很,担心他很快就要走了。"她眼圈儿又红了。

"他不会很快走的,走了也会常回来的。他不在家时,我们俩在一起仍旧会很快乐的。"

"那自然啰!"停了半晌,她忽然问,"阿娟,六叔怎么这一阵都不回来呢?他大哥回家,他怎么也不下乡来看看他?"

我心里一怔,她怎么还念着六叔。但我知道六叔不下乡来的原因,只好淡淡地说:"他功课太忙,大伯去城里在叶伯伯家,他就会去看他的。"

我也不由得记挂起六叔来。一下子就感到无精打采的,对秀芬说:"我要回书房读书去了。"

"阿娟,"她喊了我一声,悄悄地说,"你若写信给六叔,也代我向他提一句。"

"说什么呢?"

"劝他读书不要太辛苦,礼拜天也来乡下玩玩。"

我点点头,但我没有给六叔写信,也不想要他下乡来,六叔的性格我知道,他是不会回来的。

7 别

大伯从城里回来,才过了四天,竟然告诉大妈说要走了。算起来他回来一共不过半个多月,大妈原说是要待两个月的,大伯忽然提前走,她真感到意外又失望,我也是一样。看看秀芬,她一下子就像失魂落魄似的,双颊的红晕也没有了,辫子松松散散的也无心梳理。她从来没有正眼看大伯,总是用祈求的眼神看着大妈,仿佛只有大妈才会留得住大伯。但大妈何尝留得住他呢?他是个一向自作主张的权威男人,他说一,大妈还能说二吗?

他动身的前一天,大妈特地烧了几道好菜,又温了壶陈年老酒,要秀芬也上桌陪大伯一同吃,平常她都是站在旁边侍候的。大伯斟了一杯酒敬大妈,说:"要你劳心了。"又斟了一杯,递给秀芬说:"你也喝一杯吧。"秀芬慌乱地接在手里,颤抖着送到唇边,只抿了一口,就放在桌上。头低垂到胸前,就跟第一天刚见到大伯,端茶给他时一样。也不知是哪来的勇气，我忽然捧起酒壶，给自己斟了一杯，大声地说："大伯，我敬您一杯，祝您一路顺风，快点再回来。"

秀芬站起身来说："我去端汤。"就走进厅堂后面去了。她久久不出来，我不放心就去厨房里看她。原来她站在灶边搓汤圆，锅子里水在开。她说："鸡汤里放几个汤圆，你大妈交代的。"

我知道汤圆是团圆的意思，但这一顿明明是别离前夕的晚餐。短短的半个多月，秀芬已经爱上了大伯，愿意托付终身，而大伯却是匆匆来，匆匆去，没有丝毫留恋之情。他回来只是为了娶一个小妾，圆一次房，以后的一切，似乎就交给大妈和秀芬了。大妈是如此的爱怜秀芬，如果没有那个在外路讨的交际花，大伯一定会在乡下住一段较长的日子，或是把秀芬也带出去。但现在他们却非分离不可。大伯和大妈之间，一向好像是手足之情，大妈千般万般地关心大伯，知道他娶了二房，却一点也不生气，又高高兴兴为他娶三房。她怎么不想想，大伯分身乏术呢？难道她真只要他每年橘子红时，才回来一次吗？

我看秀芬双手纯熟地搓了好多个汤圆，丢在滚开的鸡汤里，又洒上几滴酒、一撮葱花，盛在大碗里，小心翼翼地端出去，我也跟着出来。她舀了四个汤圆在饭碗里，放在大伯面前，低声说："趁热吃吧。"

大伯只吃了两个，笑吟吟地对秀芬说："这两个给你，你也趁热吃吧。"

秀芬迟疑着，大妈说："吃呀，他叫你吃你就吃，团团圆圆，一双双的汤圆是吉利的。"

我真觉得大妈那神情就像在吩咐女儿。她又说：

"厨房里我来收拾，你先侍候他早点睡，明天一早就要动身了。"

秀芬并没听她的，仍旧和我一起帮着把盘碗收进厨房，大伯顾自回房间去了。我回头看了下那贴着双喜布门帘的新房，再看看容颜微带憔悴的秀芬，仿佛觉得自己是在看一幕旖旎缠绵的戏剧，也像在背诵一首催人热泪的诗篇。我平时背古文、诗歌，除了觉得音调好听，念起来顺口以外，总是心不在焉。眼前的情景，才使我体会到"悲莫悲兮生别离，乐莫乐兮新相知"的滋味。但我究竟不是秀芬，她心头又是什么滋味呢？

8 情 思

大伯走后，秀芬又搬回到厢房，大妈仍让我陪她同住。我们再度并枕而眠。但秀芬总不像以前那么有说有笑。时常呆呆地愣在那儿好半天，跟她说话也像没听见。我知道她是想念大伯，却又不好说出口来，她看一阵《模范青年》，又拿起手工来做，自言自语地说："这些天都没工夫挑花了。"

"你的手工很细。"我说。

"我倒是把一个从家里带来老早绣好的小荷包给你大伯了。"

"真的呀？"

"他好像很喜欢的样子，就收在口袋里了，也不知他会不会丢掉。"

"不会的，他一定会珍爱它的。"但我忽又想起那个交际花姨太，她若是看到了，可不大好呢。

"你写信给大伯的时候，代我提一笔。"

她的神情，就跟要我再写信给六叔时，代她提一笔一样。我弄不明白，在她心里，大伯与六叔都是她想念的人吗？她对六叔的印象是一位会照顾人的大哥哥，对大伯像是一位最亲的长辈，但又是她同衾共枕过的丈夫。她一定是更记挂大伯吧。

大伯给大妈的信，仍旧是简简单单几句话，最后加了"秀芬均此"四个字。大妈递给她，她总是看了又看。跟大妈一样，眼角笑眯眯的。她认得的字比大妈多，因此说："信真短啊！"

她陪我在书房里读书，也提起笔来练字。先生说："你就抄心经吧！"她摇摇头说："心经太长了，我要抄唐诗。"于是她就一首首地抄起唐诗来，边念边抄，抄的都是短短的绝句，有不认得的字就问我。抄到李商隐的《夜雨寄北》："君问归期未有期，巴山夜雨涨秋池。何当共剪西窗烛，却话巴山夜雨时。"她念了又念，问我巴山在哪里，我说"在很远的四川吧"，她说"太远了，就当它是在我们这里"。她想了一下说，"我把这首诗抄了，你寄信给大伯时，把它封在里面。"

"大伯看了一定很高兴，他知道你读过书吗？"我问。

"我跟他说过读过几年小学，兄嫂不让我再读了。他叫我再跟你读书写字，他说会寄些浅的故事书给我看。"

她一直在盼着那些故事书，但大伯一直没有寄来，她有点失望，但仍重重复复地抄那首诗。她说这首诗很好懂，先生摇头晃脑地唱起来又好听。但她一遍遍重复地抄，抄了就撕。"抄抄诗，写写字真好，什么心事都没有了。"她说完就把小嘴抿得紧紧的，再也不像以前那样有说有笑地给我讲她小时候的故事了。

我知道她的心事是什么，所以都不敢提大伯。但大妈偏偏常向她提，一来就对她说："这是老爷爱坐的椅子，这是老爷爱吃的东西。"左一声老爷，右一声老爷的，叫我听起来很不舒服，也把我和大伯之间的亲情拉得好远。我不知道秀芬听了有什么感觉，她究竟是畏惧这位严肃的老爷呢，还是喜欢这位比她年长一大截的男人呢？我时常望着她不言不语，若有所思的神情，觉得一缕爱苗，已在她

心中滋长，她开始在爱一个人了。这个人像父亲，也像情人。

她总显得有点懒洋洋的，打不起精神，大妈就连声地问："你有什么不舒服吗？吃得下东西吗？"秀芬说："没什么，吃得下呀。"大妈真关心她。她却暗暗对我说："我好担心。"

"担心什么呀？"我迷惑地问。

"你不懂。"

我真有点不懂，秀芬与大伯成亲以后，已经是个大人。我们之间，似乎已隔了一层什么，有些话，她好像不大能对我讲了，难道这就是大妈说的辈分关系吗？

9 求 梦

大伯走后，大妈好像格外注意起秀芬的神色来，也格外疼爱她了。有一天，她对秀芬说："我看你脸色不大好，我带你到街上郎中那儿把个脉，看有什么不舒服，再去庙里烧个香，在庙里住一晚，求个梦。"

一听说求梦，我就好高兴，我也好想去庙里求梦。在女眷客房睡一夜，做的什么梦，就告诉法师，法师会解说给你听，吉凶祸福，法师说来头头是道。我还从来没去庙里求过梦呢，因此也吵着要去。大妈说："你小孩子去求什么梦？我带秀芬姨去。"这下子，我越发觉得离秀芬远了。

大妈买了香烛，摘了自己园子里最新鲜的橘子，带着秀芬去庙里求梦了。求梦回来，又在街上的郎中那儿把了脉。我孤零零一个人在家，一夜睡不好。秀芬回来，我连忙问她：

"你拜了菩萨，许了愿心啦！"

她点点头说："大妈引我在观音菩萨前拜了，求了签。"

"签诗上怎么说?"

她把签诗从口袋里摸出来给我看,上面写着:"书中自有黄金屋,书中自有颜如玉。功名富贵等闲事,鱼水恩情享不足。"

我看得似懂非懂,上两句是现成句,与秀芬的情形毫不相干。后面两句也不知是哪儿来的,意思倒真好,一定正合了秀芬的心意,句子也浅白易懂。秀芬苦笑了下说:"全不对,我有什么鱼水恩情呢?"

"好日子在后头哪。还有,你做了个什么样的梦?"

"一夜迷迷糊糊的,没睡好,天快亮了才做了个梦。梦见在一间空空的屋子里转,找不到一扇门,好不容易看见一扇边门,却又被一枚大钉子钉住,拉不开门闩,我一急就醒了。你想这个梦怎么会是好兆头?"

"法师怎么讲呢?"

"法师有他的讲法,我不要讲了。"

"你讲嘛,我最最喜欢听解梦了。"

"他说,门上有枚钉子是好兆头,他说——"她吞吞吐吐又不想说了。

"快讲呀。"

"他说,家门里要添丁了。"她很不好意思地转开脸。

"那就是说,你要生孩子了。"

"没有啦,他只是这样讲就是了,这只是一个梦嘛!"

她那一脸的忧愁,使我懂得了,她担心的就是不会生孩子。她到我们家来,就是要给大伯生孩子,不生孩子,大伯不会再要她,大妈也不会喜欢她了。我心中萌起对她无限的同情。我与她只差两岁,但我们的处境完全不一样,我可以无忧无虑地读书、玩乐,在大妈跟前撒娇。但她得天天像个大人,一个千依百顺的妇人,命运

都系在生不生孩子上面。然而她要的是爱，她已经在爱大伯了，但大伯会爱她吗？大伯连对大妈也没有爱，也许只对那个交际花姨太有爱吧！他对小太太真的像摘橘子似的，拣个鲜红的尝尝，也许只尝一口就把它丢掉，让它烂掉。想到这里，我真是好气大伯，也不免怪大妈。如果她不把秀芬讨进来，她可能会遇到一个心爱的如意郎君，好好成家，一夫一妻，生儿育女，多么好啊！但现在说这些都没用，徒然使秀芬伤心。

我看她口袋里鼓鼓的，有一样东西，问她是佛殿里带回的水果糕饼吗？她笑笑说不是的，就快步跑回厢房，取出口袋里的一个红布小包，把它塞在枕头底下，我好奇地问："是什么呀？那么神秘。"

"晚上再给你看。"

我等不及晚上，趁秀芬在厨房帮大妈做饭时，悄悄到屋里，从枕头底下摸出那个红布包，打开一看，原来是一个粗瓷的赤膊小娃娃。胸前系着一个红肚兜，娃娃连眼睛鼻子都看不清，头顶一根冲天小辫子，胖嘟嘟的是个男娃儿。我赶紧包好塞回枕头下，走出来看看秀芬，心里只想笑，又不敢笑。我在想象着：这样一个小女人，如果也像我那些婶娘似的，怀了孕，挺起个大肚子，会像什么样子？若是生了孩子，抱着背着，又会像个什么样子？那时，她的孩子就是我的小弟弟，她才真正成了我的长辈阿姨了呢。

晚上我们回房睡觉时，我说：

"我已经看见你枕头下的娃娃了。"

"你真性急，我会给你看的呀。这娃娃是大妈求来的，她在送子观音面前，带着我点香跪拜后，从观音手中抱来的。大妈好细心啊！"

"她盼你早生贵子呀。"

"这个娃娃长得真不好看。"

"难看没有关系，只要是个男孩就好。"

"连影子都没有，你大妈真是无事忙，我又不能不听她的话。"

她说的"连影子都没有"，是指的没有孩子吧？她又叹了口气说："你大伯回来才那么短短几天，我好像连他的脸都没看清楚，他就走了。"

"你很想念大伯吧？"

"我想他做什么，他早把我忘记了，连答应给我寄的书都不寄来。"

她眼圈儿渐渐红起来，我真替她难过。但高兴的是她又把我当个知心人，向我吐露心事了。我索性把菜油灯吹熄，两个人和衣躺下，把一层薄薄的被子拉来盖好，在黑暗里好谈心。我把身子挨得她紧紧的，靠着她耳朵边低声地问：

"你睡在那张大铜床里，也是这样靠紧大伯的吗？"

她不作声。

"你说呀，是吗？"

"小姑娘问这干什么？"

"问问有什么要紧，你说呀。"

"我起先很怕他，后来也不觉得了。"在被窝里，她好像在发抖。

"后来你就喜欢他了，是不是？"不知怎么的，我的心也狂跳起来。

"阿娟，你真好坏啊！"

"你就盼望跟他生孩子了，是不是？"

她把我一推，说："不跟你说了。"

"不说就不说，你反正总说我不懂，我也不要懂。我还是觉得大伯不应该这么快就走掉，把你丢在乡下。"

"我不抱怨他，他是当差使的人，公事忙。我哥哥对我讲过，凡

事都要忍耐,何况有大妈和你对我都这么好。比起跟他们一起,不知好多少倍了。"

她是这么一个容易满足的人,心又好,我感动得不禁紧紧抱住她,呼呼入睡了。

大妈自从庙里求梦回来以后,非常的兴奋,她把秀芬的梦告诉先生,先生也拨着佛珠连声说"好梦好梦,吉利吉利"。大妈更加高兴得好像马上有喜事来临似的。我也被传染了,像在盼望着什么。

两个多月以后,秀芬忽然一闻到厨房里煮菜的味道就要呕吐,连喝口水都吐。大妈却高兴得连声念观世音菩萨保佑,轻声细气地对秀芬说:"你一定有了。"秀芬只是不作声,我奇怪地问:"大妈说你有什么呀?"

"她说我有病了。"

"有病要看医生,怎么还高兴地说观世音菩萨保佑呢?"

"阿娟,你不要问了,你还是姑娘,不懂的。"

她又说我不懂了。我只比她小两岁,我看过很多新小说,爱情的心理我能够体会,但爱得会生病我倒不懂了。秀芬吐得一口饭都吃不下,人也越来越没力气。大妈爱怜地叫她尽管躺着别动,粗活儿都不让她做了。她尽管身体不舒服,神情反显得比以前快乐了。我忍不住问大妈秀芬有什么病,大妈只是笑。阿川叔大声地说:"秀芬要给你生个小弟弟了,她是害喜,不是病。"

我才恍然大悟,秀芬真的要生孩子了。

她不用再担心大伯会不要她,我也一块石头落了地,高高兴兴地看着秀芬害喜。因为幸福的根苗,已在她体内滋长了。

过不多天,大妈兴高采烈地对我说:

"阿娟,写封信给你大伯!——"

她还没讲下去呢,我就抢着问:"这回还是说橘子红了吗?"

大妈一时愣住了，该怎么写呢？得顾到信被那交际花姨太看见，不能明白地写出来。我想了下，顽皮地说：

"我就画两个橘子，一个小一点，一个大大胖胖的，注明一下：橘子已愈来愈胖了，大伯一定懂。"

"好，你就这样画吧！"大妈笑得嘴都合不拢。

10　心　惊

信寄出还没几天呢！六叔忽然托小汽船带信回来，说大伯的那个交际花姨太回来了，住在叶伯伯家，是叶伯伯打电话告诉六叔，要他转告大妈，准备一下，或许她会来乡下。在信尾，六叔加了一句："阿娟，我真替秀芬担心。问问先生有什么主意。"

交际花突然一个人回来，明明是知道了大妈瞒着她讨秀芬的事，大伯竟然没一同回来，看来将会有一场大风波了。大妈也着了慌，连声问先生："你看该怎么样呢？"先生平时教我读书有条有理，令出如山。但是遇上这种事，他也没了主意，只会把佛珠拨得更响地说："她既然是见过世面的交际花，一定会识大体的。她下乡来，你就一五一十据实对她讲。人都讨进来了，又已经有了喜，她还能怎么样？"

大妈想了想说："对啦，我就照实对她讲，我倒要问她，她讨进来的时候，几时同我商量过？"

他们在堂屋里低声商量着的时候，秀芬都听见了，她脸色惨白，颤声地问我："你大妈为什么不早告诉我？我怎么办？我怎么办呢？"

"你放心吧！有大妈呢，那个人不会为难你的。"我勉强安慰她：心里却是万分焦急，也不知那姨太是怎样的一个人。如果真是知书明理的，一定会体谅大伯大妈的心意，也顾全大家的面子的，只是

苦了秀芬了。

"他为什么自己不一起回来？他明明是不打算要我了。"秀芬不由得嘤嘤啜泣起来，接着又是一阵呕吐。我紧紧抱着她颤抖的肩膀说："你不要急嘛。"

大妈走进厢房，愁容满面地对秀芬说："秀芬，我没先对你讲是怕你害怕，心想等生米煮成了熟饭，你的名分也定了。你肚子争气，还怕她做什么？你就在我身边，与她河水不犯井水，你只管宽心吧！"

秀芬在厨房里呆呆坐着，只是落泪，我知道她伤心的是觉得自己被大伯欺侮了，而不只是害怕交际花姨太。

阿川叔却理直气壮地说："肚子争气顶要紧，谁叫她讨进来两三年了，连个屁都放不出来？"

他是粗人，但一根肠子通到底，对大妈忠心耿耿。讨秀芬姨的事，他出了一半的主意，一听大伯没一起回来，就有点冒火。说做官的还没种田人有担当呢。

叶伯伯叫人带口信来，说二太太坐了两天轮船头晕，不能下乡，请大妈带了秀芬去叶宅，大家见见面。阿川叔生气地说："她是老二，你是大太太，她应当来见你，哪有你去看她的道理。"先生却说："当着叶伯伯，把事情说个明白也好，这种时候，也就不要论什么大小了。"

大妈还是听了先生的话，要带秀芬去城里叶宅看那交际花姨太。不用说，她一定是个威风凛凛的人物，不然，怎么连叶伯伯都这么将就她呢？

临走时，秀芬反而显得很镇定的样子，对我说："我总归打定主意了，我也不怕她。"

"对！不要怕她，又不是你自己要到我们家来的，是大伯大妈讨你进来的。"

"不要提你大伯了，我不相信他。"她使劲地咬着牙说，"他一定是叫她来赶我走的。"

"不会的，他明明是喜欢你的，何况你已经有了身孕。"

"阿娟，我真傻，我真后悔。"她又哭起来。

我紧紧捏着她冰冷的手，却想不出一句安慰她的话。眼看她惨淡着容颜，无心梳洗，随着大妈去城里了。她们一走，我就像热锅上的蚂蚁似的在家里团团乱转，岂止是我，阿川叔也坐立不安，还有先生的念佛珠，啪答啪答拨得越响，我的心越乱。

我不禁想起六叔，想起秀芬初来时，六叔和我们谈天玩乐的情景。如果秀芬能同六叔配成双，该是多么好的姻缘？秀芬会有多幸福？但如今秀芬却注定了要受苦。

大妈带秀芬去城里，只在叶伯伯家过了一夜就回来了，一进门，就看出大妈神色不对，秀芬的脸色更是惨淡，也不知她们三人见了面是怎么个情形，我担心、焦急又好奇，还没等大妈坐定，就忙不迭地问：

"大妈，那个人怎么样？"

"当着叶宅的人，她倒是客客气气的，还喊我一声大太太，我哪要她喊什么呢？"大妈皱着眉头，一手捂着胸口，她一定在心气痛了。

"她见了秀芬呢？"

"她一双眼睛尖尖的，直盯着秀芬看。把她拉到身边坐下，问她几岁，问她的手为什么这样冰冷。你只要看这女人一身衣着打扮，那张细皮白肉的脸蛋儿和一对水汪汪的眼睛，叫你大伯怎么不给迷住？"

"她盯着我看的时候，就知道她一定容不下我的。"秀芬苦笑了一下。

"她对你怎么说?"我连忙问秀芬。

"她说我身子这样单薄,要把我带出去,跟在她身边好好调养,她多用心思啊?她还夸我手工做得好,她明明是看见我给你大伯的那个香袋了,她一定是为这个才赶来的。"

"秀芬,你真是的,你给他香袋做什么?他粗心大意不当一回事,却闯了祸了。"大妈抱怨地叹了口气,又接着说,"她眼睛真好尖,看秀芬好几回呕吐,马上说:'呀,已经有喜了吧,那就好,那就更得仔细,老爷同我也都放心了。'我马上说秀芬是坐小汽船头晕,肚子不舒服,不是有喜。她哪里会相信呢?"

"你怎么说呢?"我又急着问秀芬。

"我就是一声不响。随便她说什么,我已经把定心思,打死我也不跟她走。"

"对,你就是不跟她走。你在乡下跟着大妈,我们三个人永远在一起,大伯总会再回来的。"我说。

"他怎么会再回来呢?"秀芬绝望地说。

"他若是有良心,就该快点回来。"大妈恨恨地说,"奇怪的是叶先生与叶太太,还帮着她,劝秀芬跟她去,在你大伯身边的好。我一时也不知怎么说才好。"

"我不去,我不是跟您说过,宁可跟您一辈子吗?您若是不管我,我就宁可死。"秀芬激动起来了。

"年纪轻轻的,怎么说这种话。"大妈生气地说,"慢慢地想个法子,我真是一千个一万个舍不得你,还是把你带回来了。"

"但她不是说吗?叫我回来把衣服整理一下,明天就派叶宅的用人来接,她不是说吗?不把我带出去,不好交代,说轮船票都买好了,她明明是逼我。"

"你不要急,"我安慰她,"你反正拿定主意不跟她走就是了。"

"我也不怕,我总归是不跟她去的。"可是秀芬的声音很微弱,我真不知道大妈和她怎样对付交际花姨太太。

11　瓷娃娃碎了

我们一夜都翻来覆去没睡好,秀芬又不时地要呕吐,我真担心她会生病。天还没亮,她就起来了,对我说:

"我还是回哥哥嫂嫂家躲一天,叶宅的人来,找不到我也只好算了,等他们走了我再回来。"

"那怎么行?大妈会急坏的。"我说,"还是跟她讲明白的好,大妈疼你,你不肯去,她不会逼你的。"

"你大妈心肠太软,挡不住她的,我还是先走一步好。"

"我不放心你一个人走那漆黑的田埂路,我送你去。"

"千万不要,两个人都不见了,大妈才急坏呢。等她起来问我了,你再告诉她,叫她放心,我会当心自己的。"

我也不知怎么办才好,秀芬就顾自穿好衣服。天已很冷,她头上包了块蓝布,棉袄外面再套件背心,提个小包袱,就悄悄开后门出去,我送她到门口,眼看着她在灰蒙蒙的天色中走了。

她走后,我马上就后悔不该让她走的。她身子不好,又空着肚子,深秋的田埂路潮湿难行,万一滑一跤怎么办?我们为什么不跟大妈、阿川叔商量呢?但又怕大妈不放她走。七上八下地担着心事,听见大妈起来进厨房了,我也不敢出去,大妈还当我们在睡呢。直到个把钟头以后,才出来告诉大妈。大妈又急又气,怪我太不懂事,不该不拦住她的。她马上拉着我一起去追,生怕她出事。我们从后门出去才走不了几步,就看见秀芬竟坐在一株大树下,靠着一块石

头直喘气。我们大吃一惊，赶紧扶她回来，躺回床上。大妈熬了碗红糖姜茶给她喝下去，半晌，她才有气无力地说："我到哥嫂家敲门，告诉他们实情，想在家躲一躲，他们不肯开门。阿嫂说大户人家惹不得，她不敢收留我，一定要我回来。哥哥也骂我不懂事，还说我有福不会享。我站了很久，怎么求也没有用。只好拖着身子回来，都要到家了却跌了一跤，实在撑不住就坐下了。"

大妈边听边埋怨，叫秀芬躺下不要作声，叶宅的人来，她会回他说秀芬回娘家了。

正说着呢，叶宅用人就来了，他和阿川叔很熟，只听阿川叔大声对他说："你就对二姨太讲，秀芬肚子里有了，要保养，不能上路。若一定要她去，就叫老爷自己回来接。"

叶宅用人爽快地说："对，我就这样回她话，本来嘛，哪有她一个人自说自话带她走的。"

他只跟大妈打个招呼，连茶也没喝就走了。

一场风波总算是过去，秀芬可以安心了。没想到不一会儿，秀芬肚子就痛起来，大妈一听她说肚子痛就急得什么似的，连忙去剪了七段麻线，熬了一点桂圆汤要她喝下去，说是安胎的，又伸双手去捏她脊背骨，把她两只耳朵使劲往上拉，说是会把胎儿拉住。大妈没有生养过，但看她对生产的知识好像很丰富，我又忍不住想笑。秀芬经她捏一阵，拉一阵，舒服得慢慢睡着了。

我不放心，一直坐在床边陪她，她醒来时低声对我说："我真不该叫大妈操心的。"

"现在没事了，叶宅用人走了，那个姨太也一定走了。"

秀芬忽然想起她的包袱来，叫我打开，说里面还包了那个瓷娃娃。原来她走得那么匆忙，还带着瓷娃娃呢。我连忙打开包袱，取出红布包一看，瓷娃娃竟然断成两截。秀芬的脸色马上发白，颤抖着声音说:"怎么会碎的?一定是我不小心跌跤时砸碎的,怎么办,怎么办?"

"不要急,再去庙里抱一个来好了。"我尽量轻松地说。

"这是不能打碎的,大妈看见了会生气的,你替我收起来。"她的声音低微,脸色越来越苍白,瓷娃娃碎了原是件普通事,但在秀芬心里却留下了阴影,我也随着惴惴不安起来。

傍晚时分,秀芬忽然肚子一阵大痛,接着就出血,秀芬小产了。大妈一边流泪,一边把我推出房门,我心慌意乱,真像将有大祸临头似的。从窗子里看见秀芬脸色像白纸,真以为她已经死了。

郎中来把了脉,说胎儿掉了,年纪轻,养一阵就好,也没给开方就走了。大妈既担心秀芬,又心疼胎儿,嘴里却也不好再埋怨秀芬,叫她好好休养。秀芬没说一句话,精神却一天比一天萎靡,茶饭不思,只是昏昏沉沉地躺着。有时烧得脸血红,有时又脚手冰凉,额角不时冒冷汗。郎中再来把过脉,说是产热症。不能喝凉茶,不能吹风,过四五天自会退烧,也没药给她吃。但才两天,热度越发高了,整天闭着眼睛,给她喂点开水,舌头是黑的。大妈慌得不知如何是好,她本来就是最会发愁的人,这下胃又痛起来了。她去问先生有什么主意,先生说,该写封信告诉大伯知道,"秀芬病了,胎儿也没有了。"看他这下子回不回来。阿川叔去邻村请了个郎中来看,吃了药,热似乎退下些,郎中说急不来的,是出血太多,底子太亏了。

我晚上不能陪她一床睡,白天除了在书房读书,总是坐在秀芬旁边陪她。眼睁睁看她病成这个样子,心中真是悔恨,不该不拦住她大清早走山路回哥哥家,不跌那一跤,胎儿不会掉,她不会这么心疼,身体也不会这么吃亏。想想她把整个心灵都托付给大伯,大伯对她却一点也不关心。姨太来,究竟大伯事先知道还是不知道呢?

总之，秀芬若是有个三长两短，不都是大伯害的吗？

我越想越担心，也替秀芬不平。趁秀芬睡着时，就到书房摊开纸给大伯写信。告诉他秀芬病了，请他回来看她。先生说："我来加一笔，开个信封寄到他公事房去，比较放心。"

我忍不住问先生，"先生，您天天拜佛，佛应当是顶顶慈悲，顶顶公平的，秀芬姨这样好的人，佛为什么不保佑她？"先生给我讲课时，一向言笑不苟，可是这回儿他显得很和蔼关心，他叫我在佛堂前的蒲团上跪拜，虔心念佛。用沉静的声调对我说："阿娟，不要怨佛菩萨。世间事，都不是人的力量能够挽救的，秀芬是个好姑娘，菩萨会保佑她的。万一有什么，也是她前生定数。你也十六岁了，读了一些书。世上许多事，看去都是不公平的，但我们也不能抱怨。这都是佛家说的因果，都是定数的。"

先生的话，我半信半疑，什么叫作因果，什么叫作定数呢？秀芬这么好一个女孩，难道是她前生作了孽，今生来受罪吗？大妈这么勤俭善良，她却一生劳累担忧。那个交际花姨太，就该一生享福吗？这是公平的吗？

我把信托阿川叔带到街上寄了，回到厢房，在秀芬床沿上坐下，看她微睁双目，精神似乎好些了。我轻轻捏着她的手说：

"你吃了药，睡得很好。"

"我没有睡着，在想好多事，我有好多话要跟你讲。"

"等精神好点再讲吧！"

"我心里像挖空了似的。喝点粥又想吐，看来很难好了。阿娟，我真生气，我对不起你大妈大伯，没有当心身体。"

"不要跟自己生气，病好了就什么都好了。"

她摇摇头说："不一样了，现在没有指望了。"

"以后的日子长得很，大伯不久会再回来的。"

"阿娟，你是没有看见那个姨太，你若是看见了，就知道大伯那次回来，为什么很快就走了。你大妈是豆腐心肠，就算再厉害的人，也斗不过那个姨太。大妈一辈子住乡下落得心清是对的。"

她滔滔不绝地说着，我生怕她太累，劝她少说话，她平时从来也没这样爱讲话的。她又叹了口气说：

"我真想再见你大伯一面，路这么远，他哪里还会再回来呢？"

真没想到她与大伯短短时日的相依，竟会对他这般的一往情深，真个是像戏台上唱的"一夜夫妻百夜恩"吗？大伯这样一个对小辈严峻的男人，秀芬战战兢兢地做了他的小妻子，他却一下子就赢得了她的心，秀芬真是个痴情女孩啊！想到这些，我不由得低头不语。半晌才说：

"先生劝你念观世音菩萨，菩萨会保佑你的。"

"观世音菩萨给了我娃娃，我不当心砸掉了。我还记得在庙里求的梦，那扇厚门上给一枚大钉子钉死了，明明不是个吉利的梦，老法师还说是添丁呢，现在不是不准了吗？"

她还是念念不能忘记掉了的胎儿，她是陷在幻灭的痛苦中。除非大伯再回来，没有办法能使她再点燃起希望。大伯若是收到信不回来，我真不能不恨他的绝情冷酷了。但我不敢告诉秀芬已写信去了。

12　永　诀

我想起六叔来，自从那次他提前回城里后，就没再下乡来过。我真盼望他能来看看秀芬。她病成这个样子，难道不该让她见见家里的亲人吗？

于是我偷偷到乡公所打个电话给六叔，请他无论如何回来一趟，看看秀芬。我天真的想法是，希望六叔能给秀芬一番开导，让她知道人人都关爱她，让她懂得，天地间原有种种不同的爱的。

六叔一听秀芬有病，就毫不犹疑地答应回来了。

为了纾解秀芬郁结的心事，我就先告诉了她，六叔要回来了。她疲倦的眼神，似乎闪起一丝光彩，却问我：

"他怎么想到回来的呢？"

"我告诉他你病了，他要来看你。"

"他还是不要来的好，大妈同阿川叔都会不高兴的。"

"自己一家人嘛，彼此都应当关心的。"

"你不要对他讲我的病情，我不要他知道。"她黯然地说，我可以想得到她复杂的心情，也不免感触万千。

六叔来了，大妈有点意外，但还是把秀芬的情形一五一十对他讲了，他有点着急地说："还是送城里医院吧，郎中是看不出什么名堂的。"

大妈一听送医院就更急了，乡下人生病，哪有送医院的呢。六叔却说："病到这种情形，光是吃中药是没有用的了。"

说着，他就由大妈和我陪着进屋去看秀芬。秀芬一见六叔，就挣扎着欠起半个身子，轻声喊了声六叔，当着大妈和我，眼圈儿还是忍不住地红了。六叔站得离她床远远的。我上前扶她平躺下去，才觉得她身子好重好重，心中不免一惊，因为我常听人说过，病人的身体扶着时觉得重，就是病重了。因病人自己没有力气动了。

这间厢房本来光线不亮，幸得靠正午的阳光从窗子透进来，映着秀芬失血后的苍白脸色，反显得格外惨淡。六叔对她也没有正式称呼，只说了声："你安心养病，我回城里给你接洽医院，请大嫂送你去医院休养，比吃中药好得快。"

秀芬一听说去医院，就连连摇头说："我不要去医院，我一定不要去医院。我只是累，躺几天就好了。"

六叔也不和她多说，又不能上前去，像我们般捏她的手，还是远远站着跟她说："我再来看你。"就退出屋子了。

就这么短短的一次见面，彼此四目相望，秀芬千言万语无法表达的忧郁，六叔满腔关怀却又不得不强作镇静的神情，都清清楚楚看在我眼里。大妈本来就是个愁风愁雨的人，秀芬这一场意外重病，更害得她六神无主，一下子苍老了好几岁。一家人都陷在愁云惨雾之中，我不禁在心中又怨起逍遥在远方的大伯，他可曾想到他的冷漠与自私，给予秀芬精神上与肉体上的折磨有多大？他收到我的信后，究竟会不会兼程赶回？纯洁的秀芬，她贡献了全部的爱，真个抱着一夜夫妻百夜恩的痴情。而大伯只不过是要她为他生个男孩，回去以后，连一封信都吝惜地不给她写，秀芬为这样一个陌生的薄情人，病到这步田地值得吗？而六叔？明明对秀芬一见钟情，却是相见已晚，单是在橘园里他对她的注视神情，就可看得出来。但因彼此碍于身份，不得不强自压制。我知道秀芬的心情是非常复杂，也非常迷惘的。她可能自己也分不清爱的是大伯还是六叔。不然的话，为什么她盼望大伯回来，又那么希望见到六叔呢？

面对着这一切的情景，我不由得又想起六叔那句常爱叹息着说的话："人生原是充满着无可奈何。"

六叔只停留半天就回城里去了，他对大妈说，接洽好医院立刻打电话到乡公所转告她。

六叔去后，秀芬忽然显得精神兴奋，身子翻来覆去，眼睛也睁得大大的，额角一阵阵冒汗，我担心地问她："哪里不舒服吗？"她摇摇头，半晌却忽然笑了笑说："我真觉得这几个月在你们家，像做一场梦。当初我肯来你们家，是因为记着娘改嫁时对我讲的话，娘

说：'女人家的命就捏在男人手里，嫁个有良心的男人，命就好，嫁个坏良心的，命就苦。'我想你们大户人家的男人总是好的，做小有什么要紧？况且一看见你大妈，我就放心了，我原不知还有个姨太的。"

"大妈没对你明讲，是怕你不肯，她实在太中意你了。"

"来了没几天，怎么会这样巧的碰见你六叔。他对我那么好，我心里才七上八下起来了。阿娟，你说奇怪吗？"

她突然神气清明，像是要把心事倾囊倒箧地都对我说了才痛快。我感动地点点头，却接不下去该说什么。她又说：

"你记得吗？在橘园里，他给我一个梨，说不要跟我分梨。我怎么不难过？我们怎么能不分离呢？"她的泪水从眼角滚落到枕头上，我也忍不住阵阵心酸。

"他后来再也不来了，我心里都知道。直到你大伯来了，我起初真想逃走。没想到他待我也那么和气，他那满口的浓茶与香烟味熏到我脸上，我就做不了主了。躺在他被窝里，就像躲在一个没有风、没有雨的山洞里，暖和又安心。但是一到白天，爬出山洞，他就像高高站在山顶上，看也不看我一眼了。那时，我就会想念六叔。若是跟着他，就完全不一样了。他会教我读书写字，带我爬山钓鱼下棋。那该多快乐。但我哪里会有那样好的命，我的命已经捏在你大伯手里了。因此我只好一心一意地等生孩子，等他回来，等孩子长大了过平平安安的日子。哪里想到胎会掉，他也不再理我了！"

她边哭边说，原来苍白的脸颊，因激动而泛起红晕。她把我当个最最知心的人来诉说，我感到对她满心的歉疚与无助，只哽咽地说：

"你先去城里医院把病治好，回家一心等大伯回来。"

"他不会再回来的，我也等不得他了。"

"你千万别这样想啊!"

"我一定不去城里医院。"她坚决地说,"我也不要再见你六叔了。"

她泪如雨下,半个枕头全湿透了。哭了好久,她才昏昏沉沉睡去了,我真感到肝肠寸断的痛楚。

秀芬一夜呻吟,大妈和我都不放心,就端两张靠椅在床边坐着陪她。阿川叔也守在房门口,打算第二天一早去请郎中。菜油灯半明半灭,窗外的风嘶嘶地吹着,冷清清的夜,顿时使我害怕起来,连声喊大妈,问她:"秀芬的病要紧吗?"她也没了主意,只说:"乡下人胎掉了有的是,没见过有这个样子的。"她也决定要把秀芬送医院了。

天已大亮,秀芬还是没有醒来,大妈特地去熬了一碗红糖姜汤,打算把她叫醒,给她喂几口提提神。我轻轻摇了她几下,她睁开眼来,茫茫然地看着我,有气无力地问:"天还没亮吗?屋子里怎么这样黑?"

我暗暗心惊,这时玻璃窗外的阳光已照进来,屋子比平时都亮,她怎么说屋子暗呢?

"把灯点起来好吗?我看不见你们。"

大妈一把抱住她喊:"秀芬,我在这里,我和阿娟一直都在你身边。"

"大妈……阿娟……"她伸出手在空中乱抓,我们赶紧把它捏住,我附在她耳边轻声喊她。

"我听不见,怎么声音这样远?"

大妈立刻念"大慈大悲,救苦救难观世音菩萨",我也跟着大声地念。人在绝望、惊惶、无依的时候,也只有祈求神灵的佑护了。

秀芬闭上眼,神情似渐渐安静下来。她的手在我手心里似乎愈

来愈寒冷，也似愈来愈沉重，沉重得从我手中垂落，我再也抓不住它了，我再也拉不住秀芬了。她只长长地呼出了一口气，就没有再呻吟了。大妈解开她胸口的衣服扣子，抚摸她，千呼万唤地哭着喊她，她没有再睁开眼睛。秀芬，她就这么走了。我怔怔地看着她，不害怕，也不悲伤。她走了，她以后不用再煎熬，不用再盼待、再忧焦了。

13　伤　逝

秀芬来到我家，短短不及半年，却像挣扎了一生一世。她怀过希望，领受过一丝丝虚无缥缈的爱，却尝尽了生离死别之苦。最后付出了微弱的生命。这究竟是谁的过错？难道真是先生所说的，前生定数的吗？还是她命苦，不该生在这样一个不公平的时代呢？

大妈的悲伤不用说，她内心更有说不尽的忏恨。她只是喃喃地念着："这个苦命的孩子啊！是我害了她了。"我痛定思痛，想起这半年来与秀芬的相依相伴，更禁不住悲从中来。想起她从猪栏边的篱笆门脱去黑布衫，穿一身简单朴素的新娘裙袄跨进这间小厢房，坐在床沿上，眼望着一对红烛，点燃起希望。如今这间屋子，竟是她带着绝望的呻吟，吐出最后一口气的地方。秀芬的遭遇，使我也似尝尽了人世的悲凉，我哭的不只为秀芬，也为大妈一生的劳累忧焦。今后，她将更背负着一分沉重的内疚，永难忘怀。

还有六叔呢？他匆匆赶来见秀芬最后一面，想救她一命而不可得。秀芬的死，将在他心田上烙下刻骨的伤痛。他看似洒脱，却是天生带有几分悲剧气质的人。他借我看的文艺小说也多半是悲剧性的，他教我领略的人生滋味，比先生教我读的古书丰富深刻得多。他曾经对我说过，就为免得"悲莫悲兮生别离，乐莫乐兮新相知"

的矛盾痛苦，他宁愿独身不娶。想想他和秀芬，未相知便已别离，这不正是他所说的"无可奈何"吗？

秀芬的丧事由阿川叔简单料理，先生为她在佛堂里念弥陀经超度，我不懂得什么叫作超度，认为秀芬的早逝，就已得到佛的慈悲超度了。

黯淡明灭的琉璃灯在空中摇曳着，先生的念佛珠又啪答啪答地响，听起来不再像以前那么使我烦心，却觉得每一声都敲打出一段时间，而逝去的时间永不再回头。秀芬去了永不再回来，我也又长大了半岁，却似长大了十年，连眼泪都不再能化解沉哀了。

大妈和我一同整理秀芬的衣物时，在枕头角落里摸出那个红布小包的破瓷娃娃，大妈看了一眼，叹口气把它搁在床头几上。阿川叔拆床铺时，碰倒床头几，瓷娃娃掉在洋灰地上，我连忙把它捧起来，却越发碎成几块了。

秀芬的希望早已幻灭，她人都走了，瓷娃娃碎成多少块又有什么关系呢？可是大妈还是念了声佛说："罪过啊！"究竟是谁的罪过呢？是大妈吗？是大伯吗？还是那个交际花姨太呢？无论如何，秀芬是没有一丝罪过的，但是秀芬却承担了一切。

我反复思考，时常深夜醒来，不能再入梦。那间冷清清的厢房，是我和秀芬一度抵足而眠、倾吐心事的屋子，如今却空洞洞，冷清清，我再也不愿踏进去，受不了那份阴森凄冷。

我噙着眼泪收拾秀芬唯一的衣箱时，发现在箱底有一个用手帕包着的小包，打开来一看，是一本小小的笔记本，和一个挑花小香袋。我翻开笔记本，第一页上写着："给秀芬写生字，一天认两个字也好。"下面的签名是周平。原来六叔在什么时候送了她这本笔记本，第二页是六叔用铅笔画的自画像，他对她的细心关爱可想而知。六叔一直都没告诉我，秀芬也一直未向我吐露。她绝不是有意瞒我，

一定是她对大伯与六叔二人之间的迷惘矛盾心情，使她觉得宁可把这段心事永埋心底，免得我为她操心。至于六叔，他不肯对我说，我也能谅解，因为他总把我当不懂事的孩子，怕我会取笑他。何况一个大人，心底角里总会有一处不容别人发现的秘密，这个秘密只属于他所爱的人，只愿与她共享。这不就是"惺惺相惜各成痴"的一分情意吗？如此看来，那个与笔记本包在一起的挑花小香袋，一定是秀芬在上面许下心愿，打算送给六叔却又不想送的吧。

秀芬逝后一周，六叔回来了。他脸上平静得看不出有一丝的伤感，与大妈略略说了几句话后，就同我到橘园里散步。我们坐在矮墙头上看西垂的落日，云层很厚，天边的晚霞是深灰中透着紫红，使我觉得，忧郁而疲惫的一天，总算过去了。

橘树上已没有一个橘子，树叶也脱落得光秃秃的。泥土里还零零落落掉有几枚橘子，灰扑扑的早已腐烂。今年的橘子已经红过，成熟过，明年橘树会再开花结果，橘子会再红再成熟。但明年我不会再有心思"一双、两双、三双"地数橘子，也不会再有心思把小小瘪丁橘采下，让大橘子长得更红更肥硕。我也用不着再写信告诉大伯说："橘子红了。"在大伯看来，秀芬的死，大概就像一颗橘子掉落在泥土里吧。我没有心情写信给大伯，是先生写信告诉他秀芬的死。我不知道他会怎样想法，至少在他以后给大妈三言两语的信中，末尾不用写"秀芬均此"四个字了。

六叔与我都默默无言。天已渐暗，初冬的寒风吹来，凄凄冷冷的。我们走进堆杂物的小屋，光线更暗，六叔在小桌抽屉里找到阿川叔丢在里面的半截蜡烛与火柴，把烛点燃了。蜡烛虽然是红的，但火苗显得微弱暗淡。六叔无精打采地说："等蜡烛燃完了，我们就进去吧。"

我一只手插在口袋里，摸着的是我早已放在里面的小笔记本与小香袋。要不要给他看呢？我心里犹豫着，却听六叔自言自语地说："我真悔恨做了一件错事！"

我迷惑地望着他。

"我不该给秀芬添心事的，她已经够苦了。"

"你说的是这个吗？"我把笔记本摸出来递到他面前。

"啊，在你这里，是她交给你的吗？"

"没有，她一直放在箱子底，用手帕包得好好的，还有这个。"我又把小香袋递给他。

他惊讶地接过去，放在手心左看右看，看呆了。

"她细心地做了香袋，但没有给你，只和你给她的笔记本包在一起，藏在箱子角里，也藏在她心的角落里，跟我也没说。"

六叔痴痴地望着蜡烛，蜡泪一滴滴淌下来。

"你收起来吧，这是她给你永久的纪念品了。"

"她在小学的时候，是个很活泼的小女生。喜欢唱歌舞蹈，级任导师很喜欢她。记得有一回，我们班级踢球比赛，她爬在矮墙上拼命地叫：'周平大哥，不要踢了，不要踢了。'我好奇怪她这么叫，但仍没理她，她还是叫，叫得我分心，一不留神，皮球撞在我鼻子上，撞出血来。我就骂她乱叫什么，她哭丧着脸说：'我怕嘛，怕你跑得那么快，踢得那么凶，会跌跤受伤的呀。'同学们都拍手笑她，又用手指画着脸羞她，她就哭了。蒙着脸边哭边跑，自己反倒跌了一大跤，我也没理她。事后想想，她实在是个软心肠的小女孩，看我们那副穷凶极恶的踢球，实在害怕。"

六叔说着说着，全心全意地回到了小学时代。童年的欢乐，在他黯淡的脸色上，刹那间掠过一阵光彩。但他立刻又紧锁起眉头，长叹一声说："她休学以后，大家也都把她忘记了。再没想到，她长大以后，我们会成为一家人。第一次见到她，若不是她喊我名字，我再也想不起她来了。"

"真是人生何处不相逢啊!"

"阿娟,你现在懂了,意外的重逢,不一定都是快乐的,所以我以后就不再来乡下了。"

"但是你还是偷偷给了她小笔记本,画上自己的像。她一直是非常念你的。她永远记得你给她的那个梨,你说不要跟她分梨。她很伤心地对我说:'我们怎能不分离呢?'六叔,你们明明注定了是要分离的。先生说过,世间事,都是前生数定的。说实在的,她若是不到我们这种人家来,嫁个种田人,一定过得快快乐乐的。到我们家来,若不是遇见你,她也就一心一意侍候大伯,做个偏房,跟着大妈过一辈子。大妈说她只要生了一男半女,后半生就有好日子过了。"

"怎么可以相信前生数定?阿娟,命运是靠自己奋斗的,幸福是要自己争取的。先生年纪大了,念经拜佛,思想古老落伍了。现在是个新的时代,你可不能这样想法。我不是带许多新书给你看吗?我认为拜佛是帮你增加自信心和勇气,不是依靠佛。"

"我知道。不过秀芬幸得没读什么新书,就让她安安心心相信命运,相信定数吧。"

六叔没有再说话了。蜡烛即将烧尽,风从窗户破洞中吹进来,由于成堆的蜡泪,火苗反而加大了。望着跳跃的火苗,我不由得想起秀芬命如游丝之时,有一下子回光返照,精神反而好起来,絮絮叨叨地同我讲了许多话。但为了不再使六叔伤心,我还是把满心想告诉他的话忍下去了。

蜡烛马上就要熄灭了,六叔眼神定定地注视着它,直到烛芯蜷缩在蜡油里,他才轻轻吹熄余火,幽幽地说:"我们进去吧。"

他把笔记本和香袋小心翼翼地收在内衣口袋里,拍拍我的肩说:

"以后我们不要再提了。"

我当然不会再提,但我们心里能忘得了秀芬吗?

走出小屋,一阵寒风吹来,树叶纷纷飘落。冬已来临,橘园又将有好长一段日子冷冷清清的了。

大伯的回信来了,他写道:"秀芬病殁,至为哀痛。灵柩希暂厝橘园一角,待我归来后善为安葬。"

大伯真的会把秀芬放在心上,说自己"至为哀痛",但"待我归来",究竟是哪一天呢?难道让秀芬死后还要无年无月地等待吗?想起秀芬抄的那首诗"君问归期未有期",我真是好心酸。

大妈淌着眼泪说,大伯是个好心肠的男人。大妈心甘情愿地住在乡间,默默地盼待着他定时"贤妻妆次"的简短来信,度着淡泊的一生,也就因为她信任大伯是个好心肠的男人吧!

钱塘江畔

我高中毕业后，为遵从严父之命，就近进入杭州之江大学，心中总觉有点委屈。因为我的志愿是去北平念呱呱叫的燕京大学。当时的高中及大学生有几句评语是："北大穷，师大老，只有燕京清华呱呱叫。"我既然"呱呱叫"不起来，只好当一个土头土脑的本地大学生了。没想到一进之江，看到巍峨校舍背山面水的大气派，听了开学典礼中校长和各位主任的训诲，心中疑虑顿息，而且立刻就爱上这所大学了。

之江的风景之美，据说居全世界大学第四位。办公大楼的慎思堂，居高临下，面对波涛汹涌的钱塘江。背面是水木清华的秦望山，远处是雄伟的南北高峰。出校门下山，向左走不到数百步就是六和塔。向右步行一小时即可到品茗胜地九溪十八涧。在秦望山上远眺，只见西湖像银白色的一个圆点，点在银白色弯曲的钱塘江边上，形成一个"之"字，也就是之江大学之所以得名。

我幼年时在故乡看《东周列国志》，知道钱塘江潮水的故事：第一个大潮头是伍子胥的怒气，第二个紧接而来的是闻仲的怨气。所以钱江潮水是一前一后奔腾而至。我曾随双亲至海宁观潮，亲眼看见滔天白浪，张牙舞爪向你迎面扑来，心中有点畏惧。又想起戏台上伍子胥怒目吹须，仰天号哭的神情，不禁合掌向潮头拜了三拜，表示对历史上孤臣孽子的崇敬。

我进之江时，中国最伟大的工程之一钱江大桥正在施工中。因此于课余之暇，同学们都三三两两，到江边散步，欣赏江上秀丽的朝暾夕辉，也参观工程人员的工作情形。尤其是土木系同学，对此最感兴趣。有时还上小汽艇去实地领略一番或帮点小忙。对于如此艰巨的工程，我们居然能身历其境地去感受，确乎是非常幸运的。

想起当时我们女生都不喜欢上体育课的球类，老师也就网开一面，让我们到江边划船。也无非比画比画，送我们每人一个七十分。然后就一群人嘻嘻哈哈地到六和塔下的小摊上吃片儿汤，吃饱了，迎着晚风唱歌回宿舍。一路上还买些水果、花生、老菱等，边走边吃。年轻人的橡皮肚子，是永远胀不破的。有时，就会有自告奋勇的男同学来帮忙提东西，女生就落得轻松。

有一次，我和同寝室最知己的同学邹小乔才坐下来吃片儿汤，就看见一位高高大大的男同学走来，在小乔的对面坐下说："小乔小姐，桌子不够了，我和你们一起坐可以吗？"我向来比较羞怯，没有作答，小乔点了点头表示同意。原来这位男同学是土木工程系的韦明峰，全校都认识的"大力士"，在迎新晚会上，他赤裸着肌肉发达的上身，穿一条豹皮短裤，在台上表演气功，睡在钉板上，肚子上压着大石板，石板击碎了，他背上连钉印子都没有。小乔和我对他的印象是江湖卖艺之辈，一定流里流气，书更念不好。所以这时对他越发爱理不理。吃完了，他就抢着付钱，小乔和我的原则是绝不轻易接受男同学的请客，以免制造闲话。尤其我庭训至严，和男同学说话都战战兢兢，遇到这种情形，就有点不知所措。小乔却大声地说："啥宁（什么人）要侬（你）请客？"上海话带点苏州腔，格外的娇嗔。韦明峰只是冲她咧了咧雪白整齐的牙齿，把亮晃晃几枚银角子撒在桌面上，站起身来，等我们先走。小乔一扭身子，理也不理他就往前走去，我紧跟着她，韦明峰就在我们后面亦步亦趋，非常谦恭的样子。想起他表演气功时那副雄赳赳的神气,刚才被小乔刮了顿胡子,我心里倒有点不忍,却又不好意思理会他。将到校门时,他指了指男生宿舍,用浓重的广东口音说:"我住在东斋,那边是西斋。我的寝室是锡(十)号。"

小乔像是听也没听见,我看他可怜兮兮的,就对他点个头,说声谢谢。经过东斋门口时,总以为他该停步了,没想到他仍跟在后面,一路送我们到女生宿舍韦斋的"男生止步"处。我再向他说声谢谢,他结结巴巴地说:"明天傍晚,我请你们去江边划船好吗?"小乔早已走进大门,飞奔上楼,(其实我们的寝室在楼下大统间。楼上是高年级同学住的,新生似乎要吃点亏。)他的话是在对我说,眼睛却一直望着小乔的背影。我只好代回一声:"再说吧。"因为心里知道他是追小乔的,反而觉得坦然大方起来。而且直觉地认为这个男生不错,他健硕的身材,和小巧玲珑的小乔在一起,给人一种英雄美人的感觉。于是我就有意成人之美,要拉拢他们,我那一副乡下姑娘朴实的神情,韦明峰也许感受得出来,斯斯文文地反而对我说了声谢谢才走了。

我和小乔的床是并排儿紧靠的,两人感情既好,时常于熄灯后聊到深夜,无非是些女孩儿家的悄悄话。小乔的中英文都很好,喜欢背诗词,看西洋名著小说。我们讲起缠绵悱恻的《茶花女》或《红楼梦》、《断鸿零雁记》来,仿佛自己也是书中女主角,热泪涔涔而下。小乔是外文系,我是中文系,彼此惺惺相惜,无话不谈。当晚我就悄悄地问她:

"那个大力士,好像对你很有意思呢,这么多新的大一女同学,他就已经记得你的名字了。"

"那有什么稀奇?他不是听别的女同学也在喊我名字吗?我最讨厌这种人,自作多情,尤其是广东人,最喜欢当着女同学耍阔。"

"你的成见太深了,我倒不觉得他是那种油腔滑调的人。"

"我就是不喜欢,你这样念念不忘,看来你倒是有点喜欢他呢。"

"你完全错了,我才不会喜欢这一型的男孩子。"

"我知道,你喜欢的是穿着一袭飘飘然的长衫,在月光下吹着洞箫的那种男孩子。"

"你好酸,那是诗词中人物,现实世界里哪会有?你别转移目标,我真的问你对大力士印象如何?我看他人很诚恳温厚,你不是说喜欢温厚的人吗?"

"你又不会看相,怎么知道他温厚?"

"小时候听外公说的,男人额角高,眉心宽,表示心地宽大,鼻子圆圆的,不是鹰钩鼻,嘴巴大,嘴唇厚厚的就表示温厚……"

"你倒真像个看相的,还有呢?"

"还有就是缺点了。"

"什么缺点?"

"就是后脑勺太扁了点,一定是小时候摇篮里睡得太多了,他妈妈太忙没工夫抱他。"

小乔咯咯地笑起来,说:"头发再留长点,就看不出来了嘛。"

"对啦,你说这话,可见你也注意到了,而且已经喜欢他了。"

"你别胡说,我才没那么容易喜欢一个人。告诉你,我有三个表哥都追我,我一个也瞧不上。"

"啧啧啧,好神气,我有三十个表哥都追我,我也一个都瞧不上。"

"就因为三十个表哥里面,没有一个穿长衫吹洞箫的。"

"一点不错。"我们都笑得喘不过气来,直到老舍监韦尔森小姐来巡视,我们才不作声了。

第二天一大早,挑水的校工经过我们韦斋,在窗外轻轻敲了两下说:"邹小乔小姐,有你一封信。"

"信?"我比小乔还急,一跃而起,打开窗户,伸手接过来,一看信封上写着:"请送韦斋一号宿舍,邹小乔小姐,东斋韦拜托。"我大喊:"小乔,大力士开始第一步了。别看他傻乎乎的,你住哪间屋子,他都打听得清清楚楚。快打开来看。"

"你代我拆一下,念给我听。"

"不行,第一封情书,一定得自己拆。"

"什么情书?快拆嘛。"

我只好遵命而拆,高声念:"小乔,本星期六下午,我们一同在江边划船,然后去九溪十八涧喝茶好吗?随你约多少同学都可以,我划船划得很好,可以带队。我在清溪谷的桥边等你们。盼你的回音。"那桥名情人桥,可是大力士不敢直说。

"怎么样,他真是文武全才,挺雅的,而且知道你喜欢喝茶,苏州小姐嘛。"(小乔的母亲是苏州人。)

"我才不去。"

"去吧,我陪你,我情愿当两百瓦的电灯泡,别让他失望了好不好?"

"小珍,你真是道地乡下姑娘,哪有这样一请就到的?"

"唔,非得搭上架子,三请四请才姗姗而去。"

"九请十请也不去。"

"干吗这么绝情呢?小乔,除非你心里已经有人了。"

小乔没有回答,只轻轻叹了口气,好像她不接受男孩子的追求另有苦衷。我们虽知己,她不说我还是不愿追根究底地问。那封信,小乔就没有回复,韦明峰第一次的邀请落了空,可是从那以后,他竟是每天一封短简,由挑水工友递送过来,放在窗台外面,轻敲一下玻璃就走了。小乔每天早上醒来,第一件事就是打开窗户,取进信来，拆开来看一眼，然后就往枕头或褥子底下一塞，信太多了，就掉到床下，打扫房间的女工友就会随便扫走。我若看见了就急急抢救起来，吹去灰尘，放在她小书桌抽屉里。有时小乔兴致来了，也将一把信都抓出来让我一封封地看，一封封地念。有中文，有英文，他引诗词和西洋诗都恰到好处，情意至为隽永而不肉麻。看来他也背了不少古典诗词，莎翁的剧本尤其熟，读得我也津津有味。这样一个文质彬彬而又英俊挺拔的少年，小乔会丝毫不假以辞色，真是奇怪。不过有志者，事竟成，这就得看韦明峰的耐心了。

有一次，我们到六和塔下散步，然后在钱塘江边的沙石上坐下来，吃橘子，看落日。小乔最喜欢看落日晚霞。她常说将逝去的短暂时刻最美。她这种论调，照我外公的看法，是不大吉利的，不知为何，我会有这种迷信的想法，无怪小乔笑我是十足的乡下姑娘，脱不了土气。

我们正哼着电影里的一支歌曲："Let's you and I go, Sailing along the rippling stream, Holding hands together……"却听到背后噗噗噗的摩托车声戛然而止。一个带磁性的男高音，接下去唱："Together, we'll dream." 回头一看，正是韦明峰，他居高临下地骑着一辆崭新的摩托车，停在上面的马路上，笑吟吟地望向我们。他得不到小乔一个字的回音，却毫不在意似的。我推了一把小乔说："跟他打个招呼吧，怪可怜的。"小乔抿嘴一笑，抬起手臂向他摇了两下。公主的一丝浅笑，对他真是无上的光荣，他马上跨下车子，飞奔而下，对着我们恭恭敬敬地说："今晚月亮会很好，我们现在先划一下船，然后散步去九溪十八涧品茶好吗？"还是那个老约会，我极力赞成，为了朋友，反正做定了电灯泡。小乔不置可否，韦明峰马上去找一条较新的小船，扶我们上去。坐定以后，他双桨并摇，姿势美妙。他和小乔是面对面的，我虽背对他，却可想象他那分兴奋快乐。小乔也确实欣赏他划船的技术；问他一些控制船身以及如何适应水流的问题，他生硬的广东国语显得特别淳朴，和小乔的呢哝吴语，配合起来，格外令人陶醉。我这个局外人，就像欣赏一部旖旎风光的爱情影片，感到飘飘然的欢乐。划了一阵船，晚霞已由金红转为暗紫，平静的江面跳跃着瞬息万变的光彩。我望着施工中的大桥，不禁叹息建筑工程的伟大。韦明峰告诉我们桥墩内部的构造，和工程人员如何趁着退潮时打下桥墩的艰巨过程。看得出他对于这份庄严工作的向往，和对于工作人员的尊敬，使我立刻感觉到，他并不是个花花公子型的富家子弟，而是一个对人生的意义与价值有着肯定看法的人。想他将来毕业之后，服务社会，一定是个敬业乐群之人。我都有这种感觉，聪明敏锐的小乔还会没有认识吗？我偷觑一下，只见她低着头，望着船边流逝的江水。真的是"欲语还低面，含羞半敛眉"，这神情怎不教一往情深的韦明峰神魂颠倒。

　　船靠岸后，韦明峰上岸在车子前面口袋里取出一个照相机，硬要为我们拍照，我知道小乔还不会愿意和他合拍照片，就退开一边，让他为她单独拍一张。让伊人玉照，与他长伴。

　　收好相机，他去小店里买了大包小包的零食，推着车，和我们一同走向九溪十八涧。在茅亭坐下来，打开零食包，正是小乔最爱吃的瓜子和奶油松子糖，韦明峰真是个可人儿。

　　小乔仍不愿多说话，只是嗑着瓜子，她嗑瓜子的技巧高明，几粒瓜子同时丢在嘴里，用舌尖一舔，喀喀几下，吐出来的壳全部都是完整的，我大大地夸她一顿，她不由得也得意起来说："我妈妈的嗑瓜子技术才高明呢。一把壳吐出来，随风飘在地面上，就像梅花瓣似的。无锡有个赏梅胜地叫香雪海。在亭子的走马廊里坐着嗑瓜子赏梅花，她吐的瓜子壳，可与梅花瓣比美呢。"

　　"那真是砌下落梅如雪乱，拂了一身还满了。"韦明峰忽然冒出一句后主的词来。

"看不出你这个'土木人',真的还喜欢文学。"小乔也开腔了。

"学工程是父亲的意思,他说我身体好,有这本钱应该学点实际科技方面的学识,为国家做点事。文学是我的兴趣,用以陶冶性情,这是受母亲的影响。她在我小时候就教我背诗词。当时只是顺口的背,现在越念越喜欢。觉得其中境界无穷。不知你们觉不觉得,一个人在寂寞、失望时念念诗词,会使人振作起来。想到古人所耐的寂寞和经受的打击,要比我多得多,心里就坦然了。最奇怪的是愤怒的时候读诗词,会让自己平静下来。我父亲曾说过一句话:古来大政治家、大文豪到了晚年,诗词愈作愈多,愈作愈好,就是他们不再愤怒了,苏东坡就是个好例子。"

他一口气滔滔不绝地说下去,真没有想到一个学理工的人,对文学有如此深度的认识与爱好。小乔问他:"你最喜欢哪个人的词呢?"

"我不是中文系的,还不会分辨各家的作风,只是拣我自己喜爱的背。我很喜欢'悄立市桥人不识,一星如月看多时'这两句,却不记得是谁作的了。我觉得那一分独来独往的苍凉,只有星星月亮才知道。"他说话时,浓浓眉毛下一对眼睛一直注视着小乔。小乔却故意左顾右盼地指着我说:"她最喜欢的是姜白石的'旧时月色,曾几番照我梅边吹笛'。"并向我做个鬼脸。

"那么小乔,你呢?"小乔两个字,像从他心儿里流出来似的,那么的轻柔,温馨。

"我也不是念中文系的,记不得太多,我倒是喜欢苏东坡有首《卜算子》。尤其是最后四句:'惊起却回头,有恨无人省。拣尽寒枝不肯栖,寂寞沙洲冷。'"

"对极了,我也好欣赏,这是他自己心情的写照。"

小乔只浅笑一下，没有再搭腔。我但愿他们的交谈能愈久愈好，想起身走开，又怕小乔不肯单独与他相处。不走吧，总觉使韦明峰不能畅所欲言。左右为难中，却想起"毋欲速，欲速则不达"的古训，就索性尽力扮演一个恰当的角色，让气氛显得更为自然而融洽。于是我即景生情地描述了故乡春山绿水的好风光，和自己童年有趣的故事，逗大家笑乐一番。几壶清茶和花生豆腐干已使肚子胀胀的了，才兴尽而归。韦明峰仍旧手推摩托车，送我们到韦斋门前。

晚上，我故意不和小乔谈韦明峰，让她静静地自己体味。

次晨，照例是一封信摆在窗外。小乔拆开看了递给我看，写的是："和你们分手以后，又骑着车去江边兜风，我从来没这般快乐过。小乔，有个要求能答应我吗？让我陪你在清溪谷的桥上散一次步，只要一次就够了。等你回音。"他仍旧不好意思把那座情人桥的名字说出来，生怕恼了小乔。

"答应他吧，小乔，不要让他一直做'悄立市桥人不识'的孤单人儿。"

"那又不是市桥，你比喻得不伦不类，而且我总是不喜欢他骑着摩托车耀武扬威的样子，这和他谈天时的神情不一致。"

"那又有什么关系，人的性格应当是多方面的。"

"性格多方面的人一定是多变的。"

"所谓多方面指的是兴趣，一个人内心总有一点最固执不变的东西。"

"那是什么？"

"爱。"

"小珍，告诉我，你爱过吗？"小乔忽然问我。

我有点茫然，只期期艾艾地回答："没有。"

"我也没有，"她咬了下嘴唇，"可是我若是爱了，我要爱到底，我也不能容忍我所爱的人,为别人所爱,或再爱别人。"

"你真富于想象。影子还没有的事,想它做什么?"我就是那么个浅薄乐观,无忧无虑的傻女孩。

"你不知道我母亲一生有多痛苦,父亲对她一见钟情,结了婚,生下我以后就抛弃她了。我牢牢记住母亲对我说的话:'不要轻易相信一个英俊男孩的甜言蜜语和细心体贴。她说'相思本是无凭语,莫向花笺费泪行',母亲怕我重蹈她的覆辙,几乎不让我进大学呢。"

"母亲那个时代和我们不同,女人一次婚姻的失败,就是永恒的创伤,现在已没这么严重了。"

"照你这么说来,所谓新时代的新女性,就可以随随便便地恋爱,随随便便地结婚、离婚啰。小珍,真没想到你会把爱情看得如此云淡风轻。"小乔几乎是非常生气地提高了嗓门,她从没这样对我说话过,倒把我吓慌了,也不知如何作答,她又继续说着:

"告诉你,不管旧时代、新潮流,古往今来,爱情就是海枯石烂,生死不渝的。你是念中国文学的,这点观念应该比我更根深柢固。"我被说得哑口无言,看来我真是个毫无人生经验的傻大姐。但由于小乔说出她母亲的事,我反倒不便再苦劝她理会韦明峰了。说实在话,我又知道他多少呢?

邀约散步的信,小乔就没回他。韦明峰的信,还是一天一封不断地送来,而且把在江边拍的照片也附来了,小乔单人照的后面,写着"柔情似水"四个字,因为小乔的眼睛是注视着江水的。

气候渐入冬令,我们也很少去江边散步,就不大见到韦明峰了。只有在每周一次的《西洋哲学概论》课里,可以见到他。在课堂里,彼此点点头,一个微笑,很少说话。韦明峰从来不挤到小乔边上来坐,而且时常迟到,点着脚尖悄悄在后排坐下,美国教授戴博士总要打趣地喊一声:"Good morning, Late Mr. Wei!"于是全堂大笑。

下课时，他总是最后一个慢吞吞离开教室。小乔有时也会向他看一眼，奇怪的是他从不上前来和我们说话，仿佛那些情意款款的信都不是他写的。我觉得他那么一个生龙活虎似的人，却由于小乔对他的冷落漠视，而显得落落寡欢起来，我心中实在不忍，不由得又劝小乔："至少给他一封简单的信，谢谢他拍的照片总可以吧。"小乔也被我说动了，用秀娟的字体，写了几句："照片技术不错，只是背后的题字不甚恰当。天气已冷，我们不去桥上散步，就在明天下午下课后去六和塔，爬上最高的一层，看看钱塘江。"我看了信，兴奋得什么似的，等待第二天在《西洋哲学概论》课上，由我转递给他。

奇怪的是韦明峰没有来上课，他尽管常常迟到，却从不逃课的。直到下课，仍未见他来，小乔也不时注意教室门口，显得心神有点不安，我反而暗暗高兴，因为知道小乔已经渐渐在关心他了。戴教授离开教室时，还拿起点名册看一眼，向我们耸一下肩说："Late Mr. Wei is really too late this morning!"我笑了笑，小乔却双眉紧锁，十分无情无绪的样子，谁说她冷若冰霜，她已经为韦明峰的情丝所困扰了。

过不多久，校门外忽然传来消息，说昨夜钱塘江建桥工程出了事，施工人员的小汽艇后面的车叶不知怎么被江里的铁丝缠住了，怎么也挣脱不开。因此耽误时间，后半夜潮水上涨，汽艇翻覆，站在桥墩上的人一筹莫展地眼看汽艇沉没，工作人员与浪潮挣扎到筋疲力尽，终于全部丧生了。更令人吃惊的是死者之中竟有一位之江的学生，就是韦明峰。这是不可能的，他为什么深更半夜去江边，也上了工程船呢？小乔浑身颤抖，脸色苍白，我也五内如焚，心慌意乱，一下子牺牲了几十位尽忠职守的施工人员，已经够触目惊心，其中竟然有韦明峰，这究竟是怎么回事？难道他会因小乔对他的冷漠而自杀？不会的，我断定他不是这种人。正在伤恸疑惑之中，挑水工友送来一封信，结结巴巴地说："小姐，真对不起，这是韦明峰的信，他昨晚交给我，就骑着摩托车去江边了。我劝他这么冷的天，去江边干什么，他说心里烦出去兜一圈。"

"是他骑车冲向江心的吗？"我急迫地问。

"不是的，我去江边看过了，车子还好好停在路边呢！站在桥墩上的工人说，汽艇要翻掉时，他就脱去大衣，跳下江心去帮着营救，想解开铁丝，可是潮水太大，挣扎了很久连他也淹死了。真可惜，韦先生人好热心，对我们工友都很好，他昨晚把信交给我时，叫我一定要多敲几下玻璃窗，等邹小姐醒了，把信交到她手里。可是今早因为这个坏消息赶到江边去，反把信忘了，现在送给邹小姐已经太晚了，我真对不起他。昨天晚上看他心神不定的样子，应该劝住他的，现在说什么都太晚了。"

我木鸡似的呆立着，听工友喃喃地叙述完毕，不禁泪如雨下。小乔更是泣不成声。她内心对韦明峰的歉疚抱憾之深，是无法形容的。工友走后，她把韦明峰最后这封信递给我看，轻轻叹息了一声说："他真傻。"他的信里写着："小乔，最近常常觉得，不能得到你的爱，连活着都没有意思了。今夜再骑车去江边兜一圈，也许江水会给我一点启示。因为我总觉得你是柔情似水的——虽然钱塘江的水是怒吼的。什么时候，能得你的允许，一同在桥上散一次步呢？真的，一次就够了，我有好多好多话想跟你谈。明天在课堂里，能得到你的答复吗？"

我无言地把信折好，小乔已在枕头底下，褥子底下，抽屉里，翻出他所有的信。一封封看，一封封折叠。泪水一点点滴落在蓝色的信笺上。谁说"相思本是无凭语，莫向花笺费泪行"呢？对小乔来说，韦明峰这份纯真温厚而带点稚气的爱情，将会使她流一辈子的眼泪。想起她对我说的："我要是爱就爱一辈子，但我不能容忍他

为别人所爱或再爱别人。"现在这番话倒成了无凭的空言了。但以小乔轻易不动情却又情深似海的个性，韦明峰赢得她的眼泪，也算死而有幸了。

我翻开《西洋哲学概论》，取出夹在里面小乔给韦明峰的信，这第一封也是最后一封无法转交的信，放在韦明峰所有的信一起，为她包好塞在一只匣子里，轻声对她说："以后别再看了。"

小乔幽幽地叹了口气说："戴教授老是喊他 Late Mr. wei 真是个不祥之兆，尤其今天，我好像就有一种感觉，他永不再来上课了。"

我也百感交集，不知怎么安慰她才好，原是一朵绚烂的爱情之花，未开放便已萎谢了。我原是个不知愁的女孩，而生死瞬息之间的大变，和钱塘江边躺着的几十具殉职者的尸体，这种悲惨的现象实在令人心惊。好多天，我和小乔都不敢去江边。有一天小乔忽然对我说：

"小珍，陪我去桥上散一次步，再去六和塔，爬上塔顶，我要看看钱塘江的水，它为什么要这样愤怒，吞没了好人。"

"再过些日子吧。"我心想，"你何不早点答应韦明峰呢？"想起江边傍晚的彩霞，是小乔最喜爱的，她说倏忽逝去的短暂时光最美。我怀疑韦明峰的爱，在她心湖中所掀起的涟漪，会不会是短暂的呢？

挑水的工友告诉我，同学们从韦明峰挂在摩托车上的夹克口袋中，发现一张小乔的照片，背面写着"柔情似水"四个字。我没有把这话转告小乔，只在心中默默地纪念着这位以全生命去爱的好人。他爱他心中的公主，也爱这世界上所有的人。他又自恃体魄壮健，对水性熟悉，不然，他就不会奋不顾身，跳入巨浪澎湃的江心救人，终于同被江水吞没了。

绣香袋

郑清松喝完了最后一口白兰地，让冰凉浓烈的芳香散布到全身，就向热心的主人告辞出来。

他驾着自己的新型别克小轿车，驶向平坦的公路回阳明山的寓所。暮春的深夜，山中空气清凉。他本来多喝了几杯酒，浑身热烘烘的。夜风吹来，带着阵阵树木的清香，倒把他的几分酒意吹散了。他踩了下油门，加快车速，车身就有点上下颠簸起来，他喜爱这颠簸，这使他回忆起二十年来的艰苦路程。如今他虽说已成为一个小有名气的医生，但他仍一直像在追寻什么失落的东西。岁月像在苍茫中从他两边飞逝过去的树木山石，隐隐约约无可捉摸。他很想退回二十年，再领略一下离乡背井以前的种种情调，可是一切都变了，故乡的亲友凋零，他最知己的朋友不知下落。还有她——玉芬，她结婚以后幸福吗？

夜风从耳边掠过，凉意袭人，他再加快一点速度，在蜿蜒的公路上随意奔驰着，开快车使他有一种冲到冰冷月球里去的感觉。

夜深的公路上没有行人。他正享受着一份腾云驾雾的快意。可是在一个急转弯的一瞬间，一个蹒跚的人影在车前一晃，他赶紧刹车，车子一歪，那人倒下了。

他跳出车门，酒完全被吓醒了，可是浑身又像被浇了一盆滚姜汤，从头顶一直烫到脚底心，他知道自己闯祸了。

那行人毫无知觉地躺在路边，脸部与肩头淌着血。他把他抱到车上，赶紧驶回城里，径直送他到自己服务的医院。护士替他洗去创口的血，才发现他伤得并不重，他并不是被碰倒而是惊慌跌倒被擦伤的，他的神志也逐渐清醒过来，只是心脏很弱，需要再躺着休息一二天。

"撞你的车总要比撞上卡车运气好多了。"护士在一阵忙乱之后，轻松地说。

他也笑笑，可是当他凝视着受伤者洗清过血迹的面容时，他愣住了。怎么这人的脸这么熟，会有这么巧，真是他吗？

护士拿起登记牌，问他："请问你的姓名。"

"陈春生。"他回答。

真的是陈春生，郑清松转过身子，紧紧握着他的手喊："春生，你认识我吗？"

往事像照明灯似的在陈春生眼前亮起来，他睁开眼睛仔细地看着对方，也不由得喊起来："清松，是你，真没想到会这么巧，我们总算又见面了。"

"我回台以后一直打听你，也登过报，你没看到吗？"

"看到了，我也看到你回台行医的消息。"

"那你为什么不来找我？"

"我现在这个样子，不愿意去找你。"

"春生，我们是年轻时代的好朋友啊。"

"清松，二十年了，你并没有多大改变，可是我却老得不成样了。"

"过了二十年，谁都老了，你好吗，一家都好吗？"他很想问玉芬好吗？可是话到嘴边又改了口。他看看他靠在床上微显伛偻的背和一身旧香港衫，想起他从前的健壮体魄，不禁有隔世之感。

"我的运气不好,生意亏了本,日子愈来愈不好过。玉芬很辛苦。"

终于提到玉芬了。他问他:"她现在呢?"

"在国民小学当一名职员,刚才我就是去看她回来。"

"你们有几个孩子呢?"

"三个,大的高中快毕业了。你呢?"

"我,我还没有结婚。"

"你真的一直不结婚?"笑容冻结在春生脸上,谈话一时继续不下去。护士小姐却插嘴道:

"你们原来是老朋友呀,真巧。"说着,她端着盘子出去了。

"春生,你身体有点虚弱,在这儿休养几天,我是这里的医生,会好好照顾你的,天一亮就打电话请你太太来看你。"他没有喊玉芬的名字,可是他高兴的是马上可以见到她了。

他吩咐护士天亮打电话,就与春生告别出来,急急驾车回去。一路上,他有点心焦,他恨不得一直开到那所国民小学去看玉芬,他认为去告诉她,她的丈夫被他的车撞倒,并向她道歉,该是个正当的理由。可是他没有那样做,他得等到明天才能见她。

玉芬是他二十年前的爱人,不,她是春生的爱人,他只能说是偷偷地恋着她,他与春生是同班同学,高中毕业以后,春生就随着父亲经商,没有升学。因为生意顺利,他们就成了地方上数一数二的富户。清松却考取医科,继续研读。每年暑假,清松几乎都在春生的家中度过。清松不是为了贪舒适,而是为了可以多接近玉芬。

玉芬的父亲是春生父亲的助手,他们又住得很邻近。玉芬是文静美丽的女孩子,她时常给春生家送些她妈妈做的米糕甜酒之类的东西,还帮春生的母亲做绣花活。春生的母亲非常喜欢她,心目中早就选中了她做她的儿媳妇了。至于春生呢,他因为与玉芬自小混得太熟，感情就一直跟兄弟姊妹似的，他也早知道母亲有以玉芬为儿媳妇的意思，玉芬是他未来的妻子，在他心中已是顺理成章的不变事实，他对于玉芬反倒没有丝毫喜爱的表示，充其量把她当作一个妹妹，或家族的一分子。这在清松看来是不可理解的事，他到底爱不爱玉芬呢？他对她怎么总是一副君临天下的神态呢？玉芬爱他吗？她将来会成为他的妻子吗？他自己每个暑假都去春生家，玉芬对他总是那么亲切自然，好几次她替他把脱线的衣服缝好，破掉的袜子补好，她还给他织了一件深蓝色的毛背心。有一次她特别给他包了几个甜饼，要他拿回去给祖母吃。她那妩媚的一笑，细细的手指把额上的刘海向上一掠，那可爱的姿态真叫清松着迷，她究竟喜欢春生还是喜欢他呢？他忍不住想问问她。有一天，他拿着本书在大榕树下乘凉，看见玉芬提着小包远远地走过来了。他站起来和她打招呼，问她又送什么好点心来了。

"给郑大妈绣的床毯。"玉芬回答着，往屋子走去。

"玉芬，别走，我们谈谈好不好？"

玉芬偏着脸朝他笑笑，也就在大石头上坐下来。

"你做得一手好针线，肯不肯也替我做一对枕套呢？"

玉芬咯咯地笑起来，露出雪白的贝齿。

"你笑什么？"

"笑你一个大男孩子要什么绣花枕套，而且还要一对。"

"怎么不能要，准备将来结婚用呀！"

"你们读书的将来要什么就在大城市里买，还用得着一针针手绣的。我们乡下人才只好用手绣的。"

"手绣的才有意思，玉芬，你给我绣一对，没有工夫就绣一个也好。"

"我不绣。"

"为什么?"

"妈问我给谁绣的,我说出来她准会骂我。"

"给我做和给春生做还不是都一样,我们俩是同学,我们都没有结婚。"清松说着说着,就有点激动起来。

玉芬俏丽的眼神定定地望着他半晌,然后低下头悄声地说:"妈如果知道你也住在春生哥家里,她就不让我时常来了。"

"为什么?我不懂。"

"妈说我已经长大了,不能时常跟男孩子在一起。"

"春生不是男孩子吗?"

"那不同。"

"怎么个不同,玉芬,你说,怎么个不同。是不是她曾决定要把你嫁给春生?"

"你别胡说,我要进去了。"

"玉芬,你生我气了是不是?"

她摇摇头。

"那么答应给我绣一个枕套,一定。"

玉芬又是扑哧一笑,一扭身子就跑了。

可是这一笑,清松看出玉芬是喜欢他的,那么她是一定不会嫁给春生的了。

那年寒假,清松又去春生家,正巧春生随着父亲出去了,他不能在春生家住下,可是他必须见见玉芬,他要知道她有没有替他绣枕套。

玉芬来了,他连忙跑到远远的溪边等她出来时截住她。玉芬缓缓地走来时,已经看见他了。

"清松哥,你一人在这儿干什么?"

"等你。"

"你说谎,你又不知道我今天会来。"

"我在心里祷告,如果我们有缘,我就会在这里等到你。果然被我等到了,可见我们有缘。"

"清松哥,请你别这么说。"她忽然低下头去。

"玉芬,我问你一句话,你一定要真心真意回答我。"

"你别问了,我要回家。"

"你在躲我。玉芬,你说,你究竟喜欢春生还是喜欢我?"

"两个都一样,你和春生哥是同学嘛。"

"不能那么说,你和春生是从小在一起的,我怎么能跟他比呢?"

"那你又何必问呢?"

"这么说,你是喜欢春生的啰。"

"你这人真是,你叫我怎么说呢?"

"那么,我再问你,我的枕套你有没有替我绣呢?"

"没有。"她摇摇头。

"玉芬,我知道你不喜欢我,我真太傻太傻了。"

"清松哥,不是我不肯给你绣,是怕我妈看到起疑心。我现在送你一样东西比枕套更好的,不知你喜不喜欢。"

"是什么?快给我。"

她从贴身衣服扣子上解下一样东西,递给清松,那是一只小巧玲珑的绣花香袋,清松接在手心,一阵身体的温暖混和着雅淡的清香,顿时如电流般传遍到他全身,他不由得心花怒放,把香袋紧紧握在手中,结结巴巴地说:

"玉芬,谢谢你送我这样好的东西,你对我太好了。"

"快收好,不要给旁人看到,我要走了。"她转身就跑了。清松呆呆地痴立着,可是他太兴奋了,他觉得自己从来没有这样幸福过。

第二年的暑假,清松再到春生家,却很少见到玉芬来了。清松忍不住问春生："怎么玉芬现在不来了？"

"在家赶嫁妆吧。"春生若无其事地说。

"赶嫁妆，她已经有人家了？"

"清松，你是真的不知道还是装蒜？"

"我为什么要装蒜，你说她跟谁订婚了？"

"当然是跟我，还有谁呀？"

"你怎么都没有告诉我？"

"家里给我们订的婚，这是迟早要办的事，有什么可说的呢？"

"那么你到底喜不喜欢玉芬？"

"我们从小在一起的，当然喜欢啰！"

"春生，你真好福气。"

"我看你好像有点喜欢她是不是？"

"你是在讥讽我。"

"我们是同学，我怎么会讥讽你。不过我觉得你念大学医科，将来当大医生，应当娶个文明点的小姐。玉芬是乡下女孩子，只配嫁我这种做生意的人。"

"春生，玉芬是个性情温柔的女孩子，你要好好待她。我真羡慕你的好福气。"清松万分惆怅地说。

"庄稼人，女孩子都是听话的，在我们传统家庭，女人不听话时就揍她。"

"你说什么？"

"没别的家法，做妻子的不听话就揍她。"春生满不在乎地说。

清松霍地站起来，啪的一记耳光掴在春生脸上，春生一下子惊呆了。清松也愣愣地半晌才迸出一句话来：

"春生，请你千万别打玉芬，你不能对她那么粗暴，那么狠心。"

大颗的泪水从他脸上滚落下来。

"你真愚蠢。"春生气愤愤地走开了。

清松奔回卧室,他自负的性格不能容忍春生的自私和冷酷,他想起玉芬命里注定要做这样一个粗暴男人的妻子时,心禁不住一阵阵的痛。他从贴肉口袋里取出玉芬送给他的香袋,紧紧握在手心,又把它凑在嘴边,轻轻吻着。玉芬已经与春生订婚,从今以后,他再也不能和她说话,她再也不会对他粲然微笑了。可是他深深地感到,玉芬明明是爱他的,却为什么一声不响就答应嫁给春生呢?一想起春生说"女人不听话就揍她"的话,他恨不能立刻去揍春生一顿。

清松父母早丧,由祖父母抚养长大,他是个予取予求被宠坏的孩子,他不甘心玉芬轻易为春生所得,他一定要再单独见一次玉芬,他要告诉她他爱她,他要问她究竟爱谁?

他虽然已离开春生家,可是他每天在山坡上等待玉芬,相信总有一天会等到她的。

一个傍晚,太阳已经落下地平线了。他看见玉芬从小山坡爬上来,走到他爱坐的那棵大榕树下,靠在枝干上,抬头望着天边的彩霞。在粉红的夕阳中。她的脸色却是忧郁的,他悄悄地走到她后边,轻轻喊了她一声,她转过身来,微微显得有点吃惊,可是眼神是喜悦的。他张开嘴想说出那句闷在心里很久的话,可是喉头打了结,半响才结结巴巴地说:"玉芬,我好想见你,今天才被我等到了。"

她低下头不作声。

"我明天要走了。"他又说。

"放寒假还会再来吗?"

"不来了,永远不来了。"

"你要走得很远很远吗?"

"嗯,很远很远。"

"清松哥，你这么说我心里很难过。"

"你快做新娘了是不是？"

她的头更低了。

清松走近她些，望着她秀丽的眼睛，修长的眉毛，微启的唇间，雪白的贝齿，挺直的鼻梁，他愈看愈着迷。而玉芬却被他看得一步步向后退。他一下子伸手紧紧抱住她的手臂，颤抖着声音说："玉芬，你跟我走，我们一起走得远远的。"

"放开，清松哥，快放开我。"

"不，玉芬，求求你和我一起走，我爱你，我不能离开你。"

玉芬使力挣脱了他强壮的手臂，拼命地奔跑，清松在后面边追边喊："玉芬，别跑，我有话跟你说。"

"你什么都别说，我不要听。你快走，马上就走。不要等到明天。"

他一把抓住她，喘着气说："你这么狠心吗？"

"清松哥，你和春生是好朋友，你不应该对我说这种话。"她站住了，冷冷地说。

"可是我问你，你既然要嫁给春生，为什么还送绣香袋给我。"

"那是因为我没有给你绣枕套，心里觉得欠了你一样东西。"

"可见你明明是喜欢我的，你为什么要嫁春生呢？"

"我并没有想过，爸和妈做的主，我就听了，陈大妈对我又很好。"

"可是你并不喜欢春生呀。"

"不，我很喜欢他，他对我很好。"

"他不会把你当妻子那么疼的，他会打你。"

"你胡说，你为什么要这样说他。"

"你不信，是因为你被春生家的钱迷住了。你嫁他是因为他有

钱，而我是个穷学生，你瞧不上我。"

"清松哥，你说这话太冤枉我了。你也不想想，我家跟春生哥家的交情，大人做的主，小辈只有听。再说春生哥并不像你说的那样，他会对我好的。"

"玉芬，我自己知道不该这样，我对不起你，也对不起春生，我决心走，马上就走，走到很远很远的地方去，永不再回来。玉芬，祝你嫁给春生以后幸福。"

玉芬双手掩着脸，呜咽地哭起来，不知是感到委屈还是伤心，清松此时已完全明白自己的处境，他也已心灰意懒，转过身去，一步步走开，头也不回地越走越远了。

在千辛万苦中，他辗转到了日本，在孤独中奋斗。在孤独中思念玉芬，是玉芬的眼泪逼他离开的，是玉芬的眼泪鼓励他支持了他二十年。他相信玉芬是爱他的，只是拘于传统的礼教，她必须服从家庭，忠于未婚夫。

他苦读成功了，得到医学博士，在日本也成了小有名气的医生，他已经有了地位，有了钱，现在他回到家乡来了。可是二十年来的春生，却因事业不顺利，变得无比的老迈穷困。玉芬跟着他吃苦，一定变得又老又瘦，满脸的皱纹，头发也白了，穿着一身破旧的衣服，两眼深陷，嘴唇紧闭，忍受着无穷的痛苦？……

驱车在阒无人迹的公路上，清松任想象夸大地驰骋着。他愈想象玉芬的困苦与衰老，心头愈感到一分报复的满足。如果她不是嫁给他，就不会这么吃苦。可是一想到明天就要看见她消失掉青春的憔悴脸容，心里又不由得一阵痛楚，而且为自己的自私感到不安。

车子经过刚才出事的地点，他仿佛又看见春生蹒跚伛偻的身躯陪伴着她艰难地前进。她衰老的丈夫当年一定狠狠地打过她，因此她眼中老是汪着满眶泪水。

夜风阵阵吹拂，路边伸展的竹枝刷着他的脸，他晃了一下身子，才发现已快到家门口了。

第二天一早，他驱车到医院。他想了一夜，决定要把春生从衰弱与贫穷中拯救出来。他要他和玉芬今后能过好日子。尤其是玉芬，他不能忘记二十年前她催他快走的话，他要她了解他的宽大，他对她始终不渝的爱。

一到医院，护士就告诉他陈春生的太太已经来了。他走上楼梯，心却狂跳起来，他马上要看见她了，二十年来魂牵梦萦的人，走到病房门口，他踌躇起来，伸出去敲门的手又缩了回来，"也许她正在哭泣，眼圈红肿，枯黄的短发披散在前额，她看见我会多窘呢。"他心里想着，呆呆地站在门外。

门忽然开了，他反而倒退一步。一张微显苍白却十分美丽的脸出现在他眼前。与二十年前山坡上大榕树下的容颜并没有多大差别。她就是玉芬，她竟还是出奇的美丽。他感到一阵迷惘。一个饱经忧患的中年妇人，怎么能这样年轻。她柔软的头发随意地飘垂着。皮肤洁白，修长的眉毛下，眼角隐约的皱纹反而画出了她成熟的美。一件旧而整洁的衣服更衬出她的朴实淡雅。她比以前更庄重，更沉静，也没有那点幼稚的乡下气了。她手里捧着一个盘子，宛如当年捧着米糕点心来春生家的神态。

"啊，清松哥。"声音仍是一样的亲切。

"玉芬，多年不见，你好？"他期期艾艾地说，"昨晚的事我很抱歉。"

"没有什么，是他自己不小心。"她走出来带上门，"他吃了早点又睡着了，让他再睡一下吧。"

"好，我们到走廊那边的休息室坐一下。"

他们来到安静的休息室，玉芬靠着窗口坐下来，窗外是一抹澄

明的蓝天，映照着她的脸，更清秀动人了。

"我们能再见面真好。"玉芬显得万分欣慰地说。

"如果不是我撞了春生，恐怕还见不了面。"

"我们早知道你回来了，是春生不愿意来看你。"

"你呢？"

她抿嘴一笑，没有说什么。

"玉芬，整整二十年了，你还记得我吗？"

"我们时常想念你，也打听你的消息。后来知道你去了日本，又知道你当了大医师。看你现在多神气。"

"你觉得我神气吗？其实我心里一直很空虚。"

"为什么？"她问得那么不假思索，使他感到失望。

"难道你不知道我是赌气出去受苦的吗？我受不了那么大的打击。"

"二十年都过去了，你还提那些事干什么？"

"二十年如一日，我忘不了你对我的好，也忘不了你那掉头而去的决绝神情。我总以为你嫁春生是因为他有钱。所以我发誓没有钱绝不回来。"

"其实你想错了。我并不看重钱。我们后来很穷了，感情却愈来愈好。"

"玉芬，春生打过你吗？"他忽然问，使她感到吃惊。

"打我？没有，他从来没打我。他对我好极了，他是个好丈夫，也是个好爸爸。"

"听你这么说，我心里真高兴。"其实他心里有一丝轻微的失望，他为这一分自私感到羞耻。

"玉芬，春生的身体不大好，他应当多休养，不能太辛苦了，你能答应我在金钱上帮助你们吗？"

"谢谢你对我们的好意。只是春生和我都不会接受的。"

"我们原是好朋友,况且我所做的一切都只为了你。玉芬,我但愿你的日子能过得好一点。"

"如果你只为了我,我更不能接受你的好意了,我们虽然日子苦一点,却是彼此信赖相爱。"

"玉芬,你还是跟二十年前一样的倔强。"

"清松哥,彼此都经过了很多年了,你也该想开些了。我听春生说你还没有结婚。"

他没有理会这句话,只是喃喃地说:"你记不记得送我的绣香袋?"

"年轻时所做的傻事,你还牢牢记住?"

"我把它保藏在最神秘的地方,上面绣的花还是跟从前一样鲜艳。"

"我真不相信世间竟有像你这样傻的男人,清松哥,你有这样好的成就,这样好的事业,快点娶个好女人,帮助你,你会很幸福的。"

"你想得太简单了,人的心不是这么简单的。"

"我却觉得你的心胸太狭窄了,一个做医生的人,应该把爱心推广才对。而且你有这样好的学问,应当用心研究,在医学上发明治疗疾病的新方法,给人类谋幸福。不应当在感情上钻牛角尖。"

"玉芬,你倒是跟我说起大道理来了。没想到你生长在乡间会有这样的胸襟与智慧。"

"我和春生结婚以后,因开始时经济情形好,家里又有婆婆照顾,他还劝我念书,所以我就念了初级师范。"

"你真了不起,这么坚强,这么能干。"

她看了下手表说:"春生该醒了,我们去看他,我曾打电话叫孩子们来看爸爸，也该来了。"

走到房门口，打开房门，清松让玉芬先进去，自己却站在门外，看玉芬走向春生床边，觉得自己像一个踽踽独行的孤客，被抛弃在幸福的门外。

楼梯上响起一阵脚步声，是护士带着春生的大小三个孩子来了。他们没有注意站在门口的清松，就跑进病房，争先恐后地喊着爸爸，玉芬想起清松，连忙拉着孩子们给他介绍。春生又伸手紧紧握住清松的手，显出无限的欣慰。清松呆呆地站着，一团欢乐包围着一颗孤独空虚的心。在空虚的心底，渐渐地浮起玉芬的话："一个医生，应该把爱心推广才对！不要在感情上钻牛角尖了。"

他对自己苦笑了一下，不知是安慰还是惆怅。

百合羹

午睡醒来时，儿媳玉书已把一盆脸水放在小几上，她自己则坐在床边椅子上看书，我略微翻了一下身子，她赶紧放下书站起来问："爸爸，要擦把脸吧？"

我点点头，她扶我坐起来，绞了手巾给我轻轻地擦了脸和手，笑嘻嘻地说："爸，今儿您睡得很好，还打鼾呢！"

她是有意说来安慰我的，我笑着回答："是的，我自己也觉得这会儿人很舒服。"

她端了脸盆走出房间，我看着她的背影，是那么的婀娜有风韵。颈后松松地绾着一个黑纱蝴蝶结，把乌发束成低垂的髻子。我不由得想起她少女时期飘拂在肩头波浪似的柔发，和那时常变换的水蓝或粉红的纱结。如今玉书已经三十岁了，从我儿子宇成去世后，我从没看她穿过一件色泽较鲜明的衣衫，或是脸上薄施脂粉。她眉梢眼角那一抹淡淡的哀愁有如早春远山的烟雾，虽也有偶尔展开之时，但大部分时间都笼罩在郁沉沉的气氛里。作为一个长辈，我不知何以抚慰她。我又长年多病，头晕血压过高，玉书侍奉病榻，无异我的亲生女儿。说实在话，我也只有依赖她的照顾了。因此我内心对她除怜惜疼爱外，更多一分歉疚之情。好几次，我想到宇成已死，很不忍心让她守着这一分残缺的家。可是我每一接触到她那一对虔诚沉静的眼睛，里面正包含着对我无限的依恋与孝思时，我就被感

动得什么话都不便启口了。所幸她已有了一个六岁的男孩子——我的孙儿小团。他长得白胖结实,他是我们二人唯一的精神支持者,尤其是玉书心情哀乐之所系。我内心虽抱着老年丧子之痛,可是为了不要引玉书感触,总是极力避免提到宇成。她呢,正是也怕我伤怀,更少提起丈夫的名字。两个人在默默中以同样酸楚的心情怀念着同一个人,也就越发的相依为命,息息关怀了。有了小团的扶床绕膝,就仿佛宇成仍活在我们中间,我们于悼念死者之余,有时也不能不因小淘气的逗人喜爱而破涕为笑呢。

日子在单调中过得极平静,而这种过分的平静却使我内心对玉书愈加抱歉。我一直在数着每天每月每年,岁月流转,玉书宝贵的青年也将随着春花秋月而消逝。孙儿幼小,我不知如何将他安排,而我又老病侵寻,何忍拖累玉书为我虚度芳华。我内心在矛盾着,精神的负担远过于疾病给我的折磨,可是我又如何能让玉书知道这一番心事呢!

我正在这样地沉思着,玉书笑吟吟地捧来一个小碗,递给我说:"爸,您尝尝,这是您最喜欢吃的百合莲子羹。在台湾算是贵重东西了。可是买不到新鲜百合,这是我特地从成都路买来拿水泡开的。"

我接在手里,一缕淡淡的清香扑鼻而来,我在感激中又不禁有无穷怅触,因为不但我喜欢吃百合羹,宇成也最喜欢。在杭州时,每当夏令,玉书就买来大篮的鲜百合,亲自取心剥衣,漂在清水里一瓣瓣白嫩如杏仁,和了新剥的西湖莲子,煮了冰得凉凉的诚为消暑妙品。玉书一直没有忘记我所喜欢吃的东西,自然记得这也是她丈夫所喜欢的。她千方百计地为我买来百合,心中焉得不思念宇成?我更记得宇成把她比作百合花,淡雅幽香,沁人心脾。如今我端着百合莲子羹,仿佛宇成和玉书同时承欢在侧,听小夫妻俩的盈盈笑语声。我抬头看玉书薄薄的小嘴唇微微翕动着,眼帘低垂,我轻声地喊着她说:"你想得真周到,可是太辛苦你了。"

"您怎么说这话呢?爸喜欢吃的东西,我只要办得到就高兴极了。"她慢慢抬起眼睛看着我,我感觉到她充满幽思的眼神似乎在问我:"您记得吧,他也喜欢吃呢!"可是她并没说出口来,她是从不在我面前直接提宇成的。

我有意要打断她的追思往事,就提高声音问:"小团儿呢?"

"在李先生家跟小安琪玩呢!我怕他吵您睡不好,就没喊他回来,这孩子越来越顽皮了。"

"男孩儿让他活泼点好,小安琪几岁了?"

"跟小团儿同年,那女孩儿才乖呢!"

"嗯,可怜的是她妈妈死得太早了。"

"可不是吗?孩子从小没爸爸或妈妈总是可怜的。"

我又不知说什么好了,因为我看见玉书眼里似乎已闪着泪水。幸得小团牵着小安琪的手,一蹦一跳地进来了,看见我在吃东西,小团就喊着:"公公,我也要,我也要。"

小安琪却站在一边,拉起裙子歪着头,吐出小舌头来舔嘴唇。

"我给你们拿来。"玉书笑着出去了。

两个小把戏在津津有味地啜着百合羹时,小安琪的爸爸李君甫来了。他每天都要来陪我聊一阵子的,我们谈得非常相契。他是我病中唯一的良伴,也是我最赏识的一位年轻朋友。他是个颇负盛名的文艺作家,不幸太太去世了,他把孤寂的情怀寄托在爱女身上,把心力花在写作上;闲来就带着安琪来看望我。他那飘逸的神韵和娓娓的谈吐,对我简直有疗郁之效。我们常常一聊就是整半天,小团和小安琪就在我们跟前钻来钻去地捣蛋。小团常常把小安琪弄哭了,坐在一旁微笑静听的玉书连忙把他们劝开,温柔地抱起小安琪来哄着拍着,直到小团靠到妈妈怀里,仰着头说:"妈妈,我不欺侮

妹妹了。"时，安琪又爬下地去和他扭作一团了。

这情境似乎给我一种感觉，也可以说是一种错觉，我恍惚觉得君甫父女和我们是不可分离的一家人。因为安琪偎依在玉书怀中俨然母女，而君甫的纯朴温厚尤令我想起宇成。

此时君甫进来，玉书正蹲在两个孩子中间，给小安琪喂着吃，她对君甫微笑着点了下头就起身出去了。奇怪的是君甫的神情似乎有点局促，问我"睡得怎样"时，声调也没平时爽朗了。也许因为我是个静养太久的病人，敏感使我对周围的事物易起幻觉，自己也不免好笑。

君甫坐下来，玉书又端来一碗百合羹，放在他旁边，低眉浅笑地说："李先生，您尝尝百合羹，我已经把它冰凉了。"

君甫欠身道谢，却没抬脸看她，安琪跑过来扑在爸爸怀里喊："爸爸，我还要，我要凉的。"

"跟我来。"玉书牵起她的手，带着小团一同出去了。

君甫凝望着她的背影，眼中闪着奇异的光，那目光里似乎带着感激、喜悦和惶惑，这神情给了我一个极深刻的印象。他回过脸来，觉察我在注视着他，不好意思地搅着百合羹说："真清香。"

"这是玉书亲自做的，你恐怕还没吃到过呢！"我说。

"哦，太好了，不仅味儿好，还引人一段乡愁呢！"

"你又文绉绉了，"我打趣地说，"你今天倒真像有点儿心事呢！"

"心事，"他笑了，"您怎么看得出我有心事？"

"也许是我太敏感了，也许是我对你太关怀了，你一进门来，我就觉得你的神情和往常不同。"

"是的，老先生，什么事都逃不过您锐利的目光，不过我该跟您怎么说呢？"他顿了一下，"您也许会责怪我的。"

"绝不，你说吧！"我恳切地说。

"我，我……"他期期艾艾地不知怎么说好。

君甫的心事，看神情我已猜到了一点，一种微妙的意念掠过我的心头。我回想着刚才君甫见玉书时的神态，玉书似乎是有意退出屋子，难道是诚实的君甫曾对玉书有什么表示吗？还是他对她钟情已久，而无缘一吐心曲呢？对于君甫，我真是由衷地喜爱，许多地方，他像我的儿子宇成。只是他比宇成更壮健，更富生活力。自从宇成去世后，这个家就像船儿漂在水面，没有一个强有力的人沉着地把着舵，随时都有被狂风暴雨袭击的危险。而我以衰病之身，垂老之年，更无力保护玉书和小团这两枝娇嫩的花木。我是多么盼望玉书能埋葬了过去的悲哀，让神圣的爱情雨露重新滋润起她的心田。可是以一个阿翁的身份，要劝未亡人的儿媳再嫁，岂不是不近人情？而且我还完全不知道玉书的意思如何，可能她对君甫的印象不坏，我却不能荒唐地向她劝问啊！这会儿我见君甫一脸的窘迫和困惑，更增加了我对他的喜爱和同情，我有意鼓励地说：

"你是不是要和我谈一件重要而且切身的问题呢？"

"正是的，老先生，这真是万分困恼的事。"

"你说吧！君甫。"

"自从小安琪的妈妈去世以后，我的心一直是悬空无着落，家庭生活更是枯寂得可怜。为了怕小安琪受委屈，我一直不敢做再娶的打算。可是……"他对我笑了一下，低下头欲言又止了。

"可是你现在似乎心有所属，却不知对方的意思怎样，是吗？"

"老先生，您真是解人，可是您不会想到那人是谁，您知道的话，一定要生气的。"

"我不生气，也许我的心意正和你相符合呢。"

"真的？"他的眼睛亮起来，"那么我跟您谈，您肯代我探讨她

的意思吗？"

"她？你说的是……"我不便说出名字来。

"就是玉书。老先生，我对她倾心已非一日，您不会责备我荒唐无理性吧！"

"玉书是个好孩子，"我叹息似的说，"她温顺、沉静，她的心像海那么深，你可曾试着测探她的心呢？"

"探测她的心不是一件容易的事，而且我又怎么敢呢？这两年来，因为邻居的关系，两个孩子又玩得这样亲热，因而我和她也时常有谈话的机会。她端庄严肃得像圣女，使我这拙于言辞的人生怕得罪了她。不过她很喜欢看我的小说，有时还给我恳切的批评，仅仅这一点，她给我精神上的鼓励已经不少了。"

"你觉得她对你怎么样呢？"

"她像遥远的星辰，高不可攀，我如何知道她对我的印象呢！可是我想她至少不厌弃我，她也可能觉察得到我对她的一分痴心。"

"你对她说了什么没有呢？"

"昨天，"他嗫嚅着，"她来我家领小团，我们又谈了一会儿话。当时小团小安琪一边一个地牵着我的手，我感动地说：'这两个孩子就像亲兄妹。'我又看看她，以低得几乎只有自己才听得见的声音问她：'您愿意他们成为亲兄妹吗？因为你这样管小安琪，她总是喊你妈妈呢！'她立刻收起了笑容，把脸转向别处，我看不见她眼里的神情，她只是一言不发，不一会就默默地牵着小团走了。"

"她可能怪你了。"

"可不是吗，我真是又羞又悔，怕她从此不会再理我了。昨晚我一夜睡不好，今天上午想来看您又怕见了她不好意思，踌躇到下午，还是忍不住来了。"

"你一进门来，我就看出你神情有异呢！"

"我却没有想到,她会端给我一碗百合羹,还向我点头微笑,她似乎没有生我的气呢?"

"她这样好心肠的人大概不会生你气的。你别心焦,让我找机会问问她吧!"我又拍拍他的肩,以最慈和而风趣的语调说,"耐心点,年轻人。那碗百合羹该使你安心不少吧!"

他感激地向我笑笑,站起来说:"那么我先走了。老先生,您和她谈了以后,如果不让我太失望的话,就叫小团来喊我,小团不来喊,我就不好意思来了。"

说着,他就告辞走了。

此时,小团和小安琪正在廊下玩得起劲,我慢慢爬下床来,拄着拐杖,走到临窗的靠椅里坐下,脸向着窗外。将近傍晚时分,院子里暑气渐消,斜阳照着青翠挺秀的凤凰木和艳红欲滴的扶桑花,一切都呈现着清新喜悦的气象,我顿觉精神爽朗,不由得哼起诗来。玉书听见了走过来,隔着窗子问:"爸,您起来了,也不让我扶您。"

"用不着,我一天比一天硬朗了。再过些日子,就可以出去散步了。"

"那真太好了,大夫说您本来就没什么严重的病嘛!"

"玉书,你进来,我跟你谈谈。"我虽是个六十多岁的老头儿了,可是心里搁不起事儿,我就想探问玉书了。

"您好像今儿兴致特别好呢!"她在我身边的小凳上坐下来。

"可不是,我好像有很多话要跟你谈哩!"

她眼里泛着柔和的光影,那里面没有一丝不快的痕迹,我猜想昨天君甫的话未曾引起她的反感。于是我以极自然而其实是有意的语调说:"刚才君甫赞美你的百合羹清香可口。"

"唔!"她坦率地看着我。

"他更赞美你的为人。"我紧接着

"李先生说话有时天真得像个孩子,"她忽然笑了一下,"要不然我就生他的气了。"

"他说了什么呢?"

"他应该跟您谈了吧!我猜。"

"他刚才告诉我了,"我当然不能骗她,"他说他笨拙地冒犯了你,怕你从此不理他了。不过我想你会原谅他的,因为他是那么的诚恳善良,对你又是那么钦敬。"

"爸,您好像是为他做说客呢?"

"不,不。我实在对他有深切的认识,他是个好青年。"

她低下头默不作声。半晌,她说:"我也知道他是个寂寞的好人,可是他不该想得太多。如果这样,我以后就没法跟他说话了。"

"你对他也应当有个了解,他对你的心是真诚的。玉书,我是你的长辈,我全心全意地盼望你以后幸福。"

"幸福!"她叹了口气,"我不是没有享受过幸福的人,幸福既已弃我而去,以后就不会再有了。"

"不要这样感伤,玉书,你知道我是多么疼你。自从宇成死后,我日夕期望着有一个人能重新温暖起你的心……"

"爸,请您不要再说了。"她截断了我的话,"您的好意我知道,我不愿说'心如止水'那一类的话,可是人要忘掉一个以全生命爱着的人是不容易也几乎不可能的。您知道我和宇成相爱至深。这多年来,是他生前对我的鼓励在支持着我,更有您的慈爱和对小团的希望,我得以最大的毅力活下去,我不能叫宇成死也不放心。"她已哽咽不能成声了。

"玉书,我明白你的心,可是你不能太苦了自己。你的年龄要一年比一年长大起来的,我不忍心让你孤单无援地一个人撑下去。有时,我看见你偶尔展开的笑容,我就会想起你和宇成未结婚时的少女容光。玉书，时光是不留情的，得一知音更不容易，你就不能考虑一下吗？"

"爸爸，"她声泪俱下地说，"我没法告诉您我是多么爱宇成。这颗心，已经无法再容得下第二个人了。请您告诉君甫，我感激他这一片心，可是我不愿他为绝望的爱情而苦恼。爸，您为我婉转地劝慰他吧！"

我已经不能再说什么了，玉书对爱情的坚贞使我感佩，也使我心酸，我禁不住也扑簌簌地老泪纵横了。宇成死后，这是我第一次和玉书正面提到他，而且谈到这样具体的问题，这诚然是令人伤怀的事，可是我们能如此尽情一哭，亦未始不可一舒心头的郁结呢！

过了半晌，玉书收起眼泪说："君甫今天来，我没有避开他，还以极自然的态度端给他一碗百合羹，我这样做为的是怕他为昨天的事心里不好过，他倒以为我已经接受他的好意了。爸，我真觉得男人们想得太天真呢！"

"爱情往往会使人变得单纯天真的。"我叹息了一声说。

她不再作声了，抹了下眼角残余的泪珠，起身招呼两个孩子去了。

第二天，我想不出什么方法能让君甫不太失望，可是我也没让小团去请他来。他一整天都没有来。晚上，小安琪却跑来伏在我膝前，轻声轻气地说："公公，爸爸说要带我出去，到很远很远的地方去呢，我真开心。"

我就知道可怜的君甫，于盼待佳音失望之余，不知如何排遣自己，才想到出去旅行了。我心中觉得对他万分的抱歉，却又无可奈何。

君甫毕竟悄悄地出门了，却让小团给我带来一张条子，他写道：

老先生：我问小团您可曾喊我去，他摇摇头，我就什么都明白了。这几天，恕我暂时不来问候您，陪您谈心了。我要带小安琪出去玩一些日子，回来时，心情也许就好些了。

昨天临走时，您笑着跟我说："那碗百合羹该使你安心不少。"是的，百合羹那一缕淡淡的清香沉浸着我的心，我永远记得她那一脸和蔼的笑容，她深湛的眼神似乎在启示我些什么。为我谢谢她，老先生，我已经非常非常的满足了。

我把条子放在小几上，有意让玉书看到。一面注意她的神态。她脸上没有一丝不愉快的神色，只抿了一下含笑的嘴角，诙谐地说：

"爸爸，我就说君甫孩子气吧！我如果不端那碗百合羹给他吃，他又将怎么想呢？"

我不知该怎么回答。可是我想也用不着把玉书和我说的话全部转告君甫，因为我还在希望着，一切让时间和君甫的耐心来决定吧！

紫罗兰的芬芳

蓉嫂在乡间养病,她给我一封短短的信:

"虹弟:乡下的日子寂寞而清幽,我的身体好多了,心情呢,也不算坏。这儿有不少好地方,只是忙碌的人们没有发现罢了。你的毛背心,我已经打好了。星期天盼你来,带几本我爱看的书。还有,别忘了你的小提琴。"

星期天下午,我捧了书与琴,下乡了。汽车在平滑的马路上像水一样流过去,野外是那么清新而翠绿。已经是仲冬了,宝岛却弥漫着浓郁的春意。如果不是路旁人家短墙里的圣诞红在风中招展,我真不会相信这该是飘雪花的季节了。

太阳照得我也懒洋洋的。我倚着车窗,拿起《约翰·克利斯多夫》,随意翻着我最爱读的几段,默默地念了一遍又一遍,心像浸润在芬芳的醇酒里,有点惺忪的醉意,在温暖中感到飘飘然。

下车后还得走一大段山路,蓉嫂已让张妈到车站来接我。远远的,我望见蓉嫂的房子藏在绿荫深处,木栅门半掩着,竹篱笆里满是姹紫嫣红。多幽美的处所!蓉嫂才是懂得此中真趣的人。我三步两脚跑到了门前,一直跑进屋子。屋子里静悄悄的,没一点声息。只闻得一缕淡淡的幽香,扑鼻而来。蓝色的纱帘低垂着,阳光洒落在窗台前的花瓶上,回头见靠墙琴桌上放着一只深浅绿花纹的古雅小香炉。炉烟袅袅,一缕幽香,正是从那儿散布出来的。壁上悬着

一幅风姿绰约的翠竹，意境悠远。我抱着凯蒂，呆呆地站在琴桌前出神，"蓉嫂真会布置，这气氛与上次我来时又不同了。"我心中在想。

"虹弟。"蓉嫂从后屋出来了。

"蓉嫂。"我转过身来，一种难于形容的过分的喜悦使我一时想不出适当的话来说，因为我已有很长一段时间没有看见蓉嫂了。我把凯蒂递给她，她从我手里接过去，一双眼睛只是慈祥地注视着凯蒂，她没有朝我看，可是我从她的笑容里感觉到，她该是非常高兴我那么快就来的。

"咪，咪！"凯蒂叫了。

"你饿了吧！凯蒂，带你吃东西去。"她好像全心全意在招呼着凯蒂，竟把我这个特别为她而来的人忘了。

"蓉嫂，把它交给张妈吧！"我的眼睛一直没有离开她的脸，我的声音里，多少带点不高兴。

"我知道你今天会来的，上午我就让张妈去接你了。"她这才抬起头来，我仔细察看她带笑的眼神里依旧是忧郁的。

"接到您的信，为了您所喜欢的，我还能不快来吗？"

"谢谢你，我最最喜欢的还是看到你。"

"是真的？"

"我不会骗你的。"她顿了一下，"每次我从你哥哥的墓园回来，都好像有许许多多话要和你谈，那么多的意思只有你懂。"

说到哥哥，我黯然了，却想不出话来说。张妈正端了点心进来，我走到圆桌前坐下。

"这么漂亮的炒面，这是你的拿手。"我故意扯开话题。

"你忘了今天是你自己的生日吗？我特地请张妈给你做的。"蓉嫂爽朗地笑起来。

"啊，我忘了，谢谢您，您还记得。"

"住在僻静的乡间，就爱记挂这些好日子。"

我低头吃着面，蓉嫂在我对面坐下来，我心里想说些什么，却感到蓉嫂的眼睛在望着我，像一个母亲望着她的孩子，慈祥而亲切，我暂时不想打破那片刻的沉静。

"这次可以住几天吗？"吃完面后，蓉嫂问我。

"不，明天一早要赶回去，我没有请假。"

她浅笑着，我看不出她的表情是喜悦还是失望。

"您身体好点吗？"我仔细看她，也许是屋里的光线暗淡吧！她的脸仍然显得清瘦。

"你看我怎么样？"

"很好。"我违心地说，回头望着琴桌上的香炉，"这屋子太静了，尤其是那檀香气息。"

"这香多好，我在这儿一坐就是整半天。"

"看书？"

"嗯！我的心静极了，静得连时间拖着步子窸窸窣窣过去的声音都听得见。"

"那么我来打搅您的宁静了。"

"有一点儿，可是我不是和你说了吗？我还是喜欢看见你。"她笑着站起来说，"你先休息一下，等一会儿我们出去走走。"

她回自己房里去了，张妈进来端给我一杯茶。

"张妈，少奶奶近来过得怎么样，还好吗？"我低声问她。

"您说她心里吗？"张妈也低声地说，"我看不见得，她太冷清了。二少爷，她差不多整天也不说一句话。"

"她都做些什么呢？"

"出去散步，大少爷的坟上，每天都要去一两次，要不就坐在这儿对着这香炉念经。"

"念经!"我诧异地问。

"是的!您说她年纪轻轻的,何必这样。我看她这样养病,倒要闷出病来了。二少爷,您还是劝她干脆进城找个工作做吧!"

我没有回答。只是喝着茶,沉思着,张妈收拾着东西出去了。我靠在椅子里,闭上眼睛,心情有点恍惚,站起来把蓝纱帘拉开了,窗外投进明媚的阳光,风轻轻地吹拂着满院的树木花草。我踱到院子里,对着五彩缤纷的花儿,长长地舒了口气,心里也觉得畅快些了。

蓉嫂从里面飞快地跑出来,原来她已换了一身轻便装束。鹅黄夹淡绿的绒线衫,浅灰长裤,肩上披着白色短外衣。长发梳上去,束了一根白缎带,像电光似的一阵闪亮,我仿佛像看见一位仙子从天空飘落下来。

"蓉嫂,您太美了。"我忍不住赞叹。

她向我灿烂地一笑,回头朝屋里说:"张妈,准备晚饭,我们出去玩了。"

一阵风似的,我们顺着山路跑去。

"到哪儿去?蓉嫂。"我问。

"你哥哥坟上。"她说。

"不,蓉嫂,换一个地方好吗?"

"你不愿意?"

"不是的,我难得来,我们不能轻松一点吗?纪念在心里,不在形式上。"

她不坚持了,我们并肩默默地走着,我不再问她到哪儿去,只是跟着她转弯。我们走向一条广阔的山路,攀登着石级,渐走渐高。她指着远远石壁上刻着的一个大佛字说:"你看那字现在离得那样远，一会儿就在眼前了。"

"距离是相对的，只看我们有没有勇气走近它。"我说。

她没有作声，阳光照着她，她的脸颊因爬山而泛上红晕。美丽的身躯显得健康而活泼，她眼里闪着光芒，可是那光芒射得远远的，没有落在我的身上。

"太热了。真不像是冬天。"她脱下了外衣。

"这是春天，蓉嫂，我们难得遇到这样的好天气。"

"你觉得怎么样？"

"我觉得很快乐，您今天的装束使我想起刚刚见到您时候的情景。"

她的脸容忽然暗淡了，我有点着慌，却不知说什么好。我们又默默地爬上山顶，到了一个寺院门前，对着大门口的弥勒菩萨，我说：

"他总是那么笑脸相迎，哪儿知道每个游人都有自己的心事。"

"你也有心事？"她瞥了我一眼。

"我的心事已经藏了好多年了。"

她好像没有听到，却用完全不同的一种口吻说："这儿有个好地方，你一定喜欢。"

那是一个人工穿凿的石洞，沿着石壁自下而上。我们一前一后地爬上去，愈高愈窄，黑黝黝的，我的手触到了她的脚跟，我低低地喊了声："蓉嫂。"她也回我一声："虹弟，小心点走。"在这相互的呼唤里，我顿感这世界只剩下我们两个人。可是一下子就穿出了石洞，到了顶上，依旧是风和日丽，依旧是游人如织。她倚着转角的铁栏杆，一手理着被风吹乱的鬓发，回眸看着我问：

"好玩吗？"

"好是好，可惜只是一眨眼儿工夫。"

"你喜欢黑暗?"

"有您就光明了。"

"虹弟,你不能和我谈些旁的吗?"她带点责备的口吻。

我只得不作声了。转到大雄宝殿,她忽然兴致勃勃地去摇了一根签,换来签诗一看却是条下下签。我不等她看内容就抢过来撕了,顺手在签筒里拔了一根,换来一条上上签。

"你的运气比我好。"她说。

"是代您抽的。"我说。

"你也信这个。"她淡淡地一笑,把签诗团在手心里。远远地扔出去,随着风儿不知飘到哪儿了。

我们又到山后面,渐渐地走向一条幽静的山径,太阳光像钻石似的洒在茂密的丛阴里,我在她手上取来外衣,披在她身上,两手按着她的肩,渐渐地放慢了脚步。

"在这儿休息一下好吗?"我问。

她在一块岩石上坐下来,我挨着她身边坐下,却半天没说话。

"您在想什么?"

"不想什么,有点疲倦了。"

"您尽是一个人走路,将会更疲倦。"我语意深长地说。

"往后的日子,我岂不是要一个人走着路呢?"她幽幽地说。

"蓉嫂……"我欲言又止。

她只是紧紧地抿着嘴,眼睛有点润湿了。

"您为什么这样忧郁,难道爱也是罪恶吗?"

"虹弟,你知道我爱你哥哥太深,他是永远活在我心里的。"

"可是他去世已经四年了,您不能放开一些吗?在哥哥病中,您那坚忍负重的精神,已深深感动了我。敬重您,也因此爱上您。您始终怀着希望,劳而无怨地侍候着他,直到他在昏迷中离开了您。

蓉嫂，恕我又引您伤心，我觉得您受够折磨的心灵，也应该享受点人间的温暖了。"

我的声音是那么恳挚而凄怆，她用手帕擦着眼泪，说：

"我懂得你的心，我更感激你。在你哥哥病中，是你以手足的深情支持了我。他去世以后，你对我的关心更使我感谢不尽。你的性情神态又与你哥哥那么像，看见你，更使我想念你哥哥。可是他永远不能再回来，我的爱情也随着永远埋葬了。"

"埋葬了的爱情难道不能再复活吗？"

她没有再回答我，却站起身来迈步向前走去。我靠在她身边走着，看她两颊仍带泪痕，像雨后的梨花，她愈加清丽动人了。

我满心的话无法再说，只得随着她踯躅地回到家中，斜阳里的黄菊与鸡冠花绚丽地映入我的眼帘。"宝岛温暖的天气能于冬日使百花盛放，难道温暖的情爱不能医治她的创痛吗？"我心中暗暗叹息着。

蓉嫂已换去衣服，端出一杯咖啡递到我手里，深深地注视着我。从她高度的沉默里，我似乎找到些什么东西，在我空虚的心田里，也似乎填补了些什么。

晚饭以后，我们站在庭前，蓉嫂又抱了她的小凯蒂，我拿起琴来。

"要我拉什么，蓉嫂。"

"随你吧！你自己喜欢的曲子。"

我还是奏了贝多芬的《月光曲》，因为那是蓉嫂最爱的曲子。

月明似水，凄清哀怨的弦音，荡漾在肃穆的夜室中。我又看见她眼里闪着泪光，我不忍再奏，不由得愀然中止了。

"夜深了，我们进去吧！"我说。

进了屋子，她取出一件毛背心来，给我说："穿上它，看合适不?"

我穿上了,一阵柔软暖和包围了我,我靠近她低声地说:"谢谢您,蓉嫂,您对我真是太好了。"

她默默地走过去,在香炉里燃起了檀香。

"张妈说您还念经,您以为这对您的身心相宜吗?"

她叹了口气。

"蓉嫂,接受我的劝告,变换一下生活,到城里住吧!我会使你快乐起来的。"

"快乐?"

"至少可以使你忘掉些过去。"

"我就是珍爱那一点点过去。"

"您是在培养感伤,四年了,何苦呢?"

"你不知道我和你哥哥的结合是多么不容易。经过了多少困难,受了旁人多少讽刺,我们不顾一切地结婚了。可是我们得不到你父母亲的谅解,两位老人家竟因此不肯与我们一同来台。我们来台以后,他因思念父母而变得有点忧郁,这也许是他的致病之因。"

她伏在椅子上痛哭起来了。我也心中酸楚。纷乱的思绪,想不出一句妥当的话来安慰她。

"蓉嫂,"过了半响,我才勉强压制住悲痛说,"您有您的新生命,您爱哥哥,就应该不让他失望,抬起头来,勇敢地望着前面。蓉嫂,让我做您的扶手,您的拐杖。相信我,我是永远愿意伴着您的。"

她泪痕满面地抬起头来,无言地望着我。

"您可以扶着我的手,像扶着您自己弟弟的手,好吗?"此时,我已整个忘了自己,我的心完全沉入蓉嫂的悲哀里。

她向我无限深情地点点头,欣慰的微笑浮上了她的嘴角。

我痴痴地凝视着她，檀香气息萦绕着我们，屋子里好静。我把大灯关了，捻亮蓝色的台灯。月光从纱帘外泻进来，柔和而安详，圣诞红在风中舞弄着美妙的姿态，蓉嫂倚着窗棂，我拿起琴，拉起舒曼的《梦幻曲》，蓉嫂和曲而歌。凄婉的歌声，逗起了我种种的梦想，我深深地感到平和和恬静中有着更多的温暖。我们的心交融了。

歌罢一曲。我忽然转换了一个轻松愉快的调子，我们的心也跟着雀跃起来，笑靥回到蓉嫂的脸颊上。

她把我带给她的《约翰·克利斯多夫》拿起来，我为她翻开了一段，就着灯光，我们一同念着：

"我有一个朋友了，找到了一颗灵魂，使你在苦恼中有所偎倚。找到一所温柔而安全的托身之地，使你在惊魂未定之时，得以喘息一会。这是何等甘美的滋味……得一知己，把你整个生命交托在他手里，他也把他整个生命交托在你手里。快乐的是倾心相许，剖腹相示，一身为知己所左右。当你衰老了，疲惫了，多半的人生重负使你感到厌倦的时候，能够在朋友身上再生，回复你的青春与朝气。用他的眼睛去体验万象回春的世界；用他的官感去抓住瞬息即逝的美景；用他的心灵去领略生活的壮美。即使受苦也与他一起受苦啊！只要生死与共，即使痛苦也成欢乐了。"

我们默然相对。凯蒂爬到我的怀里，蓉嫂轻柔地抚弄着它。

"蓉嫂，答应我回城里住吧！"我低声地恳求。

"好！"她垂下眼帘。

月亮更皓洁了，夜是那么的静，檀香气息仍旧萦绕着我们。

夜里，我睡得很甜，整夜都做着好梦。醒来时窗外已透进淡粉红的阳光，一看手表已靠近七点。我赶紧起身，在枕边拿起昨晚脱下的绒背心，洁白而柔软，我套上它，下了床，看书桌的小花瓶里

已插好两朵一色雪白的大理花。"一定是蓉嫂换上的,她就是那么爱白色。"我心里想。

我拉开窗帘,吹着口哨走到盥洗室去,张妈已把洗脸水漱口水倒好了。

"谢谢你,张妈,你真仔细。"

"这都是少奶奶吩咐的,她早就起来等你吃早点了。麦片是她亲自煮的。"张妈说。

我洗完脸,走向会客室,蓉嫂已经倚在门边等我了。

"睡得好吗?"她问。

我点点头,走近她,她斜过身子躲了开去,回眸向我粲然一笑说:

"快吃了早点赶车去吧!你不是没请假吗?"

我在小圆桌前坐下来,低着头拿起汤匙搅麦片。我想起了昨天下午吃面的情景,蓉嫂也是这样坐在我对面望着我,我猜不透她心里在想什么。

"蓉嫂,您什么时候进城呢?"我忍不住问。

"再说吧!我还要考虑一下。"

"还要考虑。您不是答应我了吗?"

"答应你?我自己的事为什么要答应你呢?"

"蓉嫂!"我的声音低沉了,"您是存心跟我开玩笑吗?"

"别着急,等我决定了,再写信告诉你好吗?"

"好,我等着您,相信您不会让我失望的。"

对于蓉嫂,我是没法勉强她做任何事的。

我们又沉默了,吃完了早点,我站起来说:

"我要走了。肯送我一段路吗?"

她转身拿出一束花,又是白色的大理花。她说:

"在你走以前，可以陪我去你哥哥墓上一趟吗？"

我不忍心拒绝她，就与她一同走向哥哥的墓地。

清晨的天空是妩媚的，彩霞悠闲地浮在山边，照眼的山色在薄雾里一片青翠，几朵不知名的山花在风中摇曳着。

"这样好的乡村景色，你不觉得它比城里更容易使我恢复健康吗？"

"然而你在这儿太寂寞了。"

"我怕自己不习惯于城市生活，而且那房子空洞洞的，我不喜欢。"

"我会搬回来陪伴您的。"

"你搬回来住？"

"嗯，不好吗？"

她叹了口气。

"您怕旁人说闲话，是吗？"我望着她说。

"不完全为这，我怕我会扰乱你的心情，或者是你会扰乱我的心情。"一丝淡淡的哀怨抹上她的唇边。

我不忍心再追问下去，我知道她矛盾的心情已无法给自己抉择一条路了。到了哥哥的墓地，她放下了花，我们站立在凝着露珠的青草上，默然好久。

"我知道您现在心乱得很，一切再慢慢考虑吧！"

我们慢慢走回来，折向车站，到了车站，她忽然想起来说：

"你的琴呢，不带走吗？"

"暂时放在您那儿吧，希望您能给我带回来。"

她淡淡一笑，目送我上了车。

汽车不再像我来时那么轻快了，一路上的景色，在清晨的薄雾里似乎抹上了一层浓重的忧郁。我想起昨天一幕幕的情景，郁沉沉

的屋子里飘着的檀香气息，蔚蓝的月光下蓉嫂的眼波与歌喉，似乎暗示我蓉嫂将永远把自己埋葬在忧伤寂寞里。可是我又想起幽暗石洞里的那一声相互低唤，与在明媚阳光里她那回眸浅笑，我总相信蓉嫂会找回来未曾享受的幸福，并且把幸福赐予我。《约翰·克利斯多夫》是我们一同在灯下细读过一段的书，更有那提琴的袅袅余音，将会带给她多少酸辛而温柔的回忆，那回忆里不仅有哥哥，还有我——这个痴情的弟弟。

　　车到了站，我穿过喧嚣的街市，直接走向办公室。在几家书店的玻璃柜里，五彩绚烂的圣诞卡陆续映入我的眼帘，我忽然想起给蓉嫂寄一张圣诞卡吧！一张最淡雅而美丽的。于是我在一家卡片最多的店里仔细选择，我揣摸着蓉嫂会喜欢怎样的一张，最后我选了一片月白底子嵌紫罗兰花朵的。那花是缎子的，溢漾着一股醉人的香气。我小心翼翼地将它套入信封，回到办公室，已近九时。同事们都到齐了，我坐下来，取出圣诞卡，凝思了一下，提笔在上面写了一行字："蓉嫂，为您选了这一张，那花心里有我对您的祝福，告诉我，紫罗兰的香味与檀香的芬芳，您究竟爱哪一种？"我再也想不出别的话了，就把它封了寄出。

　　三天里，我时刻在等待着蓉嫂的回音，我焦急，兴奋，失望，怅惘，百无思绪地办着公。第四天，她的回音来了，首先我捏着信舍不得拆开，手指尖触到的是一张厚厚硬硬的东西，也是圣诞卡，我想。先把它放在口袋里，等下班回家再看。因为不管蓉嫂给我的是快乐还是失望，我宁愿把期待与想象的时间拉得更长些。我真有这样大的忍耐，一直等晚上回到宿舍，在灯下，我才以微微颤抖的手拿出信来，原来是她的一张照片。她坐在弯曲到溪上的树丫杈里，倒影在水里，人影与水光一样朦胧，我看不清楚她的脸。只是那一身充满了春意的短装，却正是那天她陪我去玩时穿的。照片背后没有字，却在另一张纸上写着："虹弟，乡间买不到圣诞卡，送你一张照片吧，你不是喜欢我这一身装束吗？关于紫罗兰与檀香，我都爱。檀香使我在恬静中睡去，紫罗兰使我在温馨中醒来，然而我的心大部分时间都在沉睡中。记得那两朵白色大理花吗？我的床边与案头，多年没有像紫罗兰那样鲜艳的颜色了，谢谢你的赠予。"

我默默地念着她的信，在字里行间，我读不出她的真意来。她真像一只狡猾的小白兔，使我无法追踪，我生气地拿起笔来，写给她一封回信：

"蓉嫂：照片收到，信也读了，然而我不懂，我不明白你究竟沉睡够了没有。

我不爱那白色的大理花，它单调得使人凄凉，冷酷得使人恐惧。

您的照片使我差点连影子都难抓了，因为您竟离得那样远，我看不清您那一对会告诉我心事的眼睛。蓉嫂，我老老实实地恳求您，不要让我猜谜了好不好。您的虹弟虽年轻，感情却与老年人一样经受不起折磨。这几天，我办公时常出错误，生活都颠颠倒倒了。我心里在怨，您始终抛弃不了世俗的成见。纯真而自然的爱情是罪恶吗？您太胆怯了。这封信我不强迫您回我一个字，但如果您真的生气了，从此不愿见我，那就请您寄一瓣大理花的花瓣来，并且叫张妈把提琴送还我。否则，随您用什么方式告诉我，您并不生我的气。……"

信寄去第二天，她的回信就来了，那里面没有大理花花瓣：

"傻孩子，我无缘无故生你气做什么，看样子你倒是生我气了。我想我们不要捉迷藏了吧，实实在在地告诉你，紫罗兰的芳香唤回了我青春的梦，我爱紫罗兰和那赠予紫罗兰的人——虹弟。

世俗的成见，不足以使我犹疑，我担心的是你还太年轻，你的心承受不了我太多的忧伤，你会后悔的，到那时岂不可悲。虹弟，我想了又想,我还是暂时不进城去。提琴留在我处,每个星期天,如果你感觉寂寞的话,盼你来。"

我把信捏在手心,心头有着难以名状的复杂情绪。甜蜜、酸楚、惆怅,我相信蓉嫂的心也正是如此。我不怨她,我只能耐心地等待着,等待着有一天她的心会像清风明月似的开朗起来,而愿毅然进城居住,与我再在灯下重温《约翰·克利斯多夫》的那一段话。

这以后,我有两个月没有下乡,也不再给她写信,她呢!也不像以前那样自动约我去玩了。两心都有所期待,却难以遣此漫漫长日。我每天对着蓉嫂的照片,读着她的信,一遍又一遍地问着自己:"为什么你不能承受她的忧伤?你还不够懂得她啊!"

忽然有一天晚上,张妈匆匆地来了。她说:

"二少爷,少奶奶的心脏病又发了,她还让我别告诉您,可是这几天越发厉害起来,今天已来城里进了医院。你快去看看她吧!"

我连衣服都来不及换就和张妈一同去医院,蓉嫂正阖眼假寐,我不敢惊扰她,却在灯光里看见她的面容比两月前清瘦许多,眉梢眼角那一丝哀愁更浓重了。她枕边放着的就是那本《约翰·克利斯多夫》,我拿在手里轻轻地翻弄着,却发现我送她的那张圣诞卡正夹在我们一同读过的那一页,一阵芬芳扑鼻而来,我捧着书,从心底涌上一阵轻柔的喜悦。

她转了一下身子,我低低地喊:

"蓉嫂,我来了。"

她睁开眼睛看着我,那梦也似的眼神啊!含着说不尽的幽怨与凄恻,她又向我手中的书瞥了一眼,想说什么却又忍下去,用一种极平淡的口吻问:

"是张妈告诉你的吗?"

我点点头。

她指指床沿说："你坐下吧！"

我服从地坐在她身边，有点拘束，眼睛望着手里的书。

"为什么都不来信了？"她带点微愠地问。

"我在等您的信。"

"等我的？最后一封，不是我给你的吗？"

"我想您还会给我一封说得更明白点的，可是一直没有，我就不敢写了。"

她微笑了。那笑容真美。我从来不懂得拿什么形容她的美，只觉得在她面前，看去一切都沐浴在爱与幸福里了。

"您到底还是进城了。"停了半晌，我说。

"我是来治病的。"

"我和张妈去收拾屋子等您出院。"

"再说吧！"

"您还准备下乡？"

她不作声，我把书翻开来，无意中露出那张圣诞卡，她瞥了它一眼，双颊微红了。

"你的提琴带来了，在壁橱里。"她讪讪地说。

"还有凯蒂呢？"

"张妈也把它抱来，已经送到家里去了。"

"很好。现在我先回去，明天一早再来看您。"

护士小姐含笑望着我们，又目送我离开病室。我怀着欢愉的心情回到宿舍里，当晚就去家里看了一下，轻柔而甜美的梦境在我眼前展开。张妈兴冲冲地打扫着屋子，将墙壁上悬挂的哥哥与蓉嫂的结婚照摘下来，拂去了上面的灰尘，递给我说：

"您还是把它收起来吧！不要挂的好。"

"挂蓉嫂自己的照片吧！"我说。

"书房里挂一张您的,二少爷。"

张妈说话原是无心的,却怦然扣动了我的心弦,我向她感激地一笑。

第二天一清早,我捧了一束鲜花到蓉嫂那儿去。她已披了睡衣,靠在床上,海浪似的柔发披在肩头,一对水漾柔和的眼睛远远地就注视着我,我走近她,把花递到她手里。

"好美。"她高兴地说。

"比紫罗兰怎么样?"我低声地问。

"哦!有着紫罗兰的芬芳。"她低垂着眼帘直望花心。

护士小姐来给她量体温脉搏,我漫步踱到走廊里,却听见护士小姐也连声赞美着那束花,又听她低声地问:

"梅太太,您这位朋友尊姓?"

"我的朋友?"蓉嫂迟疑了一下,"唔!他姓梅!"

"啊!原来是梅先生。"护士小姐自以为很聪明地笑了。她走出来,向我看看,我知道她心里在想什么,我也无限得意地走进屋子。

"您觉得今天怎么样?"我问她。

"很好,"她看看我,忽然羞涩地低下头去,"以后不要这样客气地您呀您的好吗?"

"我不知道应该称你什么?"

"叫名字不简单吗?"

"好,蓉——嫂。"我顽皮地捏紧了她的手。

她把脸藏在花里,脸比花更妩媚了。

附　录

得失寸心知
——浅谈写作

　　都知道写作要凭灵感，灵感究竟是什么样的东西呢？它像一只顽皮的小猫吗？你找它时它躲起来，不理它时它偏又悄悄地爬到你脚趾尖来，逗得你非抱起它来不可。真的，灵感真的像一只顽皮小猫呢。

　　我想起有一首描写灵感的诗："我去寻诗定是痴，诗来寻我却难辞。今朝又被诗寻着，满眼读山独往时。"这位诗人所谓的"诗"，就是灵感。他说勉强去找灵感是笨瓜，灵感来时不写也不成。当你独自徜徉于青山绿水之间时，灵感自然来了。因为青山绿水使你心情安详宁静，文思泉涌。

　　可惜繁忙的现代都市生活，青山绿水的好风光并非随时随地可得。所以我们必须在内心保持一片宁静天地，使青山绿水时时在自己的方寸灵台之间，外界的纷纷扰扰，就不会使你烦心了。所以要写作，第一要培养宁静闲适心情。

　　不受外界干扰，并非不关怀世事人情。相反的，你对世态人情，要能客观地观察，将心比心地体认。甚至能与草木通情愫，与禽鸟共哀乐。闲适之外，更培养一颗广大的同情心。提笔为文时，种种

深刻印象与诸般感受，便将如灵泉涓涓而至。大文豪海明威说："写作要从生活出发，从人性着眼。"确是至理名言，一个麻木不仁的人，对万事万物漠不关怀，连言语都无味，还谈什么写作呢？

孔子说："能近取比，可谓仁之方也已。"近取比就是将心比心。福楼拜写完《包法利夫人》时说："包法利夫人就是我。"可见他的全心投入。最近逝世的历史小说家高阳先生，在他一篇写《历史小说的心路历程》中说："在创作过程中，必须多写多想才能出现的境界，就是把自己创造的人物写活了。书中人有他们自己的生命思想、感情与语言，根本不由作者驱遣。"这种心情正如福楼拜同样的全心投入。

由此可见，凡有志于写作者，必须抱持一颗虔诚的心，将此心投入作品之中，读者就会将你的作品放入他们的心中，这才是彼此灵犀一点的相互交流。文学之感人在此。

古人说："文章本天成，妙手偶得之。"天成即前文所说内文的诸般感受与体认，也即写作的素材。但如何选择素材，去芜存菁，化为文章，却有赖于一只"妙手"，海明威说："写作是七分人生，三分技巧。""技巧"亦即"妙手"。

怎样锻炼这只妙手呢？我个人希望把握的原则是：

一、传真：借着一支笔和万千读者朋友倾谈，写出的文章就是你的千里面目，一点也虚假不得。在文字上切不可矫揉造作，以辞害意。心中想什么，笔下写什么，平平实实，写来顺手，读来顺口，就是胡适之先生所说的"我手写我口"，把语言与文字的距离拉得愈近愈真切。在立意上不可标新立异，哗众取宠。尤不可作不必要的色情暴力描绘，这是从事文艺创作者所必须具备的文学良知。我说这句话也许因为我是个报国的今之古人吧。

二、精简：无论抒情、记事或说理的文章，第一要使人读得有兴趣,才能引起共鸣。所以下笔之际,要力求精简明净,使篇中无闲句,句中无闲字。纪德说:"一种描写以十代一,并不能使文章更生动。"一个字够的话,那九个字就是多余。举个例子来说:《左传》里有一段描写晋楚交兵,晋军败退的狼狈情形,作者只用了"中军下军之士争渡,舟中之指可掬也"两句,写晋军仓皇争上渡船,已上船的士卒生怕船超重沉没,就用力砍掉抓在船沿上自己人的手,船里的手指都可一把把地捡了。十五个字写尽了自相残杀惨状。又例如《木兰辞》长诗中写木兰从军前的考虑与准备、胜利归来后的欢乐,用了很多笔墨。而于战场交兵只用了"将军百战死,壮士十年归"十个字,有如电影的快接镜头,因为此诗主题不是写战争,而是写木兰的孝思。足见作者对素材取舍剪裁的匠心。

三、含蓄:含蓄与精简相辅相成,愈精简愈含蓄。中国古典诗词最具含蓄之美,可多读多品味而自得之。例如杜甫的一首《月夜》诗,前四句:"今夜鄜州月,闺中只独看。遥怜小儿女,未解忆长安。"他不写自己在长安思念妻儿,却遥想妻子对他的思念,写儿女幼小不懂得思念父亲。如此浅明的辞句,却含有不尽回环曲折的情意。又例如《牡丹亭》中有两句:"石栏桥畔银灯遇,照见芙蓉叶上霜。"以华丽的银灯、娇艳的芙蓉花,反衬一个白色的"霜"字,写的是持灯女性的寂寞。这才是千锤百炼的含蓄之笔。

四、清新:这是指风格。每一种情景对不同的作者自有他们不同的感受,写的文章也当有不同的风格。我们偶然会发现某某二人的风格有些相似,但必然是同中有异。否则的话,其中一人必定只模仿,建立不起自己的风格。初学写作,固可从模仿入手,但必须要能创新。创新并非标新立异,而是细心考虑揣摩,找出最恰当的辞句,表达自己的思与感,使读者有"如见其人"的亲切感。

福楼拜对莫泊桑说:"要创造自己的字,找出天地间唯一的字,

形容唯一的东西。"这个找寻的过程是辛苦的,但也是最快乐的。

"文章千古事,得失寸心知。"寸心若能知道自己文章的得失,在写作上,也可说是虽不中,不远矣。

琦君

1992 年 7 月 12 日于美国新泽西

千里怀人月在峰
——与琦君越洋笔谈

文/周芬伶

人类的感情永远不会过时的,而描写人类感情的好文章,应是历久弥新的。重读琦君的散文,更觉得在这纷乱的时代里,她的声音显得特别温暖与恳切。这种温暖恳切的声音来自她素朴的文学观——"文学总要从至情至性出发,从实际的体认着笔"。前句注重感情的真挚,后句注重事实的真切,都在指向文学的真诚性。

这种声音对我来说是渐渐陌生的了。也许是在这众音交作的时代里,很难保持冷静的缘故吧?我总是为种种文学上的纷争,感到犹疑不安,几乎动摇了我最单纯的文学信念:"文学之美在理想,而写作令人乐观。"这种种犹疑与不安,刚好借着这次越洋笔谈,转化成我向琦君请教的问题。

周:回顾近年来散文写作的方向,可以看出对人的处境越来越关切,要求拥抱现实的声音也越来越强烈。作家走出案头与山水,所拥抱的现实不过是一片荒凉而已。不论是"放眼天下"或"心怀乡土",写作者都有现实的无力感,造成文学作品普遍的低沉基调。对于这种写作环境,您的看法如何?

琦:数十年来,我一直只以一份非常单纯的心情,从事写作。从来没有试着去探讨生命的价值、文学的使命;也不去烦心适合什

么潮流,或刻意为自己建立起什么风格。我只相信"文章千古事,得失寸心知"。我总是兢兢业业,诚诚恳恳地写我所见所闻,所思所感。习作中,心灵上确实获得无比的欣慰。所以我始终抱持着对文学单纯的信念,正如你信中开头说的:"文学之美在理想,写作令人乐观。"

也许是由于我当时所处的社会环境,不像今天这般多元化地复杂。文学上也没有像今天这么多的理论。西洋文学教授学院派的理论,也只限于课堂中的讲授,还很少看到有哪个作者,根据什么文学理论,什么文学派别而写散文小说的。也因为我本身喜欢单纯,即使有什么新潮流、新风格,对我也产生不了冲击力。你对五花八门的社会现象,观察愈深,心情也愈沉重。加上文学上的新思潮、新技法不免使你感到困惑异常。

周:历来学者们对风格的探讨已经很多了,但是风格与派别还是容易被混淆。某一种风格或者可以引领一种派别,而某一种刻意分化的派别却不一定能形成风格。风格毕竟是人的自身;一种健康的风格应该是自由自然的。一个作家可以偶尔风花雪月一番,偶尔也可以忧国忧民,最好是不要互立门派,您的看法如何?

琦:文学的路是一条康庄大道,却是永无止境。莫泊桑说:"天才的成就,是由于恒久的耐心。"我永远记得恩师当年诲谕我们的话:"不必强求做诗人,却必须培养一颗诗心。不必是一个宗教信徒,却必须要有一颗虔诚的心。"你一定知道"诗心"就是"灵心",也是对万物的爱心。袁子才说:"吟诗好比成仙骨,骨里无诗莫浪吟。"教人要自自然然地培养"仙骨",也就是培养气质。多读、多体认、多写,日久自然形成自己的风格。风格是作者品格的表现,是无法伪装,也无从模仿的。你可能喜欢或仰慕某人的文采风格,但却不必刻意模仿。绝不随人脚跟,学人言语。比方有人喜欢张爱玲的小说笔调，学得非常像（也许不是学，而是她们天生的像），但也不过是第二个张爱玲。为什么不建立自己的风格呢。陆放翁说："文章本天成，妙手偶得之。"各人有他自己的妙手，何必模拟别人呢？

周：我很赞同一句话："凡是在生活上不值得期待的，在艺术上就不值得再创造。"我总相信不管写作的内容快乐或悲伤，美丽或丑恶，都应指向一个光明高华的方向。有人说现代文学是描写丑之美的时代，您的看法如何？

琦：关于丑恶面的描写，我有几句不能已于言者的话。丑恶面不是不可以写，因为人生不如意事常八九，若故意报喜不报忧，一味歌颂美好，是有违写作良知的。正为这点良知，着笔之际，必是满心的同情悲悯，务求唤起世人关怀，以求改进，因而其作品必不致产生负面作用。

每个人的秉性不同，所受的教育背景不同，对文学的见解也不同。我始终是主张文学应当多发扬光明美德，这是我国几千年的文化传统，我们可以撷取西方文学的技法，但不可扬弃本国的固有精神。这话，你年轻人听来也许觉得太迂阔了。

举例来说，林文月教授是比我年轻的一代，她是那么学殖深厚的一位学者。她的散文都是那么的柔媚自然，从不标新立异，从不卖弄才学。最记得在她散文集《遥远》附录中，她夫婿问她："为什么只写好的一面？"她说："我只会写好的一面，让别人去写其他的吧！"我承邀为该书写序时，对她的写文章态度，颇有深获我心之感。

我最最服膺毛姆的一句话："写小说是七分人生，三分技巧。"写小说如此，写散文也如此，所谓"世事洞明皆学问，人情练达是文章"。对人生体会愈深，心情会愈温厚愈包容，也愈能写出荡气回

肠的文章。不要担忧技巧不够，技巧是为了表达丰富的内涵而逐渐历练出来的。更不必为五花八门的文体而困扰分心。只顾写你想写的，正如你信中说的："不管写作的内容是快乐或悲伤，美丽或丑恶，都应指向一个光明高华的方向。"希望你千万不要动摇这个信念。记得我中学时，国文老师引美国总统林肯的话，诲谕我们做人与作文，林肯先生说："人，要有复杂的脑筋，却要有一颗单纯的心。"单纯的心就是一个"诚"字。任是今日纷乱多变的环境，一个虔诚于写作的人，都要冷静下来，把握这颗诚心。观照、体认，同时多读真正名家散文。（不一定是排行榜上的畅销书，寂寞的好书多的是。）你自己是作家，一定有足够的识辨力的。到一个时候，你自会进入"半亩方塘一鉴开，天光云影共徘徊"的境界。

周：散文是一切文体的基础，因此它的范畴也特别广阔与不稳定。布鲁克斯（Stepford Brooks）在《古代英国文学》一书曾说："散文不是文学，除非它具有风格和个性，而且是特别用心的写作。"他几乎把散文排除在文学的殿堂之外。为了讲求散文写作的艺术，我们是否应该强调散文的文学性——也就是以抒情的表现为主，以思想的表达为副，以免与非文学性的散文相混杂？

琦：散文原有广义狭义之分，广义的包含一切应用文、公文书，可说是非文学的，不在我们讨论之列。文学的也分诉诸理念与诉诸感情的两种，前者如历史文学、传记文学、报导文学、方块杂文等。后者指的是纯抒情散文，都可达到极高境界。一篇上乘的散文，必能寓理于情，以情观景。不说大道理，而至理自在其中。不着意抒情而情自见。拿我国古典文学来说，《史记》《左传》《战国策》《资治通鉴》是最好的历史文学、传记文学，也是散文最高准则。唐宋古文，说理、抒情、记事兼而有之，篇篇都百读不厌，一遍有一遍的领悟。例如《出师表》是公文书的奏章，却寓有多么深的情与理。

《赤壁赋》是记事实景的游记，却包含了极幽默人生哲理。《瘗旅文》是一篇对陌生过客的祭吊文，而无限悲悯与自叹的情怀，令人反复低回。

周：我一直认为散文的高标准是"简朴"与"自然"。托尔斯泰曾说："在一种完全明白与质朴的文字中，绝不会写出坏东西。"普希金也说："精确与简洁是散文的首要美质。"不知道以您丰富的写作经验，有何独到的看法？

琦：我愿以当年恩师启迪我们写作的原则，转赠于你。他说："文章内容所含之情要真，情真语挚是天下至文。练字练句要精，以最恰当之字，表情达意，但并非矫揉造作，以词害意。风格要新，不模仿旁人，不学人言语。写作的心情要轻，不要抱太重的得失心。获得赞誉自是欣喜，受到批评或冷落也不气馁沮丧。毁与誉都是一份历练。"这就是"简朴""自然"。

这"真""精""新""轻"四个字，是恩师对有志写作的学生的"四字心传"，我总是时时在心。记得他还曾洒脱地念了两句诗以勉励大家："短发无多休落帽，长风不断任吹衣。"上一句是一分谦冲藏拙之意；下一句则现示了兀立不移的风范。

与移居美国的琦君隔着千山万水做了这次笔谈，空间的隔离，并没有减少我们对文学的相同热情。多年来她一直未改初衷，追求"素朴之美"，在这个长风不断的时代里，她始终是一袭素衫，未曾沾染尘垢。"闻多素心人，乐与数晨夕"，素心之人，令人渴慕。也许世界越荒凉，我们越需要温暖质朴的声音。如果我们已经拥有，就该珍惜，如果我们尚未拥有，就再追寻吧！

（一九八六年十一月二十二日《中国时报》人间副刊）

琦君作品目录一览表

论　述

词人之舟	1981年，纯文学出版社
	1996年，尔雅出版社

散　文

溪边琐语	1962年，妇友月刊社
琦君小品	1966年，三民书局
红纱灯	1969年，三民书局
烟愁	1969年，光启出版社
	1975年，书评书目出版社
	1981年，尔雅出版社
三更有梦书当枕	1975年，尔雅出版社
桂花雨	1976年，尔雅出版社
细雨灯花落	1977年，尔雅出版社
读书与生活	1978年，东大图书公司
	1986年，三民书局
千里怀人月在峰	1978年，尔雅出版社
与我同车	1979年，九歌出版社，2006年新版
留予他年说梦痕	1980年，洪范书店

母心似天空	1981 年，尔雅出版社
灯景旧情怀	1983 年，洪范书店
水是故乡甜	1984 年，九歌出版社，2006 年新版
	2006 年，湖北人民出版社
此处有仙桃	1985 年，九歌出版社，2006 年新版
玻璃笔	1986 年，九歌出版社，2006 年新版
琦君读书	1987 年，九歌出版社，2006 年新版
我爱动物	1988 年，洪范书店
青灯有味似儿时	1988 年，九歌出版，2004 年新版
泪珠与珍珠	1989 年，九歌出版社，2006 年新版
母心·佛心	1990 年，九歌出版社，2004 年新版
	2006 年，湖北人民出版社（简体版）
一袭青衫万缕情	1991 年，尔雅出版社
妈妈银行	1992 年，九歌出版社，2005 年新版
万水千山师友情	1995 年，九歌出版社，2006 年新版
母亲的书	1996 年，洪范书店
永是有情人	1998 年，九歌出版社

小　说

菁姐（短篇）	1954 年，今日妇女杂志社
	1981 年，尔雅出版社
百合羹（短篇）	1958 年，开明书店
缮校室八小时（短篇）	1968 年，台湾商务印书馆
七月的哀伤（短篇）	1971 年，惊声文物供应公司
钱塘江畔（短篇）	1980 年，尔雅出版社
橘子红了（中篇）	1991 年，洪范书店

合　集

琴心（散文、小说）	1953 年，国风出版社
	1980 年，尔雅出版社
琦君自选集	1975 年，黎明文化公司
文与情（散文、小说）	1990 年，三民书局
琦君散文选（中英对照）	2000 年，九歌出版社
母亲的金手表	2001 年，九歌出版社
	2002 年，中国三峡出版社
梦中的饼干屋	2002 年，九歌出版社
	2002 年，中国三峡出版社
琦君书信集	2007 年，台湾文学馆

儿童文学

卖牛记	1966 年，三民书局，2006 年新版
老鞋匠和狗	1969 年，台湾书店
琦君说童年	1981 年，纯文学出版社
	2006 年，三民书局
琦君寄小读者	1985 年，纯文学出版社
	1996 年，健行文化出版公司
鞋子告状	2004 年，九歌出版社
桂花雨	2002 年，格林文化出版公司
玳瑁发夹	2004 年，格林文化出版公司

琦君及著作得奖纪录

1963年,"中国文艺协会"文艺奖章。

1970年,著作《红纱灯》获第五届中山文艺奖。

1985年,著作《此处有仙桃》获第十一届"国家文艺奖",著作《琦君寄小读者》(后改名《鞋子告状》)获金鼎奖。

1988年,著作《琦君读书》获中小学生优良课外读物第六次推介。

1989年,著作《青灯有味似儿时》获中小学生优良课外读物第七次推介。

1991年,著作《母心·佛心》获中小学生优良课外读物第九次推介。

1999年,著作《永是有情人》获中小学生优良课外读物第十七次推介。

2003年,著作《母亲的金手表》荣登金石堂年度TOP大众散文类。

2004年,著作《鞋子告状——琦君寄小读者》入选第四十七梯次"好书大家读",获"二等卿云勋章"。

2005年,著作《鞋子告状——琦君寄小读者》获中小学生优良课外读物二十四次推介。

2006年,亚洲华文作家文艺基金会向琦君致敬颁赠"资深作家敬慰奖",著作《永是有情人》入选第四十九梯次"好书大家读"。